금병매 2

금병매 金瓶梅 2

초판 1쇄 발행   2022년 9월 30일

지 은 이   소소생(笑笑生)
옮 긴 이   강태권
펴 낸 이   한승수
펴 낸 곳   문예춘추사

편   집   이상실
마 케 팅   박건원, 김지윤
디 자 인   박소윤

등록번호   제300-1994-16
등록일자   1994년 1월 24일
주   소   서울특별시 마포구 동교로 27길 53, 309호
전   화   02 338 0084
팩   스   02 338 0087
메   일   moonchusa@naver.com

I S B N   978-89-7604-532-4 04820
            978-89-7604-530-0 (세트)

천하제일기서

金瓶梅

완역

금병매

2

소소생笑笑生 지음 / 강태권 옮김

예춘추사

제11화 혼을 빼앗는 동굴   009
        금련이 화가 나 손설아를 때리고,
        서문경은 이계저의 머리를 얹어주다

제12화 홀로 빈방을 지키지 못하고   034
        반금련이 하인과 사통해 욕을 먹고,
        유이성이 주술로 돈을 탐하다

제13화 끝까지 빛나는 한 쌍이려니   073
        이병아가 담 너머로 밀약을 하고,
        영춘이 몰래 정사를 엿보다

제14화 남편을 배반한 여인의 아양   100
        화자허는 화가 나 목숨을 잃고,
        이병아는 샛서방의 연회에 가다

제15화 바람에 날리는 좋은 세월이여   131
        여인들이 누각에 올라 웃으며 감상하고,
        건달들은 여춘원에서 계집질을 하다

제16화 모든 것이 마냥 꿈속인 듯   155
        서문경은 재산도 얻고 부인도 취하고,
        응백작은 즐거워 잔치를 열다

제17화   연못에 고인 물의 흔들림   181
         우급사가 양제독을 탄핵하고,
         이병아가 장죽산을 남편으로 맞이하다

제18화   도리가 오니 춘풍이 웃네   204
         내보는 동경에 가 일을 보고,
         진경제가 화원 공사를 감독하다

제19화   동쪽에는 해, 서쪽에는 비   231
         초리사가 장죽산에게 공갈을 치고,
         이병아가 서문경에게 마음을 전하다

제20화   양 머리를 걸고 개고기를 팔다니   263
         맹옥루가 오월랑을 달래고,
         서문경은 여춘원에서 난동을 부리다

제21화   아름다운 날, 다시 만나네   295
         오월랑은 눈을 쓸어 담아 차를 끓이고,
         응백작은 기생 대신 손님을 부르다

서문경의 여인들

오월랑 첫째 부인. 청하좌위 오천호의 딸로 서문경의 전처가 죽자 정실로 들어온다. 서문경 집안의 큰마님으로 행세하며 집안 여인들 간의 질서를 유지하고자 노력하고, 서문경이 죽은 후에는 유복자 아들을 잘 키워보고자 노력하나, 결국 인생이 한바탕 꿈에 불과함을 깨닫는다.

이교아 둘째 부인. 노래 부르는 기생이었으나 서문경의 눈에 들어 부인이 된다. 서문경이 죽자 재물을 훔쳐 기원으로 돌아간다.

맹옥루 셋째 부인. 포목상의 정처였으나 남편이 죽자 설씨의 주선으로 서문경과 혼인한다. 나름 행실을 바르게 하며 산 덕분에 쉽게 맞이할 수도 있는 불운을 피해 간다.

손설아 넷째 부인. 서문경 전처의 몸종이었다가 서문경의 눈에 들어 그의 부인이 된다. 집안 하인과 눈이 맞아 도망가는 등, 삶의 신세가 바람에 나부끼는 깃발처럼 이리 움직였다 저리 움직였다 한다.

반금련 다섯째 부인. 무대의 부인이었으나 서문경과 눈이 맞아 무대를 독살하고 서문경에게 시집온다. 영리하고 시기심 많은 성격에 서문경을 독차지하려고 애쓰지만, 끝내 원수의 칼날을 피하지 못한다. 삶의 영고성쇠가 무상함을 증명하듯 실로 파란만장한 삶을 산다.

이병아 여섯째 부인. 화자허의 부인이었으나 화자허가 화병으로 죽자 서문경의 부인이 된다. 천성이 착하지만 죽은 화자허의 좋지 않은 기운이 그녀의 삶을 지치게 한다.

춘매 반금련의 몸종으로 서문경의 총애를 받는다. 사람 일은 알 수 없음을 증명하는 인물로서, 쇠락해지는 듯하다 다시 최고의 영예를 누리는 삶을 산다.

이계저 이교아의 조카로 기원의 기생. 행사 때마다 서문경의 집안에 불려온다.

송혜련 서문경 집안의 하인인 내왕의 부인. 자신의 미색 때문에 남편이 쫓겨나게 된다.

임부인 서문경을 의붓아버지로 섬기는 왕삼관의 어머니. 아들을 핑계삼아 서문경과 관계를 맺는다.

여의아 서문경의 아들 관가의 유모. 이병아가 죽은 뒤 서문경의 눈에 들어 관계를 맺는다. 서문경이 그녀를 죽은 이병아를 대하듯 한다.

왕륙아 한도국의 부인. 딸의 혼사를 매개로 서문경의 눈에 들어 은밀한 만남을 갖는다. 남편의 암묵적 승인 하에 자신의 몸을 팔아 생계를 이어간다.

반금련의 남자들

무대 금련이 독살한 전남편. 동생 무송에게 자신의 억울한 죽음을 알리고 복수를 부탁한다.

서문경 금련이 재가한 남편. 천하의 난봉꾼으로, 집안의 여러 부인을 거느리고도 틈만 나면 새로운 여인에게 눈을 돌린다.

진경제 서문경의 사위. 일찌감치 장인 집에서 기거하며 서문경이 다른 여자를 탐하는 사이에 금련과 정을 통한다. 수려한 외모로 어린 나이부터 정욕에 이끌리는 삶을 산다.

금동 서문경의 하인.

왕조아 왕노파의 아들.

일러두기

혼을 빼앗는 동굴

금련이 화가 나 손설아를 때리고,
서문경은 이계저의 머리를 얹어주다

부인의 질투가 정상이 아니라 해도
남자는 대범한 무뢰한.
달콤한 말을 듣기만 하면
새로운 기쁨과 옛사랑도 가리지 않네.
나아가 아름다운 여인 만나 서로 이끄니
남녀 간의 사랑이 새로이 샘솟네.
과연 한식날 밤에
누구와 흥을 돋우고 누구를 버릴지!

婦人嫉妒非常 浪子落魄無賴
一聽巧語花言 不顧新歡舊愛
出逢紅袖相牽 又把風情別賣
果然寒食元宵 誰不幫興幫敗

　한편 반금련은 집안에서 총애를 받자 점차 교만해져 사사건건 일
을 만들거나 시비를 불러일으키고, 밤낮을 가리지 않고 가만히 있지
를 못했다. 게다가 의심이 많아 남들이 하는 말에 온 신경을 쓰고, 시

빗거리를 찾는 데 머리를 썼다. 여기에다 춘매 또한 참을성이 있는 계집애가 아니었다. 하루는 금련이 사소한 일을 가지고 공교롭게도 춘매를 몇 마디 꾸짖었다. 춘매는 마땅히 화풀이할 데가 없자 뒤켠의 주방에 가서 쟁반을 두들기기도 하고 접시를 깨뜨리며 표독스럽게 굴었다. 손설아가 보아넘기지 못하고 일부러 춘매를 놀렸다.

"못난이 같으니라구! 남자를 생각하려면 다른 데 가서 해야지, 어 쩌자고 여기서 억지떼를 쓰고 있어?"

춘매는 마침 속이 상해 있던 참이라 이 몇 마디 말을 듣자 당장에 발끈하며 말했다.

"누가 멋대로 내가 사내를 홀린다고 떠들어대는 거예요!"

손설아는 춘매의 성격이 별로 좋지 않음을 익히 알고 있는지라 더 는 말하지 않았다. 춘매는 더욱 화가 나서는 바로 안채로 들어가 반 금련에게 좀 전에 있은 일을 미주알고주알 다 일러바친 후에 덧붙이 며 반금련을 충동질했다.

"저와 아씨 마님이 짜고서 한 남자를 꼬였다고 하잖아요."

반금련은 속이 다 뒤집히도록 화가 나 생각 같아서는 당장에 달려 가 혼쭐을 내주고 싶었으나, 오월랑이 장례식에 가는 것을 전송하기 위해 아침 일찍 일어나는 바람에 몸이 조금 피곤해 일단 한숨 잤다. 자고 일어나 정자로 가는데 맹옥루가 하늘하늘 걸어오며 웃으면서 말한다.

"무슨 걱정이 있어서 말도 하지 않는 게야?"

"말할 필요도 없어요. 아침에 일찍 일어났더니 몹시 피곤해서 그 래요. 그런데 어디 갔다 오시는 길이세요?"

"뒤채 주방에 갔다 오는 길이야."

"손설아가 언니에게 무슨 얘기를 하던가요?"

"별로 특별한 얘기는 하지 않던데."

반금련은 입으로는 이렇게 말했으나 오랫동안 마음속에 기억해두고 손설아와는 원수지간이 되어 말도 하지 않았다.

두 사람이 정자에 앉아서 잠시 바느질을 하고 있는데 춘매가 찻주전자를 들고 추국이 찻잔 두 개를 들고 나왔다. 차를 마시고 나서 둘은 탁자를 내오게 하여 바둑판을 벌여놓고 바둑을 두기 시작했다. 한창 열이 오를 때 뜰지기 하인인 금동[琴童]이 들어와,

"나리께서 오십니다."

하기에 둘은 황급히 바둑판을 걷어치우려고 했지만 미처 다 치우지 못했다. 서문경이 안으로 들어서면서 두 여인을 보니 평소대로 은실로 머리를 동여매고 귀에는 비취옥 귀고리를 달고 하얀 비단 적삼에 연분홍빛 덧옷, 주름잡은 치마, 한 쌍의 높고도 뾰족한 작고 예쁜 붉은색에 원앙을 수놓은 신, 게다가 둘 다 화장을 아주 예쁘게 하고 있었다. 서문경은 자기도 모르게 얼굴 가득 미소를 지으면서 농담으로,

"한 쌍의 어여쁜 기생들 같은데, 은자 백 냥의 가치는 있겠는걸."

하니 반금련이 바로 대꾸했다.

"우리는 기생이 아녜요. 하긴 당신 집안 뒤켠에 바로 그런 기생이 있기는 하지요."

맹옥루가 자리를 피해 안으로 들어가려고 하니 서문경이 손으로 가로막으면서 말했다.

"어딜 가려고 해? 내가 왔는데 몸을 빼 가버리려고 하다니, 솔직하게 말해봐, 대체 내가 집에 없을 때 둘이 여기서 뭣을 하고 있었지?"

"심심하고 답답해서 여기서 바둑을 두세 판 두고 있었어요. 나쁜 짓은 하지 않았어요. 그런데 생각지도 않게 당신이 돌아오신 거예요."

반금련이 그렇게 말하면서 한편으로 서문경의 옷을 받아들었다.

"오늘 가신 장례식은 빨리 끝났군요."

"오늘 장례식장에 모인 사람들은 모두가 환관들뿐이야. 게다가 날씨도 무더워 참지 못하고 먼저 집으로 돌아왔지."

맹옥루가 묻는다.

"그런데 큰마님께서는 어찌 아직도 안 오시죠?"

"월랑이 탄 가마도 바로 성안에 들어올 거야. 내가 하인 둘을 마중 보냈으니까."

이렇게 말을 하면서 옷을 벗고 의자에 앉으며 묻는다.

"방금 전에 바둑을 두면서 무슨 내기를 했어?"

반금련이 대답했다.

"그저 심심풀이로 둔 건데, 무슨 내기를 했겠어요?"

"그럼 나와 당신들이 한 판을 두어서 누가 지든 지는 사람이 은자 한 냥을 내어 한턱을 내는 거야."

이에 반금련이 대꾸했다.

"우리는 돈이 없는데요."

"돈이 없으면 내게 비녀를 저당잡히면 되잖아."

이에 바둑판을 놓고 세 사람이 바둑을 두었으나, 반금련이 지고 말았다. 서문경이 몇 집을 이기자 반금련은 바둑알을 이리저리 흩어 놓고는 곧바로 서향꽃(瑞香, 팥꽃나무의 상록 관목) 있는 데까지 뛰어가서 연못가 바위에 몸을 기댄 채 태연하게 꽃을 딴다. 서문경이 그곳까지 찾으러 갔다.

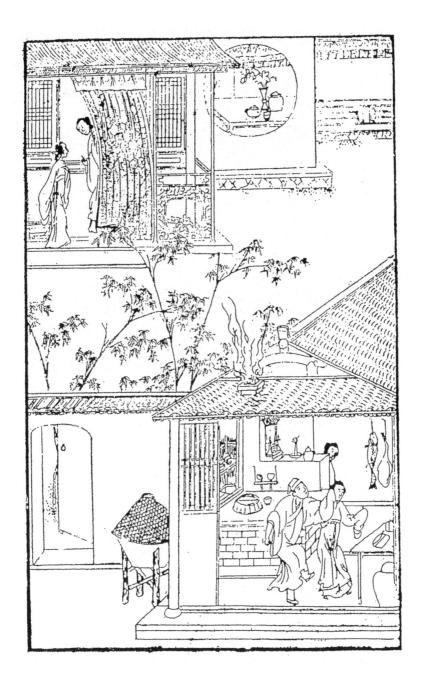

"요 앙큼스러운 것 같으니라고, 바둑에 지고서 이곳에 숨어 있다니."

반금련은 서문경이 오는 것을 보고는 웃음을 참지 못하고,

"괴상한 분이셔, 셋째형님이 지면 어쩌지도 못하다가 내가 지니까 쫓아다니며 이 야단이실까."

그러면서 손에 들고 있던 꽃을 잘게 부숴 서문경의 몸에 뿌렸다. 이에 아랑곳하지 않고 서문경은 앞으로 다가가 두 팔로 반금련을 꼭 안고 연못가의 바위 위에 눕혔다. 입에서는 서로 향기를 뿜어내고, 혀로는 상대의 달콤한 침을 삼키면서 재미를 보고 있었다. 한참 열을 내고 있을 때 맹옥루가 앞쪽으로 와서 큰소리로 외쳤다.

"다섯째 동생, 큰마님이 돌아오셨어. 우리도 어서 나가봐야지."

이에 반금련은 서문경을 밀어젖히면서 말한다.

"나리, 제가 돌아와서 다시 시작해요."

그러고는 맹옥루와 같이 안채로 들어가 오월랑에게 인사를 올렸다. 오월랑이 묻는다.

"왜들 웃고 있지, 무슨 좋은 일이 있는 모양이지?"

맹옥루가 대답하기를,

"다섯째 동생이 방금 전에 나리와 바둑을 두어서 은자 한 냥을 빚졌어요. 그래서 조만간 큰형님도 청해서 한턱을 낸다고 하잖아요." 하자 이 말을 들은 오월랑은 웃고만 있었다. 반금련은 오월랑 앞으로 다가가 잠시 얼굴만 내비쳐 인사를 하고는 바로 놀면서 춘매에게 분부해 방 안에 향을 피우고 목욕물을 데워놓게 하고는 물고기가 물을 만난 듯한 즐거움을 나눌 만반의 준비를 해놓았다.

사람들아, 내 말 좀 들어보소. 집안에 비록 오월랑이라는 큰마님이 있었으나 항상 병에 시달렸고 집안일을 돌보지 않았다네. 단지 바깥

출입을 하면서 주로 인사치레를 했을 뿐.

그리하여 집안의 금전 출납은 기생 출신인 이교아가 담당했다. 손설아는 혼자서 하인과 하녀들을 통솔해 부엌에서 음식을 만들어 각 방으로 보내주곤 했다. 예를 들어 서문경이 아무개 방에서 머물면서 무얼 먹든 혹은 어떠한 국을 마시든 간에 모두 손설아의 손을 거쳐서 준비되고 만들어졌다. 그런 후에 그 방에 있는 하인이 주방에 와서 음식을 가져가는 것이다.

이날 밤에 서문경은 반금련의 방에서 술을 한 잔 마시고 목욕을 한 후에 같이 잠자리에 들었다. 다음 날 가끔 있는 일로서 서문경은 반금련에게 묘당에 가는 길에 머리에 꽂을 진주를 사다 달라는 부탁을 받았다. 아침 일찍 일어나 하화병[荷花餠](구운 빵)과 은사작탕[銀絲鮮湯](국수에 생선을 넣고 끓인 것)을 먹으려고 기다리고 있었다. 그래서 춘매에게 주방에 가서 말을 해놓으라고 분부했다. 그러나 춘매는 좀처럼 가려 하지 않았고 이에 반금련이 말했다.

"나리, 그 애를 시키지 마세요. 누군가 제가 저 애를 부추겨 당신이 거두어들이게 해서는 한통속이 되어 당신을 꼬이고 있다고 말하는 사람이 있대요. 억지로 말을 꾸며서는 우리를 모함하는 사람들이 있어요. 그런데 나리께선 저 애를 뒤켠 주방에 보내 무엇을 하라고 그러시는 거예요?"

"누가 그런 말을 해서 이 애를 못살게 해? 내게 말해봐."

"무슨 말을 해요? 집안의 모든 가구 집기에 귀가 있잖아요. 그러니 춘매를 뒤켠으로 보내는 것은 그만두고 추국을 시키세요."

이에 서문경은 추국을 불러 주방에 가서 손설아에게 말하라고 일렀다. 시간이 꽤 지나 반금련은 이미 식탁을 차려놓고 기다리고 있었으나 아무것도 가져오지 않자 조급한 서문경은 열불이 나서 안절부절못했다. 반금련이 보니 추국도 돌아오지 않자 춘매에게 말한다.

"네가 뒤켠에 가서 한번 살펴보거라. 그년은 무작정 죽치고 앉아 기다리느라 돌아오지 않는 겐지."

춘매는 내키지는 않았으나 주방으로 달려가 보니 과연 추국이 그곳에서 기다리고 있었다. 이를 보고 성질대로 춘매는 냅다 욕을 해댔다.

"이런 멍청한 년! 마님이 네 다리를 부러뜨려놓겠대! 어찌 빨리 오지 않느냐고 야단이셔. 나리께서도 떡을 드시고 묘당에 가려고 기다리고 계신단 말이야. 성질 급한 나리께서는 노발대발하시면서 너를 당장에 끌고 오라고 야단이시라구!"

춘매가 이렇게 말하는 것을 손설아가 듣지 않았으면 좋았을 것을, 이 말을 듣고 크게 노해서 욕을 해댔다.

"이 엉큼한 계집애하구는! 왔으면 바로 가버릴 것이지. 냄비는 쇠붙이로 만든 것이라 좀 천천히 기다려야 해. 죽을 준비해놓았는데 그것은 먹지 않고 갑자기 떡을 구워라, 국을 끓여라 하니, 도대체 그 뱃속에 웬 회충이 들어 있는지…."

욕을 얻어먹은 춘매는 분을 참지 못하고 한바탕 내뱉었다.

"그만 좀 하세요! 주인어른께서 시키지 않았으면 내 뭣이 좋아서 여기까지 와서 말을 하겠어요? 정말인지 아닌지는 주인어른한테 가서 한번 여쭤보면 알 거 아니에요!"

그렇게 말하면서 한 손으로 추국의 귀를 꼬집어 당기면서 바깥으로 나가려고 했다. 이에 손설아가 화를 낸다.

"주인과 하인이 으스대고 야단이야, 귀여움 좀 받는다고!"

"뭣 좀 할 줄 안다고 으스대지 말아요. 마님과 나를 한통속으로 취급하지 말란 말이에요!"

춘매는 한바탕 쏘아붙이고 분을 이기지 못해 씩씩거리면서 안으로 들어갔다. 반금련은 춘매가 얼굴빛이 노래져서는 추국을 끌고 문으로 들어서자마자 묻는다.

"어쩐 일이냐?"

"저 애한테 물어보세요. 제가 갔을 때에도 여전히 주방에서 서두르지도 않고 손설아 아씨가 천천히 밀가루를 반죽해 국수를 만드는 것을 보고 있지 않겠어요. 그래서 제가 그게 아니다 싶어 '나리께서 안에서 기다리고 계시고, 마님도 그 애가 왜 빨리 오지 않을까 하시면서 저를 보내 빨리 음식을 가지고 오시라고 했어요' 했더니 갑자기 손설아 아씨께서 저보고 이년 저년 종년 주제에 하면서 욕을 하시는 거예요. 게다가 나리께서는 볼일이 끝났으면 빨리 가시기나 하지 오래 계신다는 둥, 누군가가 나리를 꼬여서 일을 벌이고 있다는 둥 하고 있어요. 죽을 준비해놓으니까 먹지 않고 갑자기 무슨 떡을 구워라, 국을 끓여라 한다는 거예요. 주방에서는 욕만 하고 아무것도 하지 않고 있어요."

반금련이 곁에서 말했다.

"제가 말씀드렸잖아요, 춘매를 보내지 말라고요. 둘 사이가 별로 좋지 않아요. 그런데 손설아가 저와 저 애 둘이서 나리를 이 방에서 못 나가도록 막는다면서 여러 사람들 앞에서 욕을 해대고 있다는 거예요."

이에 서문경은 대단히 화가 나서 곧바로 주방으로 나가 이유도 듣지 않고 손설아를 몇 번 발로 걷어차고는 욕을 했다.

"이 망할 년아! 내가 춘매를 시켜 떡을 좀 가져오게 했는데 네년이 왜 욕을 하는 게냐? 네년이 춘매한테 종년이라고 욕을 했다는데 너는 네 꼬락서니를 알지 못하느냐!"

손설아는 느닷없이 서문경에게 몇 차례 얻어맞고 화가 났으나 감히 아무 말도 하지 못했다. 서문경이 주방에서 나가자마자 손설아는 하인의 우두머리인 내소[來昭]의 부인 일장청[一丈靑]에게 말했다.

"당신 보기에도 오늘 내 일진이 좋지 않지? 처음부터 내 곁에서 모든 것을 들어 알고 있겠지만 내가 뭐 별다른 말을 한 것도 아니잖아. 근데 느닷없이 나리가 흉악하게 달려와서는 큰소리로 야단을 치다가 나를 때리고 가지를 않나. 아무래도 그 춘매 계집애가 나리 앞에 가서 공연히 일을 크게 떠벌려서 그 말을 듣고 화가 나서 달려와 이 난리를 피운 것일 게야. 내 눈을 씻고 잘 봐야지, 그 주인과 종년이 언제까지 으스대는지를 말이야. 언젠가는 헛디딜 때가 있을걸!"

그런데 생각지도 않게 서문경이 이 말을 모두 듣고 다시 돌아와 또 주먹으로 몇 대를 내갈긴 후에 욕을 퍼부어댔다.

"이 못된 계집 같으니라고! 네년이 아직도 춘매한테 욕을 하지 않았다고 잡아떼는 게냐? 내가 친히 네년이 욕하는 걸 들었는데도 말이다!"

얻어맞은 손설아는 몹시 아팠으나 아무 소리도 못한 채 참기만 하고, 서문경은 바깥으로 나갔다. 손설아는 화가 치밀었으나 주방에서 어쩌지 못하고 눈물만 흘리며 슬퍼서 방성대곡을 했다. 때마침 오월랑이 안방에서 일어나 머리를 빗고 있다가 이 소리를 듣고서 소옥에게 물었다.

"주방이 시끄러운데 무슨 일이 있느냐?"

"나리께서 떡을 잡수시고 묘당에 가시려고 넷째 마님께 준비하라고 말씀하셨는데, 넷째 마님께서 다섯째 마님 방의 춘매를 욕하는 것을 나리께서 듣고 주방으로 가셔서 넷째 마님을 발로 몇 대 걷어차니까 주방에서 울고 계신 거예요."

"별것도 아닌 일을 가지고, 나리께서 떡을 잡숫고 싶다 하시면 급히 만들어서 갖다드리면 그만이지 쓸데없이 다섯째 동생 방의 하녀를 욕해서 어쩌겠다는 게냐?"

그러면서 소옥을 주방으로 내려보내 손설아와 하인들을 독촉해 급히 서둘러 국 등을 끓여 갖다 주도록 했다. 이렇게 식사를 마친 서문경은 말을 타고 하인을 거느리고서 묘당으로 출발했다.

손설아는 도저히 화가 풀리지 않아 오월랑의 방에 가서 이러한 사실을 낱낱이 다 일러바쳤다. 그런데 뜻하지 않게 갑자기 반금련이 와서는 창가에 서서 몰래 이 말을 다 엿들었다. 살그머니 안을 들여다보니 손설아가 오월랑과 이교아를 앞에 두고 반금련이 어떻게 남자를 홀리고 있다느니, 등뒤에서 하지 않는 일이 없다느니 얘기하고 있었다.

"큰마님께서는 모르고 계시겠지만, 고 계집으로 말하자면 몰래 서방질하는 여자보다 더욱 음탕해서 하룻밤도 남자 없이는 지내지 못한답니다. 뒤에서 어떤 비밀스러운 방법을 쓰는지 남들이 하지 못하는 일도 그년은 해낸답니다! 처음 시집가서 그 남편을 독살하고 이 집으로 들어왔지요. 지금에 와서는 우리까지 먹어버릴 심산이에요. 그래서 눈을 부라리고 나리를 잘 감시해 우리를 거들떠보지도 않게 했답니다."

오월랑이 이 말을 듣고 질책했다.

"자네도 그만해. 나리께서 애들을 시켜 떡을 잡숫고 싶다고 하시면 몇 개 잘 만들어서 바로 보내드리면 될 걸, 왜 쓸데없이 애들한테 욕을 해?"

"제가 함부로 그 애한테 욕을 했겠어요? 그 애가 마님 방에 있을 때에는 고분고분 말을 잘 들었어요. 제가 일찍이 주방에서 칼등으로 춘매를 때렸을 때에도 마님께서는 아무런 말씀도 없으셨잖아요. 그런데 다섯째한테로 간 뒤부터는 아주 교만해지고 건방져졌어요!"

이렇게 말하고 있을 때 소옥이 다가왔다.

"다섯째 마님이 밖에 오셨어요."

잠시 후 반금련이 방으로 들어오면서 손설아를 쳐다보며 말한다.

"제가 첫 남편을 죽였다고 한다면 애당초 나리께 말씀드려 이 집 안에 들어올 수 없도록 했어야죠. 그랬으면 제가 나리를 독차지해 당신 몫을 빼앗는 일은 없었을 거 아니에요. 춘매로 말할 것 같으면 본래 제 방 하녀도 아닌데, 당신이 그렇게 화가 난다면 다시 돌아가 큰마님을 시중들라고 하면 되잖아요. 그러면 둘이 사이가 안 좋은데, 제가 중간에 끼지 않아도 되구요. 그리고 어느 누가 좋아서 남편을 죽이고 다른 남자에게 시집을 온다고 그래요? 지금도 그다지 어려운 일이 아니니 나리께서 돌아오시면 이혼장을 한 장 받아서 나가버리면 그만이에요."

오월랑이 곁에서 거들었다.

"내 자네들 사이의 자세한 일은 모르지만 서로 말을 좀 삼가는 것이 좋겠어."

손설아가 대꾸했다.

"마님, 좀 보세요. 저 사람이 말을 유수처럼 잘하니 누군들 말로 이

겨내겠어요? 게다가 나리 앞에서는 입을 쉴 새 없이 나불거려 일을 부추겨놓고서 돌아서서는 모른 체하고 시치미를 떼고 있답니다. 다섯째 말대로 하다가는 마님을 제외하고 우리들은 모두 쫓겨날 거예요. 오로지 다섯째 혼자만 남고 말이에요."

이때 오월랑은 자리에 앉아서 둘이 한마디씩 하는 소리를 아무 말없이 듣고만 있었다. 나중에는 분위기가 더욱 험악해지면서 손설아가 욕을 해댔다.

"네년이 나를 보고 종년이라고 욕을 하는데, 네년이야말로 진짜 종년이야."

그리고 급기야 싸움이 벌어지려 하자, 오월랑이 더는 봐주지 못하고 소옥을 시켜 손설아를 뒤켠으로 데리고 가도록 했다. 반금련은 곧바로 바깥채로 나가 짙은 화장을 씻어내버리고 머리도 풀어헤치고서 너저분하고 꼴사납게 하고는 두 눈이 빨개지도록 운 후에 침대에 드러누워 서문경이 돌아오기를 기다렸다.

저녁 무렵이 되자 서문경이 묘에서 돌아왔는데 넉 냥이나 되는 진주를 소매 속에 넣고 방에 들어왔다. 들어와 보고는 깜짝 놀라면서 묻는다.

"무슨 일이야?"

반금련은 목놓아 울기 시작하면서 서문경에게 이혼장을 써달라며 이러쿵저러쿵 그 이유를 설명했다.

"제가 애당초 나리의 재산에 마음이 있었던 것도 아니고, 그저 나리를 따라 들어왔을 뿐이에요. 그런데 왜 사람들이 저를 이렇게 못살게 구는지 모르겠어요! 천 사람 만 사람이 다 제가 남편을 죽였다고 해요. 정말로 미쳐 죽겠어요. 일하는 계집애도 없으면 그만이지, 누가 남의 방에 있던 계집을 데려다가 시중을 받겠대요? 그런데도 남들은 제가 다른 사람의 몫까지 차지한다고 야단들이에요."

서문경이 이 말을 듣지 않았으면 모를까 듣고 나니 화가 머리끝까지 치솟았다. 곧바로 뒤채로 달려가 손설아의 머리채를 움켜쥐고는 온 힘을 다해 짧은 몽둥이로 몇 차례 후려갈겼다. 다행히 오월랑이 앞으로 달려와 서문경의 손을 붙들고서 말렸다.

"제발 말썽 좀 그만 부려요! 나리께서 화가 나지 않게 하란 말야!"

서문경은 불같이 화를 냈다.

"이 앙큼한 년! 내가 직접 주방에서 네가 욕하는 것을 들었는데도 시치미를 떼고 다른 사람에게 시비를 걸고 있다니, 내 네년을 때려서 다시는 그런 짓을 못하게 하겠다!"

사람들아, 내 말 좀 들어보소. 만약 오늘 손설아를 때린다면 반금련이 종전에 저지른 일도 다스려야 하거늘 그렇게 하지 않는구나.

금련은 낭군의 사랑에 의지하니
도리어 손설아의 질투와 원한은 깊어만 가네.
자고로 고마운 은혜와 쌓인 원한은
천년만년이 지나도 없어지지 않는다네.
金蓮恃寵仗夫君 倒使孫娥忌怨深
自古感恩幷積恨 千年萬載不生塵

이렇게 서문경은 손설아를 죽도록 팬 후에 바로 바깥채로 나와 반금련을 달래면서, 오늘 묘당에 갔다 오면서 사온 넉 냥이나 나가는 진주를 소매 속에서 꺼내 금련에게 주면서 머리띠에 꽂으라 한다. 반금련이 보니 서문경이 자기편이 되어 화를 풀어주니 어찌 기쁘지 않을 수 있겠는가? 그 뒤로 하나를 원하면 열을 갖다 주면서 사랑하는 마음이 더욱 깊어졌다. 하루는 뜰에 술자리를 마련해 서문경과 오월랑, 맹옥루를 청하여 네 사람이 함께 즐겁게 술을 마셨다.

그 일은 이쯤 해두자. 한편 서문경은 한 패를 만들어 친구 열 명을 모아 매달 한 번씩 모여 술을 마시고 놀았다. 첫째는 응백작으로, 몰락한 가문의 후예로서 집안에 재산이라고는 한 푼도 없이 오직 부잣집 자제의 꽁무니나 따라다니면서 밥을 얻어먹거나 기생집에서 빌붙어 살기에 응비렁뱅이라는 별명이 있었다. 둘째는 사희대라는 자로 청하위천호인 사웅습의 자손이었으나 일찍이 어려서 부모를 여의었다. 놀기를 좋아하고 공도 잘 차며 도박을 즐겨 앞날이 막막한 상태로 지금도 특별히 하는 일 없이 빈둥거리며 놀고 있었다.

셋째는 오전은으로 본래 이 고을에서 관상이나 묏자리를 보던 음양가였으나 말 못할 사정으로 그만두고 현청 앞에서 관리들을 상대로 돈놀이를 하다가 서문경과 왕래하게 되었다. 넷째는 손천화라는 자로 별명이 손과취[孫寡嘴]이며 나이는 쉰이 넘었으나 그 역시 기생집이나 출입하면서 기녀들을 위해 편지를 써주거나 부잣집 자제를 꼬여내 거기에서 돈을 얻어 쓰곤 했다. 다섯째는 운참장[雲參將]의 동생인 운리수라는 자였다. 여섯째는 화태감의 조카인 화자허이며, 일곱째는 축일념, 여덟째는 상시절, 아홉째 백뢰광에, 서문경까지 합해서 열 사람이었다.

모든 사람들이 보매 서문경이 돈푼깨나 있어 보이니 그를 맏형으로 삼아서는 매월 한 번씩 돌아가면서 만나 술을 마시며 놀곤 했다. 이날은 화자허 집에서 낼 차례였는데 바로 서문경의 옆집에 있고 태

감 집에서 내는 판이라 술과 음식이 큰 접시와 큰 대접에 가득한 것
이 여간 푸짐하지 않았다. 사람들은 모두 모였으나 서문경이 일이 있
어 오후가 지나도록 나타나지 않으니 다들 자리에 앉지 못하고 서성
대고만 있었다. 이윽고 서문경이 의관을 잘 갖추고 하인 넷을 거느리
고서 도착하니 모든 사람이 나가서 맞이하며 서로 인사를 나눈 후에
자리를 잡고 앉았다.

　주인인 화자허가 자리를 정해 서문경을 가장 윗자리에 앉게 했다.
기녀 한 명과 노래 부르는 예기 둘이 비파와 쟁 등을 연주하면서 노
래를 불러 술자리 분위기를 고조시켰다. 생김새도 예쁘고 요염한데,
악기를 타는 솜씨도 빼어나니 더없이 좋구나.

　비단옷은 눈이 쌓인 듯
　땋아 올린 머리는 구름을 쌓아 올린 듯
　앵두 같은 입
　살구 같은 얼굴, 복숭아 같은 뺨
　버드나무 같은 허리
　난꽃 같은 마음에 혜초처럼 아름다운 성격
　노래를 부르니 돌아 나오는 것이
　마치 나뭇가지 위에서 꾀꼬리가 우는 듯하고
　훨훨 춤추는 모습은
　꽃 사이에서 봉황이 노니는 듯하네.
　곡은 옛 가락에, 음은 자연 그대로이구나.
　춤은 밝은 달을 진루[秦樓]*에 머물게 하고

---
* 먹고 마시며 노는 곳. 기생집

노래는 가는 구름을 초관[楚館]*에서 쉬게 하네.

고저의 장단이 가락에 맞추어 구슬 같은 소리를 내누나.

가볍거나 무겁게 혹은 빠르거나 느리게 격조에 맞추어

금옥을 두드려 아름다운 소리를 내는구나.

쟁의 다리는 마치 기러기의 발을 늘여놓은 듯 소리도 느리고

붉은 박판[拍板]**에는 새겨진 글자 새롭구나.

羅衣疊雪 寶髻堆雲

櫻桃口 否臉桃腮 楊柳腰 蘭心蕙性

歌喉宛囀 聲如枝上流鶯

舞態蹁躚 影似花間鳳轉

腔依古調 音出天然

舞回明月墜秦樓 歌遏行雲遮楚館

高低緊慢 按宮商吐玉噴珠

輕重疾徐 依格調鏗金戛玉

箏排雁柱聲聲慢 板排紅牙宇字新

　순식간에 술이 세 순배나 돌고 노래도 두 곡이 끝나니, 노래 부르는 기녀들 세 명도 잠시 악기를 내려놓고 바람에 흩날리는 꽃과 같이, 나풀거리는 비단 허리띠처럼 다소곳이 머리를 조아려 인사를 올렸다. 이에 서문경은 답례로 곁에 있던 대안을 불러 돈주머니를 가져오게 해서 각자에게 두 전씩을 주니 감사의 인사를 하고 물러갔다. 서문경은 주인인 화자허에게 묻는다.

---

* 노래와 춤을 추는 곳
** 희곡·악곡 중 박자를 맞추는 박자판

"방금 그 애의 성이 무엇이오? 노래를 아주 잘하던데!"

주인이 채 대답하기도 전에 자리에 앉아 있던 응백작이 말참견을 했다.

"형님께서는 건망증도 심하십니다, 벌써 잊어버리시다니요. 좀 전에 쟁을 타던 아이는 화형님이 아끼는 아이로 기생 골목의 오은아[吳銀兒]이고, 완함(현이 네 개인 월금과 비슷한 악기)을 타던 애는 주모두의 딸인 주애애[朱愛愛]이고, 비파를 타던 애는 이조 골목에 사는 이삼마의 딸이자 이계경의 여동생으로 어려서부터 이름이 이계저[李桂姐]라고 합니다. 형님 댁에 계저의 친고모를 두고 계시면서 어찌 모른 척하신단 말입니까?"

서문경이 웃으면서 응답한다.

"육 년이나 보지 못했더니, 그동안에 몰라보게 커버렸어!"

이윽고 술자리가 거의 끝나갈 무렵에 기녀들이 다시 나와서 술을 따라 권했다. 이때 이계저도 은근히 술을 권하면서 붙임성 있게 말을 건네며 서문경의 곁을 떠나지 않았다. 이에 서문경이 물어보았다.

"그래, 너의 어머니와 언니 계경은 집에서 무엇을 하고 있느냐? 어째 우리 집으로 너의 고모를 보러 오지 않는 게지?"

"어머니는 나이가 들어서 몸이 좀 불편하세요. 다리 한쪽을 잘 움직이질 못하셔서 다른 사람이 부축해드려야만 걸을 수 있어요. 언니 계경은 회하[淮河]에서 온 손님과 반년간 계약이 돼 있어 가게에서 살다시피 하고 최근 이삼 일은 집에도 못 오고 있지요. 집안에 사람이 없으니 제가 날마다 밖에 나와서 노래 부르는 것에 의지해 먹고사는데, 그것도 몇 명으로 단골손님만을 상대하자니 정말 힘들어 죽겠어요. 그러니 어디 한가하게 고모님을 뵈러 갈 시간이 있겠어요. 그

함께 온 겁니다. 그러니 빨리 술을 내와 즐겁게 한잔 마셔봅시다."

이에 노파는 세 사람을 상석에 앉게 했다. 그러면서 차를 내오도록 시키고 한편으로는 탁자를 정리하여 술과 안주를 준비하게 했다. 조금 있다가 하인이 들어와 탁자를 내려놓고 촛불을 켜고 술과 안주를 차려놓으니, 계저는 방 안에서 화장을 고치고 나와 사내들 곁에 앉았다. 정말로 기원의 풍경이란 이런 것이리라. 게다가 아름다운 자매 둘을 앉힌 채, 금으로 된 술단지에는 술이 넘쳐흐르고 아름다운 노랫가락을 들으며 술잔을 주고받으니 이 아니 좋을까.

유리로 만든 잔에는
호박색의 술이 있으니
작은 술단지에서는 술이 떨어지는 것이 진주 같은 붉은빛.
용을 삶고 봉황을 구우니 옥기름이 흐르고
비단 휘장 비단 장막에는 향기가 자욱하네.
피리를 불고
북을 두들기며
하얀 이빨을 드러내며 노래를 부르고
가느다란 허리로 춤을 추네.
하물며 청춘을 헛되이 보내지 말고
은촛대 아래에서 미인과 속삭이기를
유령[劉伶]*도 무덤에 가서는 술을 마실 수 없다오!
瑠璃鍾 琥珀濃 小槽酒滴珍珠紅
烹龍炮鳳玉脂泣 羅幃繡幕圍香風

---

* 진[晉]나라 사람으로 예법 따위를 무시하고 술을 마시며 현실 도피했다 함

吹龍笛 擊龜鼓 皓齒歌 細腰舞

況是靑春莫虛度 銀釭掩映嬌娥語

酒不到劉伶墳上去

계경 자매 둘이 노래를 한 곡 부르자, 술좌석에서는 술잔이 어지럽게 오가면서 술들을 마셨다. 서문경이 계경에게 청했다.

"오늘 두 분의 손님도 계시고, 오래전부터 계저가 남곡[南曲]을 아주 잘 부른다고 들었으니 한 곡조 청해 두 분께 술안주로 드리는 것이 어때?"

응백작이도 맞장구를 친다.

"우리들은 그 노래를 듣기 전에는 이 자리를 뜰 수가 없지. 귀를 씻고 고운 소리를 한번 들어봅시다."

그렇지만 계저는 앉아서 미소만 짓고 있을 뿐 좀처럼 움직이려 하지 않았다. 원래 서문경은 계저에게 마음이 있어 머리를 얹어주고 자기 여자로 만들 속셈으로 먼저 노래를 청한 것인데, 기생집에서 닳고 닳은 계저가 이를 대충 알아차리고는 서문경의 수에 넘어가지 않고 있는 것이다. 이계경이 곁에 있다가 먼저 입을 열었다.

"제 동생 계저는 어려서부터 매우 귀엽게 자랐기 때문에 부끄러움을 잘 탄답니다. 그래서 여간해서는 사람들 앞에서 함부로 노래를 부르지 않아요."

서문경이 이 말을 듣고 대안을 불러 돈주머니를 가져오게 해 닷 냥짜리 은자를 꺼내 탁자 위에 놓으면서 말했다.

"이거 얼마 안 되지만 우선 계저가 화장품이나 사는 데 보태 쓰도록 해라. 내일 따로 비단옷을 지어줄 테니까."

이에 이계저가 황급히 몸을 일으켜서는 감사의 인사를 올리고, 비로소 하녀를 불러 물건을 잘 간수하도록 하고, 작은 탁자를 내려놓고는 계경을 청해 앉도록 한 후에 노래를 부르기 시작했다. 이계저는 서두르지 않고 가볍게 옷소매를 걷어올리고 치맛자락을 흔들며, 소맷자락에서 연분홍빛 술이 달린 낙화유수의 무늬가 수놓인 허리끈을 꺼내 손에 들어 늘어뜨리면서 「머물던 구름 이내 흘러가네[駐雲飛]」라는 노래를 부르기 시작했다.

서두름이 없는 어엿한 몸가짐
뭇 기녀들을 압도하고 으뜸 자리를 차지하네.
움직일 때마다 향기가 나니
자주 사람들로 하여금 흠모하고 중히 여기게 하네.
옥으로 만든 절구가 진흙 속에 있다 한들
어찌 다른 것과 같으리오.
한 곡을 뽑으니
가득히 좌석을 메운 사람들이 놀라네.
어찌 양왕[襄王]의 꿈이 이와 같을까!
어찌 양왕의 꿈이 이와 같을까!
擧止從容 壓盡構攔占上風
行動香風送 頻使人欽重
嗏 玉杵污泥中 豈凡庸
一曲淸商 滿座皆驚動
何似襄王一夢中 何似襄王一夢中

노래를 마치니 서문경은 기뻐서 어찌할 줄을 몰랐다. 대안을 불러 말을 데리고 집으로 돌아가라고 분부하고 그날 밤은 이계경의 방에서 하룻밤을 지냈다. 몸이 달아오른 서문경은 계경을 졸라 계저의 머리를 얹어주게 해달라 하고, 곁에서 응백작과 사희대도 가세해 간곡히 애걸복걸해서 마침내 뜻을 이루게 되었다. 다음 날 하인을 집으로 보내 은자 쉰 냥을 가져오게 하고 비단가게에는 옷 네 벌을 맞추어서는 계저의 머리를 얹어주고 자기 여자로 만들었다.

한편 이교아는 서문경이 자기 조카의 머리를 얹어준다는 말을 듣고는 대단히 기뻐하면서, 바로 대원보은자[大元寶銀子] 하나를 꺼내 대안에게 주면서 계저의 집에 전해주어 옷도 만들고 술좌석도 마련케 했다. 그리하여 여자들을 불러 춤과 노래도 부르게 하면서 사흘 밤낮을 시끌벅적하게 놀고 마시며 즐겼다.

응백작과 사희대는 손과취, 축일념, 상시절과 상의해 각각 은자 닷 푼씩을 내어 선물을 준비해 와서 축하해주었다. 깔고 덮는 것, 살림살이 일체와 잔치 비용은 모두 서문경이 부담하여 날마다 술과 고기를 실컷 먹고 마시면서 기생집에서 질탕하게 놀고 즐겼다.

춤과 노래는 시시각각 새롭건만
돈을 쓰는 이는 오직 한 사람뿐.
돈이 있는 부자라고 함부로 낭비하지 마소
아끼는 것은 좋은 약과 같아 가난을 치료할 수 있다네.
舞裙歌板逐時新 散盡黃金只此身
寄語富兒休暴殄 儉如良藥可醫貧

홀로 빈방을 지키지 못하고

반금련이 하인과 사통해 욕을 먹고,
유이성이 주술로 돈을 탐하다

정말로 우습구나 서문경이 벼락부자 된 것이
돈이 있다고 모두가 굽실대지만
집안은 엉망진창 모든 것이 뒤죽박죽이니
어디에서 예의범절을 얘기하겠는가.
오입쟁이들은 날마다 오가며
기녀들을 짝해서 밤을 지새우지만
영원히 함께하는 부부가 아니라
남녀 사이 정은 한 번 스치고 지나가는 봄바람 같은 것.
堪笑西門暴富 有錢便有主顧
一家歪斯胡纏 那討綱常禮數
狎客日日來往 紅粉夜夜陪宿
不是常久夫妻 也算春風一度

서문경은 기생집에서 이계저의 아름다움에 빠져 거의 보름을 집
으로 돌아가지 않았다. 이에 오월랑은 하인을 시켜 말을 끌고 가서
몇 차례나 모셔오게 했으나 이계저의 집에서는 서문경의 의관을 모

조리 감추어두고 돌려보내지 않았다. 그리하여 집안에 남아 있는 여러 부인네들은 할일이 없이 한가하게 지냈다.

이때 다른 사람은 몰라도 반금련만은 서른도 안 된 젊은 나이기에 정욕의 불이 한 길이나 일어나니 좀처럼 참을 수가 없었다. 매일 맹옥루와 함께 화장을 꼼꼼히 하고 새하얀 이에 입술도 붉게 칠한 채 하루도 빠짐없이 대문 앞에 기대어 서서 기다리다가 저녁이 되어서야 비로소 안으로 들어왔다. 밤이 되어 자기 방에 들어오면 베개 하나에 외로운 휘장뿐이고, 봉황을 새긴 침대는 더불어 잘 사람이 없으니 잠을 이루지 못하고 화원에 나가 이끼를 밟으며 물에 비친 달그림자를 바라보았다. 그러면서 아무리 생각해봐도 서문경의 마음을 사로잡기 어려울 듯싶으니, 대모빛의 고양이가 교배를 하는 것도 반금련의 무르익은 마음을 더욱 어지럽게 만들었다.

당시에 맹옥루가 데리고 온 하인 중에 금동[琴童]이라 불리는 아이가 있었는데, 겨우 꼬마티를 벗고 머리를 올린 열여섯 살 난 아이로 이목구비가 수려하고 귀엽고 영리했다. 그래서 서문경은 금동에게 열쇠를 주어 꽃을 돌보거나 화원을 청소하게 했으며, 밤에는 화원 앞의 작은 문간방에서 잠을 자게 했다. 맹옥루와 반금련은 낮에 늘 화원 안에 있는 정자에 앉아서 바느질을 하거나 장기를 두었다. 그럴 때면 이 금동이 재치 있게 서문경이 오는 것을 살펴보고 미리 와서 알려주곤 했다. 그리하여 반금련이 금동을 귀여워해 방으로 불러들여 술도 주며 마시게 했다. 둘이 아침저녁으로 눈길을 주고받으니 뜻이 잘 통했다.

바야흐로 칠월 스무이레가 가까워져 서문경의 생일이 다가왔다. 오월랑은 서문경이 기생집에서 이계저의 미모에 푹 빠져서는 좀처럼 집으로 돌아올 생각을 하지 않자, 하인 대안을 시켜 말을 끌고 기생집으로 가서 서문경을 모셔오려 했다. 이때 반금련은 몰래 편지 한 통을 써서 대안에게 주면서 말했다.

"은밀히 나리께 드리면서 다섯째 마님이 어서 빨리 집으로 돌아오시란다고 말씀드려라."

이에 대안은 꾸물대지 않고 말을 타고 곧장 이계저의 기생집으로 달려갔다. 가보니 응백작, 사희대, 축일념, 손과취, 상시절이 때마침 서문경과 벗해서 기생들을 끼고 앉아서는 한창 열을 올리면서 놀고 마셔대고 있었다. 서문경이 대안이 오는 것을 보고서는 묻는다.

"어쩐 일로 왔느냐? 집안에 무슨 일은 없겠지?"

"집안에 별일은 없습니다."

"가게 매상금은 부이숙에게 잘 간수하라고 해라. 내가 집에 돌아가 계산해볼 테니."

"요 며칠 사이에 돈이 꽤 많이 모여, 부이숙도 주인어른께서 돌아오셔서 장부를 보기를 기다리고 계십니다."

"이 댁 계저 아씨의 옷은 찾아왔느냐?"

"이렇게 찾아 가지고 왔습니다."

대안은 모전으로 만든 보자기 안에서 붉은색 저고리와 남색 치마를 꺼내 이계저에게 주었다. 계저와 계경은 고맙다고 인사를 한 후에 받고는 급히 밖에 분부해 대안에게 술과 음식을 주어 먹도록 했다. 대안은 술과 음식을 먹고 나서 다시 안으로 들어와 잠시 서성대다 살그머니 서문경에게 다가가 귓가에 대고 낮은 소리로 속삭였다.

"다섯째 마님께서 제게 이 편지를 써주시면서 나리께서 속히 집으로 돌아오시기를 기다리고 있다고 전해드리랍니다."

서문경이 편지를 받아보려고 하는데 이계저가 이를 발견했다. 틀림없이 서문경 주위의 여인이 보낸 사랑의 편지라는 것을 알아차리고는 한 손으로 낚아채 펼쳐보니 비단으로 테를 두른 편지지에 먹물이 채 마르지 않은 몇 글자가 쓰여 있었다. 이계저는 편지를 축일념에게 주면서 읽어달라고 했다. 축일념이 보니 거기에는 일명「떨어진 매화 바람에 흩날리고[落梅風]」라는 사[詞] 한 수가 쓰여 있어 모든 사람들을 향해 큰소리로 읽어주었다.

　밤에도 생각하고
　낮에도 그리워하건만
　죽도록 기다리나 다정한 임 오지를 않네.
　임 때문에 임을 위하여 초췌하게 죽어가네.
　가련하구나 비단 금침에 홀로 누워 있다니
　등잔불은 꺼져가고
　사람도 잠이 드네.
　홀로 남아 있는 것은 창가의 달뿐
　고독한 마음은 단단히 굳어
　흡사 철과 같이 차가운데
　이 처량한 마음으로 이 밤을 어찌 보내랴?
　黃昏想 白日思 盼殺人多情不至
　因他爲他憔悴死 可憐也繡衾獨自
　燈將殘 人睡也 空留得半窗明月
　孤眠心硬渾似鐵 這凄涼怎捱今夜

애첩 반금련 배상

이계저는 다 듣고 나더니 술자리를 걷어차버리고는 방으로 들어가 침대에 쓰러져 벽 쪽으로 돌아누워버렸다. 한편 서문경은 이계저가 화내는 것을 보고서는 편지를 갈기갈기 찢어버렸다. 그리고 사람들 앞에서 대안을 발로 두어 차례 걷어차고는 계저를 불러도 나오지 않자, 다급해진 서문경이 친히 방 안으로 들어가 계저를 안고 밖으로 나왔다. 그리고 술자리로 다시 와서는 소리쳤다.

"빨리 말을 끌고 집으로 돌아가거라. 집안의 어느 계집이 너를 보냈는지, 내 집에 돌아가면 모조리 혼내주고 말 테다!"

대안은 아무 말도 못하고 눈물만 흘리면서 집으로 돌아갔다. 서문경이 달래는 소리를 했다.

"계저야, 화내지 말거라. 이 편지는 다른 사람이 아니라 바로 내 다섯째 마누라가 보내온 것이란다. 상의할 일이 있어 내게 잠시 집에 들르라는 것이지 별다른 뜻은 없는 게야."

축일념이 곁에서 웃으면서,

"계저야, 나리의 속임수에 넘어가서는 안 된다! 반금련은 저편 기생집에 갓 들어온 신출내기로 생김이 아주 빼어나니, 너는 절대로 놓아 보내서는 안 된다."

하자, 서문경이 웃으면서 축일념을 한 대 쥐어박으며 말한다.

"이런 죽일 놈이! 쓸데없는 말을 지껄여 사람을 괴롭히다니! 그러잖아도 계저가 시비를 걸어 죽겠는데, 네놈까지 허튼소리야!"

이계경이 말했다.

"제부가 틀렸어요. 집안에 그렇게 잔소리를 하는 사람이 있다면,

함부로 밖에서 기생들 머리를 올려주지 마시고 집안이나 잘 지키고 계셔야지요. 이제 짝을 맺은 지 얼마나 됐다고, 어느 누가 돌려보내 드리겠어요."

이에 응백작이 말참견을 했다.

"그 말이 맞기도 해!"

그러면서 분위기를 띄웠다.

"형님께서 제 말대로 돌아가지 않으시면 계저도 화낼 필요가 없잖 아요. 오늘 말하지만 누구든지 다시 화를 내면 은자 두 냥씩을 벌금 으로 내 술과 고기를 사서 다 함께 먹고 놉시다."

이에 네댓 명의 할일 없는 건달들은 실컷 웃고 떠들면서 손에 수 박씨나 호박씨, 잣, 바둑돌 등을 쥐고 수를 알아맞히는 놀이를 해가 며 술을 마서대며 이계저의 마음을 달래주었다. 서문경은 계저를 품 에 끌어안고 호탕하게 웃으며 술을 한 모금씩 주거니 받거니 하면서 마셨다. 잠시 후 하인이 선홍빛 칠을 한 쟁반에 차 일곱 잔을 가지고 나왔다. 눈처럼 하얀 찻잔에 은행잎 모양의 찻숟가락, 절인 죽순에 참깨와 계피를 끓여 만든 차로서 실로 그 향기가 진동하는데, 양손으 로 받쳐들고 사람들 앞에 한 잔씩을 놓았다. 이를 보고 응백작이,

"내 「저 하늘을 향하여[朝天子兒]」라는 노래를 알고 있는데, 바로 이 차의 좋은 점을 노래한 것이지!"

하고는 노래를 부른다.

이 차의 어린 싹은
봄바람 아래에서 자라
따지도 꺾지도 않아서 잎만이 무성.

그러나 삶으면 색이 고와지네.

귀하고 독특하니

묘사하기도 어렵고 그리기도 어려워라.

입으로 늘 마시면서

취해서는 그대를 생각하고

깨어서는 그대를 사랑하네.

원래 한 바구니에 천금의 가치가 있는 것을

這細茶的嫩芽 生長在春風下

不揪不採葉兒楂 但煮着顔色大

絶品淸奇 難描難畫

口兒裡常時呷 醉了時想他 醒來時愛他

原來一簍兒千金價

노래가 끝나니 사회대가 웃으면서,

"나리께서 돈을 쓰시면서 이 일루[一摟](한 번 끌어안음. 노래 속의 일루에 비유한 것)를 바라지 않으시면 무엇을 바라려 하십니까? 지금부터 노래를 부를 사람은 노래를 부르고, 노래를 부르지 못하는 사람은 우스운 얘기를 해서 계저가 술안주로 삼게 합시다."

그러면서 먼저 얘기를 시작한다.

"어느 미장이가 기생집에서 바닥을 깔고 있었지요. 그런데 주인 노파의 대접이 시원치 않아서 몰래 하수구 구멍을 벽돌로 막아버렸어요. 비가 내리니 기생집이 온통 물바다를 이루자 노파는 다급해져서는 그를 불러 술과 음식을 푸짐하게 대접하고 은자 한 냥까지 쥐어주면서 배수공사를 잘 해달라고 부탁했지요. 미장이가 술과 음식을 잔뜩 먹은 후에 살그머니 하수구로 가서 막아놓은 벽돌을 빼내자 물이 삽시간에 다 빠져나가 버렸지요. 이에 노파가 묻기를 '도대체 어디가 병이 났던 거지?' 하니 미장이가 대답하기를 '이 병은 당신의 병과 마찬가지로 돈이 있으면 잘 빠지고, 돈이 없으면 잘 빠지지 않는답니다'라고 하더랍니다."

이계저가 이 얘기를 듣고 자기 집을 빗대어 풍자한 것을 알고는 곧바로 받아친다.

"저도 우스운 얘기를 해드릴 테니, 여러분들 잘 들어보세요. 옛날에 손도사라는 사람이 있었는데 주연을 열어 사람들을 초청했대요. 그러면서 자기가 데리고 있던 호랑이를 시켜 손님을 모셔오도록 했는데, 이 호랑이가 오는 도중에 손님들을 하나하나 다 잡아먹어 버렸답니다. 도사가 어두워지도록 손님들을 기다려도 아무도 오지를 않는 거예요. 그런데 다른 사람들이 모두 도사가 데리고 있는 호랑이가 도중에 손님들을 다 잡아먹었다고 하는 거예요. 얼마 되지 않아서 호랑이가 오니 도사가 묻기를 '초청한 손님들을 다 어디로 모셨느냐?' 하니, 호랑이가 사람의 말투로 '사부님께 솔직히 말씀드리자면 저는 종전부터 사람을 접대하는 일 따위는 잘 알지 못하고, 단지 사람을 깨물어 먹는 일 하나만 할 줄 압니다'라고 대답했지요."

이계저는 바로 이 얘기로 여러 사람을 풍자한 것이다. 이에 응백작이,

"보아하니 우리들이 너의 서방님 것을 우려먹기만 하고 제대로 한 턱을 내지 않는다고 말하는 게로구나."

하면서 머리에서 은으로 만든 귀이개를 뽑아내고 보니 그 무게가 한 전은 나가는 것이었다. 그러자 사희대도 도금된, 머리 묶는 고리 한

쌍을 풀어 달아보니 무게가 아홉 푼 반이 나갔고, 축일념은 소맷자락에서 낡은 손수건을 꺼내놓으니 이백 문의 가치밖에 안 되는 것이었다. 손과취는 허리춤에서 흰색의 남자 치마를 풀어놓는데 술 두 주전자 값밖에 나가지 않는 것이었고, 상시절은 내놓을 것이 전혀 없어 서문경에게 한 전짜리 은자를 빌렸다. 그리고 이 모든 것을 이계경에게 주면서 한턱을 내겠노라며 서문경과 이계저를 대접하겠다고 했다. 이에 계경은 돈을 모두 하인에게 주어 한 전으로는 게를 사게 하고, 또 한 전으로는 돼지고기를 사고 닭 한 마리를 잡게 하고는 자기 집에서도 음식을 조금 내주었다. 그리하여 부엌에서 음식을 모두 준비하여 큰 쟁반과 작은 접시에 담아서는 가지고 나왔다. 모든 사람들이 앉아서 '자, 듭시다'라는 말 한마디를 던지고 먹기 시작하니 그 마구 먹어대는 모양이 어찌나 빠르던지 바로 다음과 같았다.

사람들이 입을 움직이며 저마다 고개를 숙이네.
하늘을 가리고 해를 막는 것이
마치 메뚜기 떼가 일제히 몰려오는 듯하네.
눈을 부라리며 어깨를 미는 것이
흡사 굶주린 짐승들이 뛰쳐나가는 듯.
이쪽은 팔꿈치를 들이대는 것이
예전에는 이런 술과 안주를 보지 못한 것처럼
저쪽에는 젓가락질이 어찌나 빠른지
평소 이런 술자리는 가보지도 못한 듯.
한 사람은 얼굴 가득 땀을 흘리면서
마치 닭뼈와 싸움이라도 하듯 열심히 뜯고

한 사람은 입가에 기름을 잔뜩 흘리면서
연방 침을 뱉어가며 돼지 껍데기를 삼키고 있네.
금세 식기들이 어지러이 널브러져 있고
잠시 뒤엔 젓가락이 종횡무진.
접시들이 어지러이 널려 있었으나
물로 씻은 듯이 매끄럽게 광이 나고
젓가락이 종횡무진 왔다 갔다 하니
마치 닦아낸 듯 깨끗하구나.
이 사람을 칭하기를 식왕원수[食王元帥]라 하고
저 사람을 부르기를 정반장군[淨盤將軍]이라 한다네.
술병이 차례로 비면 다시 가득 채우고
접시의 음식은 이미 돌이킬 수 없는 곳으로
이것이야말로 정말
진귀한 산해진미는 순식간에 사라져
과연 모두가 인간의 오장묘[五臟廟]*로 들어가는구나.
人人動嘴 個個低頭
遮天映日 猶如蝗喃一齊來
擠眼掇肩 好似餓牢才打出
這個搶風膀臂 如經年未見酒和餚
那個連二筷子 成歲不逢筵與席
一個汗流滿面 恰似與雞骨朵有寃仇
一個油抹唇邊 把豬毛皮連唾嚥
吃片時 盃盤狼藉 啖良久 箸子縱橫

---

* 여기서는 인간의 몸속, 곧 소화기관을 뜻함

盃盤狼藉 如水洗之光滑

著子縱橫 似打磨之立乾淨

這個稱爲食王元帥 那個號作淨盤將軍

酒壺番曬又重斟 盤饌己無還去探

正是 珍羞百味片時休 果然都送入五臟廟

이날 그곳에 모인 사람들은 마치 걸신이 들린 듯 모든 것을 깨끗이 먹어치웠다. 그리하여 정작 한턱을 얻어먹기로 한 서문경과 이계저는 술 두 잔도 채 마시지 못하고 야채만 조금 집어먹었을 뿐 나머지는 그 무리들이 모조리 먹어치웠다. 이날 술자리에 있던 의자도 두 개나 부러졌고, 앞에서 말을 지키며 남은 음식이라도 얻어먹을까 기대하던 하인들은 아무것도 먹지 못했다. 이에 화가 난 하인들은 문 앞에 세워놓은 돌부처를 쓰러뜨리고 그 위에 오줌을 갈겨댔다.

돌아갈 때 손과취는 이씨 집 내실에 공양으로 모셔놓은 도금된 불상을 허리춤에 쑤셔 넣었고, 응백작은 억지로 이계저와 입을 맞추고는 그 틈을 타 머리에서 금으로 만든 머리핀을 몰래 빼냈다. 사희대는 서문경의 사천산 부채를 숨겨 가고, 축일념은 이계경의 방으로 가서 얼굴을 비추어보는 척하며 수은 거울을 슬쩍했다. 상시절이 서문경에게 빌린 한 전짜리 은자도 어느새 서문경 앞으로 계산되어 있었다. 원래 이 무리들은 서문경에게 붙어서 즐겁게 놀기만 하면 그만인 인간들이었다.

기생집의 기녀는 아주 음란하여
단지 일순간의 흥에 즐거워하네.

만약에 죽도록 탐해 깊이 빠져들면

집안의 금 자물쇠를 누가 거둘까.

构欄妓者媚如猱 只堪乘興暫時留

若要死貪無足厭 家中金鑰教誰收

이곳에 모인 여러 사람들은 서문경을 에워싸고는 신나게 놀고 마셔대며 즐긴 것이다. 한편 대안이 말을 몰아 홀로 돌아오니 오월랑과 맹옥루, 반금련이 방에 있다가 묻는다.

"나리를 모셔오랬더니 어찌 혼자 오느냐?"

대안은 울어서 두 눈이 빨개진 채 울먹였다.

"나리께 얻어차이기만 했어요! 게다가 누구든 다시 사람을 보내 나리를 오라 하면 돌아오셔서 모두 주리를 틀어놓겠다고 하셨어요."

오월랑이 말한다.

"좀 보라니깐, 저렇게 불합리할 수가! 안 오시면 그만이지, 애꿎은 하인에게 왜 욕을 하신담? 대체 어떤 여우한테 홀리셨기에 저럴까!"

맹옥루가 말한다.

"나리께서 애를 걷어찬 것은 그렇다고 치더라도, 왜 우리들에게까지 욕을 하시는 것일까?"

반금련이 이었다.

"십중팔구 기생집의 음탕한 계집과 무슨 일이 있는 거예요. 옛말에도 '배에다 금은을 가득 싣고도 기생집을 만족시킬 수 없다'고 하잖아요."

반금련은 이렇게 말했을 뿐 다른 사람이 엿들을 것은 생각지 못했다. 대안이 이계저의 집에서 돌아올 무렵부터 이교아가 몰래 창가에 와서 얘기를 엿듣고 있었다. 이교아는 반금련이 오월랑에게 자기 집 안을 음부니 갈보니 하고 욕을 해대는 것을 보고는 마음속으로 원한을 품었다. 그로부터 두 사람은 원수지간이 되었다.

감미롭고 달콤한 말을 들으면 겨울에도 따스하고
마음을 상하는 말을 들으면 오뉴월에도 써늘하네.
금련은 단지 되는대로 지껄여댔으나
누가 생각이나 했겠는가, 다른 사람과 원한의 발단이 될 줄.
甛言美語三冬暖 惡語傷人六月寒
金蓮只曉爭先話 那料旁人起禍端

이 일로 해서 이교아와 반금련은 원수 사이가 돼버렸다.

한편 반금련은 홀로 방으로 돌아가 보니 일각이 여삼추고, 한시가 반 여름같이 더디기만 했다. 반금련은 서문경이 집으로 돌아오지 않을 것을 알고서는 하녀 둘에게 먼저 자라고 일러둔 후 화원에 나가 산책을 하는 체하다가 금동을 방으로 불러들여 억지로 술을 먹여 취하게 했다. 그리하여 방문을 걸어 잠그고 허리띠를 풀어 옷을 벗기고 둘은 곧 하나가 되었다.

색욕에 미치면 하늘에 무서운 것이 없으니, 휘장 안 남녀의 사랑은 오래도 갈세라. 금련과 금동이 벌이는 광경을 볼 것 같으면 이랬다.

하나가 삼강오륜과 귀천[貴賤]을 돌보지 않으니
다른 하나가 어디 상하고저[上下高低]를 구별하겠는가.
하나가 색에 미쳐 장부의 무서움도 상관치 않으니

하나는 음심이 일어 법규를 어기네.

한쪽이 음험한 눈으로 바라보니

마치 소가 버드나무 가지를 보고 울부짖는 듯.

하나가 말을 달콤하게 건네면

앵무새가 꽃 사이를 오가며 지저귀는 듯.

한쪽이 귓가에 대고 사랑의 밀어를 속삭이면

한편은 베개 가에서 사랑의 맹세를 하네.

백화가 만발한 화원은 재빨리 놀이의 장으로 바뀌고

주인마님의 방은 음행과 쾌락을 즐기는 세계로 변하네.

삽시간에 한 방울 정액이

비스듬히 금련의 몸속으로 들어가는구나.

一個不顧綱常貴賤 一個那分上下高低

一個色色膽歪邪 管甚丈夫利害

一個淫心蕩漾 徒他律犯明條

一個氣暗眼瞪 好似牛吼柳影

一個言嬌語澁 渾如鶯囀花間

一個耳畔許雨意雲情 一個枕邊說山盟海誓

百花園內 翻爲快活排場

主母房中 變作行樂世界

霎時一滴驢精髓 傾在金蓮玉體中

이로부터 매일 밤 반금련은 금동을 방으로 불러서 육체의 향연을 벌였다. 밤새 즐기다가 날이 밝기 전에 내보냈다. 그러고는 아무도 모르게 금으로 도금한 비녀를 두세 개 주어 머리에 꽂게 하고, 허리에 차고 있던 표주박 모양의 향낭도 주어 아랫도리에 차고 다니게 했다. 그런데 뜻밖에도 이 금동은 제 분수도 모르고 다른 하인들과 함께 거리에 나가 술도 마시고 노름도 하니 다른 사람들이 이 비밀을 눈치 챘다. 옛말에도 '알려지지 않게 하려면 하지를 말라'고 하지 않았던가. 하루는 이러한 소문이 손설아와 이교아의 귀에 흘러 들어가게 된 것이다.

"이런 화냥년 같으니! 항상 말만 번드르르하게 하더니, 어쩨 이런 일을 저질렀을까? 몰래 새끼놈을 키우고 있다니!"

이에 이들이 함께 가서 오월랑에게 고해바쳤다. 오월랑은 재삼 그럴 리가 있느냐며,

"자네들이 금련과 사이가 좋지 않으니 공연히 말들을 하는 게야. 셋째인 맹옥루는 아무 말도 않잖아. 공연히 자네들이 금동을 깔보고 우습게 봐서 그러는 게야."

하니 둘은 아무 말도 못하고 물러났다. 그런데 며칠 후 반금련은 밤에 방에서 금동과 일을 벌이면서 부엌문 잠그는 것을 깜박 잊어 뜻밖에도 용변을 보러 나온 하녀 추국에게 들켜버리고 말았다. 다음 날 추국은 이 사실을 소옥에게 전하고, 소옥은 다시 손설아에게, 손설아는 이교아와 오월랑에게 다 고해바쳤다. 때는 마침 칠월 스무이레로 바로 서문경의 생일인지라 서문경도 기생집에서 집으로 돌아온 날이었다. 손설아와 이교아는 말하기를,

"그 방의 계집애가 스스로 한 말이지, 저희들이 무슨 모함을 하려고 하는 것이 아니에요. 큰마님께서 말씀하지 않으시면 저희들이 나리께 말씀드리겠어요. 그런 음탕한 계집을 그대로 둔다면 전갈을 그대로 두는 것과 같아요!"

하자 오월랑이 대답했다.

"나리께서 겨우 돌아오셨고, 게다가 오늘은 나리 생일인데 자네들은 내 말을 듣지 않고 가서 고해바치려고만 하는군. 나중에 무슨 난리가 일어나더라도 나는 상관하지 않겠어."

두 사람은 오월랑의 말을 듣지 않고 서문경이 방 안으로 들어오기를 기다렸다가 곧바로 반금련이 금동과 벌인 일을 자세하게 일러바쳤다. 이러한 일을 서문경이 듣지 않았으면 좋았을 것을 듣고 나니 화가 머리끝까지 치솟고 뱃속에서 울화가 끓어올랐다. 바깥으로 나가 앉으면서 큰소리로 금동을 불렀다. 누군가가 벌써 이런 사실을 반금련에게 알려주니, 반금련은 손발이 떨리고 오금이 저려 급히 춘매를 시켜 금동을 방으로 불러서,

"절대로 아무 말도 하지 말거라!"

하고 신신당부했다. 그러면서 머리에 꽂으라고 준 비녀도 모두 거두어들였다. 그러나 당황한 나머지 표주박 모양의 향낭 끄르는 것을 깜박 잊어버렸다. 서문경이 바깥 대청에서 금동을 불러 꿇어앉히고는 하인 서넛에게 굵은 몽둥이를 들고 있으라 명했다.

서문경이 묻기를,

"이 고얀 놈아! 네 죄를 알렷다?"

했으나, 금동은 감히 아무 말도 하지 못했다. 이에 다시 서문경은 좌우 하인들에게 명했다.

"모자를 벗기고 비녀를 빼와 보여라!"

그러나 금도금을 한 비녀는 보이지 않는지라 다시 물었다.

"네가 꽂고 있던 금도금을 한 비녀는 어디 있느냐?"

"소인에겐 그런 것이 없습니다."

"괘씸한 놈 같으니라구! 아직도 허튼수작을 하고 있다니, 옷을 다 벗기고 몽둥이질을 해라!"

이에 곁에 대기하고 있던 하인 두세 명이 달려들어 움직이지 못하게 꽉 붙잡고, 한 명이 옷을 벗기고 바지를 끌어내리다 보니 아랫도리에 비단으로 만든 표주박 모양의 향낭이 달려 있는 게 보였다. 서문경이 한눈에 누구 것인지 알아보고는 바로,

"이리 가져와봐라!"

해서 받아보니 영락없이 반금련이 차고 있던 물건인지라 화가 머리 끝까지 치밀어 묻는다.

"이 물건은 어디서 난 거냐? 누가 줬는지 솔직히 말해보아라!"

겁에 질린 금동은 한참을 입도 떼지 못하다가 겨우 말했다.

"이것은 제가 며칠 전에 화원을 청소하다가 주운 것으로, 누가 준 게 아닙니다."

서문경은 더욱더 화가 나서 이를 갈면서,

"이놈을 묶어서 매우 쳐라."

하고 소리쳤다. 명이 떨어지기 무섭게 금동은 새끼줄에 꽁꽁 묶인 채로 소나기 내리듯 무수히 얻어맞아 순식간에 서른 대가 넘게 맞고 살점이 뚝뚝 떨어지며 붉은 피가 다리를 타고 줄줄 흘러내렸다. 서문경이 하인의 우두머리인 내보를 불러 명했다.

"저놈의 머리를 빡빡 밀어서 밖으로 내쫓아버려라. 그리고 다시는 내 집에 들어오지 못하게 하고!"

금동은 머리를 조아려 인사를 하고 울면서 밖으로 나갔다. 이 하인 놈의 신세라니, 어젯밤에는 옥황전에서 장서선자[掌書仙子]와 희롱하며 놀다가, 오늘에는 하늘의 법을 어겨 땅으로 쫓겨간다네.

시가 있으니 이랬다.

호랑이와 벗해 살며 새에게도 마음을 두니
금련은 홀로 빈방을 지키지 못하는구나.
참지 못해 하인과 사통을 하나
이로 인해 더욱 큰 죄를 추궁당하누나.
虎有倀兮烏有媒 金蓮未必守空閨
不堪今日私奴僕 自此遭愆更莫追

서문경은 분을 이기지 못하고 금동을 두들겨 팬 후에 쫓아내버렸
다. 반금련은 방에서 이 소식을 전해 듣자 마치 찬물 한 바가지를 뒤
집어쓴 듯한 심정이었다. 이윽고 서문경이 방으로 들어오니 깜짝 놀
라 어찌할 바를 모르고 전전긍긍, 온몸의 맥박이 다 멈추는 듯하여
조심스럽게 서문경의 옷을 받아들려고 하는데 서문경이 난데없이
귀싸대기를 올려붙이니 반금련이 나가떨어졌다. 서문경은 춘매에게
분부하기를,
　"앞뒤 문을 다 잠가 누구도 들어오지 못하도록 해라!"
하고는 작은 의자를 가져다 안뜰의 화분 받침 아래에 놓고 앉으면서
말채찍을 꺼내 손에 들고는 호령했다.
　"이 음탕한 년아! 옷을 벗고 꿇어앉거라!"
　반금련은 어찌해볼 도리가 없어 무릎을 꿇지 않을 수 없었다. 정
말로 아래위 옷을 홀랑 벗고 꿇어앉아 머리를 수그리고는 감히 아무
말도 하지 못했다.
　"이 화냥년아! 적당히 얼버무려 시치미 뗄 생각일랑 아예 하지 말

거라. 내 이미 금동이놈을 신문해서 모든 것을 다 알아냈으니! 그러니 네년도 솔직히 털어놓아라. 내가 집에 없을 적에 그놈과 몇 번을 끼고 자면서 지랄을 떨었느냐?"

이에 반금련은 소리를 내어 울며 애걸한다.

"아이고 맙소사! 아이고 맙소사! 제발 억울하게 누명을 씌워 생사람 잡으려 하지 마세요! 나리가 안 계신 보름 동안 저는 낮에는 오직 셋째인 맹옥루와 함께 바느질이나 하고 지냈답니다. 그러다가 저녁이 되면 일찌감치 방문을 걸어 잠그고 잠을 잤지 감히 이 문 근처까지 나와서 서성댄 일도 없었어요. 정히 나리께서 믿지 못하시겠다면 춘매에게 물어보면 바로 알 거예요. 무슨 일이 있었으면 그 애가 모르겠어요?"

그러고는 춘매를 부른다.

"애야, 이리 와서 나리께 말씀 좀 드려라."

이에 서문경이 욕을 하면서 소리친다.

"이 화냥년이! 누군가가 말하기를 네년이 머리에 꽂는 비녀 두세 개를 몰래 그놈에게 주었다고 하던데 네년은 인정하지 않는 게냐?"

"그건 정말 억울해요! 어느 누가 그런 말을 했는지 좋게 죽지 못할 거예요. 주둥이만 살아 있는 음탕한 계집들이 억울하게 다른 사람을 씹어대는 거예요! 나리께서 항상 제 방에 와서 주무시는 것을 보고 모두 시샘이 나서 밑도 끝도 없는 말들을 만들어내어 억울하게 제게 덮어씌우는 거예요! 나리께서 제게 주신 비녀는 모두 잘 간수하고 있어요. 그러니 나리께서 조사해보시면 될 것 아니에요? 제가 까닭 없이 그놈한테 무얼 주겠어요? 다 큰 놈이라면 억울하지도 않겠어요. 오줌도 못 가리는 어린놈이 어찌 혓바닥을 놀려 저를 꾈 수

제12화 홀로 빈방을 지키지 못하고

있겠어요!"

"그럼 비녀는 그렇다고 치자."

서문경은 다시 소매 속에서 금동에게서 빼앗은 향낭을 꺼내어 들었다.

"그래, 이 물건은 네년의 것이 아니냐, 그런데 어째서 그놈 몸에서 나왔단 말이냐? 아직도 뭐라고 할 말이 있느냐?"

서문경은 말을 하면서 화가 치밀어올라 금련의 하얗고도 향기 짙은 살갗에 '찰싸닥' 하면서 채찍질을 하니 매를 맞은 반금련은 아픔을 참기 힘들었다. 금련은 눈물을 흘리면서 고했다.

"나리! 제발 저를 용서해주세요. 진정하시고 제 말 좀 들어보세요. 제 말을 듣고 싶지 않으시다면 저를 때려죽이세요. 죽어 땅속에 묻히면 그만이에요. 그 향낭은 나리께서 집에 계시지 않을 때 제가 셋째 맹언니와 함께 화원에서 일을 하다가 목향나무 아래를 지날 때 허리띠가 풀어지는 바람에 땅에 떨어뜨린 거예요. 아무리 찾아도 보이질 않았는데 누가 그놈이 주워 갖고 있는 줄 생각이나 했겠어요. 제가 그놈에게 준 게 아니에요."

반금련의 이 말은 방금 금동이 대청 앞에서 향낭을 화원에서 주웠다고 한 말과 딱 들어맞는 것이었다. 게다가 금련이 벌거벗은 채 꽃과 같은 몸매를 드러내놓고 달콤하면서도 부드러운 말로 변명을 하면서 땅바닥에 꿇어앉아 있으니 노여움도 이미 멀리 사라져버렸다. 마음도 이미 십중팔구는 돌아와서 춘매를 불러 품에 안고서는 물었다.

"이 음탕한 년이 정말로 그놈과 별일이 없었단 말이냐? 네가 이년을 용서해주라고 하면 내 용서해주마!"

춘매는 온갖 애교를 부리면서 서문경의 품에 안겨 말했다.

"나리께서는 너무 억지를 부리시는군요! 제가 마님과 한시도 잠시도 떨어져 있은 적이 없는데, 어찌 마님께서 그놈과 같이 있을 수 있겠어요? 이 모든 것은 마님을 시샘하는 분들이 화가 나서 고의로 만들어낸 일이에요. 그러니 나리께서 잘 판단하셔야지 이런 헛소문이 진짜인 양 바깥에 알려진다면 세상 사람들이 얼마나 웃겠어요."

춘매의 이 몇 마디 말을 듣고 서문경은 아무 소리도 하지 않고 말채찍을 버리고는 반금련을 일으켜 옷을 입게 하고 추국에게 술과 음식을 준비해 가져오라 분부했다. 반금련은 곧바로 술을 한 잔 가득 따라서 두 손으로 서문경에게 받쳐올렸다. 꽃가지가 바람에 흩날리듯, 수놓은 비단 허리띠가 나풀대듯이 땅에 꿇어앉아서는 서문경이 잔을 비우기를 기다렸다. 서문경이 나직이 분부했다.

"내 오늘은 너를 용서하마. 차후에 내가 없을 때 너는 마음을 싹 고쳐먹고 일찌감치 문을 잠그고 허튼 생각일랑 하지 말란 말이다. 만약 차후에라도 내가 알게 되면 절대로 용서하지 않을 테다."

"명심하겠어요."

그러면서 촛불이 너풀대듯이 서문경에게 고개 숙여 네 번 절을 한 후에 비로소 옆자리에 앉아 술시중을 들었다.

사람으로 태어나되 부인의 몸은 되지를 마라, 백 년의 고통과 기쁨이 남에게서 오누나. 반금련이라는 이 여인이 평소에는 서문경의 총애를 받아 기고만장하다가, 오늘은 이와 같이 비참하게 부끄러운 모욕을 당하는 몸이 된 것이다.

금련의 용모는 더욱 빼어났으나

총애를 받아 아름다움을 다투다 원수를 만드는구나.

춘매의 만류가 아니었다면

금련의 살점이 어찌 남아 있을 수 있겠는가!

金蓮容貌更溫柔 恃寵爭妍惹寇仇

不是春悔當日勸 父娘皮肉怎禁抽

서문경이 이렇게 반금련의 방에서 술을 마시고 있을 때 하인이 와서 문을 두드리며,

"밖에 큰마님의 큰오라버니와 둘째오라버니, 부이숙, 시집간 따님과 새서방님 등 친척분들이 선물을 가지고 축하하러 오셨어요."

하니 금련을 밀치고 의관을 갖춰 입고는 앞채로 나와 손님 접대를 했다. 그때 응백작과 사희대 등의 무리들도 선물을 보내왔고, 이계저의 기생집에서도 하인을 시켜 선물을 보내왔다. 서문경은 앞채에서 선물을 받으랴, 손님을 접대하랴 바삐 돌아다녔다.

한편 맹옥루는 반금련이 온갖 수모를 당했다는 소식을 듣자, 서문경이 집에 없음을 알고는 이교아와 손설아 모르게 금련을 찾아왔다. 반금련이 침상에 누워 있는 것을 보고 말한다.

"다섯째, 도대체 어떻게 된 일이야? 나에게 말해봐."

이에 반금련은 눈물을 주르륵 흘리면서 흐느껴 말했다.

"셋째언니, 글쎄 그 음탕한 계집들이 등뒤에서 엉뚱하게 나리를 부추겨 나를 이렇게 죽도록 만들었어요. 저는 이제부터 그 두 음탕한 년들과는 원수가 되어 절대로 잊어버리지 않을 거예요."

"자네가 이교아와 손설아와 사이가 좋지 않은 것은 그렇다고 치더라도, 어째서 내 하인까지 쫓아낸 거지? 다섯째, 너무 속상해하지 마.

설마 나리께서 우리 말을 듣지 않으시겠어? 다음에 나리께서 내 방에 오지 않으시면 할 수 없지만, 혹 내 방에 오시면 잘 말씀드려줄게.”

이에 반금련은,

“고마워요, 그렇게 신경을 써주시니!”

하면서 춘매에게 차를 내오라 하고, 잠시 더 얘기를 나눈 후에 맹옥루는 자기 방으로 돌아갔다.

그날 밤에 서문경은 큰처남의 부인이 윗방에 와 있었기에 맹옥루의 방에 가서 밤을 지냈다. 맹옥루는 이때를 이용해 말했다.

“다섯째의 마음을 너무 상하게 하지 마세요. 다섯째는 결코 그런 일을 하지 않았어요. 이 모든 것이 지난번에 다섯째가 손설아와 이교아랑 말다툼을 한 적이 있는데 공연히 내 하인인 금동을 끌어들여 억울하게 누명을 씌운 거예요. 한데 나리께서는 시비를 제대로 가리지도 않으시고 금동을 꾸짖어 내쫓아버렸어요. 다섯째를 탓하지 마세요. 그러면 그 사람이 더 괴롭잖아요. 제가 다섯째 대신해 맹세할 수도 있어요. 만약 정말 그런 일이 있었다면 큰마님께서 어째서 미리 몇 마디 말씀을 하지 않으셨겠어요?”

“내가 춘매에게 물으니, 역시 같은 소리를 하더군.”

“다섯째는 지금 방에서 매우 울적해 있어요! 가서 좀 들여다보지 그러세요.”

“알았소, 내일 들러보지.”

그날 밤 서문경은 맹옥루의 방에서 잠을 잤다.

이튿날은 바로 서문경의 생일날이었다. 주수비와 하제형, 장단련과 큰처남인 오대구 등 많은 고관대작들이 와서 술을 마셨다. 가마를 보내 이계저를 데려오고, 아울러 노래하는 기생 둘을 불러 하루 종일 노래를 부르게 했다. 이교아는 조카인 이계저가 오자 데리고 가서 오월랑 등 여러 사람들에게 인사를 시키고는 방에서 함께 차를 마셨다. 반금련에게도 인사를 시키려고 하녀를 보내 두 번이나 청했으나, 반금련은 몸이 좋지 않다고만 하면서 오지 않았다. 저녁 무렵 이계저가 집으로 돌아가려 하면서 오월랑에게 작별 인사를 올리니, 오월랑은 이계저에게 비단 겉옷 한 벌과 손수건, 머리 장식품 등을 주면서 이교아와 함께 문밖까지 나와 전송해주었다. 이계저는 밖으로 나오다가 아무래도 반금련에게 인사를 해야겠다고 생각해 다시 반금련이 있는 화원의 뜰문에 가서는, 큰소리로 외쳤다.

"다섯째 마님께 인사를 드립니다."

반금련은 이계저가 온 것을 알고 급히 춘매를 시켜 문을 잠그게 하니 마치 철통을 걸어 잠근 듯하여 천하무적 장수인 번쾌[樊噲]가 부른다 해도 열어주지 않을 듯싶었다. 게다가,

"여기는 못 들어와요!"

라고까지 하니, 이 낯 두꺼운 기생 이계저도 부끄러워 얼굴이 벌게져서 돌아갔다.

널리 좋은 일을 해놓으면
사람들이 어디선가는 만나지 않겠는가?
많은 원수를 맺어놓으면
좁은 길에서 만나 피하기 어려우리.
廣行方便 爲人何處不相逢
多結冤讐 路逢狹處難回避

이계저는 집으로 돌아가고, 서문경은 반금련의 방으로 들어왔다. 반금련은 머리도 빗지 않고 화장도 제대로 하지 않은 지친 얼굴로 서문경을 맞이해 옷을 받아 걸고, 차를 올리고 발 씻을 물을 가져다 발을 씻어주는 등 정성을 다해 갖가지 시중을 들면서 비위를 맞추려고 애썼다. 밤이 되어 잠자리에서는 물고기가 물을 만난 듯이 자기를 죽이고 수치심도 참으며 서문경이 요구하는 대로 온갖 행위를 다 행했다.

"나리, 이 집에서 누가 당신을 가장 사랑하겠어요? 모두가 일순간에 이루어진 부부 사이로 다 재혼한 사람들 아녜요! 그중에서 오로지 저만 나리의 마음을 알고 또 나리만이 제 뜻을 알지요. 옆에 있는 사람들은 나리가 저를 그토록 사랑하시고 저한테 자주 오시는 것을 보고 모두가 시샘을 한답니다. 그래서 등뒤에서 욕들을 하고, 나리께 고자질을 하는 거예요. 그런데 사랑하는 저의 어리숭한 나리께서는 이런 것은 생각지도 않고 남들 말만 들어 흉계에 빠져서는 자기의 사랑하는 사람을 이렇게 무정하게 때리시다니!

옛말에도 '닭은 때리면 떼굴떼굴 구르지만, 꿩은 두들겨 패면 하늘로 날아가버린다'는 말도 있잖아요. 하지만 나리께서 저를 때려죽인다 해도 이 집안에 있지 제가 어디를 가겠어요? 얼마 전에 나리께서 기생집에서 하인을 발로 차고 야단을 치셨을 때에도 저는 윗방에 가서 큰마님과 셋째 맹언니에게 좋게 말씀드렸어요. 기생집의 기녀들은 나리의 몸을 축내기나 할 뿐이라고요. 기생집에서 노래 부르는 계집들은 오직 돈만을 사랑하지 어디 진실된 사랑이 있어 나리를 사랑하겠냐고 말씀드렸어요. 그런데 그 두 사람이 이 말을 몰래 엿듣고 저를 해치려고 흉계를 꾸민 거예요. 자고로 사람은 죽이려 해도 죽일 수 없고, 하늘이 죽이려 해야만 비로소 죽일 수 있다잖아요! 시간이 지나면 모든 것이 다 밝혀질 거예요. 단지 나리께서 저를 뜻대로 하시기만 하면 돼요."

이렇게 몇 마디 말로 서문경의 마음을 달래고는, 이날 밤 둘은 끝없는 음욕을 즐겼다.

며칠 후, 서문경은 말을 준비시켜 대안과 평안 두 하인을 데리고 기생집으로 갔다. 때마침 이계저는 화장을 하고서 다른 손님을 상대하고 있다가 서문경이 왔다는 소리를 듣고 급히 방으로 들어가 화장을 지우고 비녀와 귀고리 등을 풀고는 침대에 올라가 이불을 뒤집어쓰고 있었다. 서문경이 들어와 한참을 기다려도 누구 하나 나와서 맞이해주는 사람이 없었다. 겨우 포주 노파가 나와서 인사를 하며 서문경에게 앉기를 권했다.

"나리께서는 어째서 연일 들르지 않으셨어요?"

"돈도 떨어지고 집안에 사람도 없었다네."

"딸애가 나리의 생신날에 폐를 끼쳤어요."

"한데 그날 계경은 어째 오지 않았나?"

"계경은 집에 없어요. 손님을 따라 가게로 갔는데 요 며칠 돌아오지 않았어요."

이렇게 얘기를 나누고 있는데 어린 계집애가 차를 내왔다. 차를 마시면서 서문경이 다시 물었다.

"어째서 계저가 보이지 않지?"

"아직 모르고 계셨군요! 그 애는 어찌된 일인지 나리의 생신날에 잔뜩 골이 난 채 돌아와서는 몸이 좋지 않다면서 드러눕더니 일어나지를 않는 거예요. 그때부터 지금까지 방문 밖에도 나오지 않고 있어요. 그런데도 나리께서는 무정하게도 그 애를 보러 오지 않으시다니!"

서문경은 의아해했다.

"그랬소? 나는 전혀 몰랐는데. 어느 방에 있소? 내 가서 봐야지."

"뒤쪽 침실에 누워 있어요."

노파는 이렇게 말하면서 서둘러 하녀에게 발을 걷어올리게 했다. 서문경이 안으로 들어가니 과연 이계저는 검은 머리를 풀어헤치고는 화장도 하지 않은 채 침상 이불 속에서 벽을 향해 돌아누워 있었다. 서문경이 들어오는 것을 보고서도 꿈쩍하지 않았다. 서문경이 이를 보고는,

"그날 우리 집에 왔다가 어째 기분이 안 좋았어?"

하고 물어도 대답이 없었다. 그래서 다시 묻기를,

"도대체 누가 너를 이렇게 화나게 만들었어? 솔직하게 말해봐."

라고 몇 번을 물어서야 이계저가 겨우 입을 열어 대답했다.

"모든 것이 당신의 그 다섯째 때문이에요! 당신 집에 그렇게 좋은 분이 계신데, 우리처럼 천한 계집들은 찾아 뭘 하려고 하세요? 우리가 비록 관청에 이름이 올라 있는 기녀들이라 하지만 나름대로 자존심도 있어, 별 볼일 없는 양갓집의 인간들보다는 훨씬 낫답니다! 일전에 나리의 생일에 제가 노래를 불러드리지 않았어요? 저도 남들처럼 선물을 드린 셈이에요. 큰마님께서는 저를 보시고 아주 친절하게 대해주셨고 다른 두 분도 제게 비녀와 옷 등을 주셨어요. 그러다가 다섯째 마님께 인사드리지 않으면 우리 기녀들이 예의도 모른다고 하실 것 같았고, 또 나리댁에 다섯째 마님이 있다는 말을 익히 들어 알고 있던 터라 일부러 가서 인사를 올리려고 했는데 나오시질 않

는 거예요. 돌아오는 길에 고모님과 함께 가서 인사를 드리려고 했지만 하녀를 시켜 문을 잠그게 하잖아요. 정말로 예의를 몰라도 유분수지!"

"얘야, 너무 화내지 마라! 그 사람은 그날 기분이 안 좋은 일이 있었단다. 기분이 좋을 것 같으면 어찌 나와서 만나지 않았겠니? 그 음탕한 계집은 나한테도 가끔 입방아를 찧어서 사람 기분을 상하게 하니 때려줘야겠어!"

이에 이계저는 손바닥으로 서문경의 얼굴을 어루만지면서 말했다.

"염치도 없는 양반 같으니라구, 당신이 다섯째를 때려줘요?"

"너는 아직 내 성질을 모르는구나. 집안의 큰마누라를 제외하고 다른 여편네들은 쥐어패서 제대로 되게 하는 거야. 때려서 안 되면 말채찍으로 이삼십 대 후려갈기지. 그래도 말을 안 들으면 머리카락을 모두 잘라버리는 게야."

"저는 머리 자르는 것은 봤어도 주둥이 자르는 것은 보지 못했어요. 나리께서 도리어 쩔쩔매는지 누가 알기나 한대요? 나리께서 정말로 그렇게 집안일을 엄히 다스리신다면 그 머리카락을 한 움큼 잘라다가 가져와 제게 보여주세요. 그러면 나리야말로 기생집에서 첫째가는 남자라는 것을 믿겠어요!"

"네가 감히 나하고 약속 도장을 찍자고?"

"저는 백 번이라도 찍겠어요!"

그날 밤 서문경은 이계저의 방에서 머물렀다. 다음 날 저녁 무렵이 되어 이계저와 작별하고 말을 타고 집으로 돌아가려 할 적에 이계저는 당부했다.

"저는 이곳에서 눈이 빠지도록 좋은 소식을 기다리겠어요. 나리께서 가셔서 그 물건을 가져오지 못할 것 같으면 다시는 저를 볼 생각 마세요!"

이렇게 이계저에게 호되게 당한 서문경은 집에 돌아왔을 때 이미 술기운이 올라 있었다. 집에 와서는 다른 방에 들르지 않고 곧바로 반금련의 방으로 향했다. 반금련은 서문경이 이미 술에 취한 것을 보고 특별히 신경을 써서 시중을 들었다. 술과 식사를 더 하겠느냐고 물어도 생각이 없다고 했다. 그래서 반금련은 춘매에게 분부하여 침상에 깨끗하면서도 서늘한 돗자리를 깔게 했다. 춘매를 내보내자 서문경은 침상에 걸터앉아 반금련에게 신발을 벗기라 하니 감히 아무 말도 못하고 신발을 벗겨주었다. 그러고는 침대에 눕게 했지만 서문경은 자려고 하지 않고 베개 위에 걸터앉아 금련에게 옷을 벗고 땅바닥에 꿇어앉으라고 했다. 반금련은 놀라 두 손에 땀을 쥐었으나 어찌된 영문인지 몰라 할 수 없이 바닥에 무릎을 꿇고 소리내어 울면서 애틋한 목소리로 말했다.

"나리, 솔직히 말씀해주시면 저는 죽어도 여한이 없겠어요! 매일 밤낮으로 조바심을 내가며 수천 번 조심스럽게 시중을 들고 있는데 아직도 나리를 만족시켜드리지 못하는군요. 맘에 들지 않는 곳이 있으면 말씀하실 일이지, 말씀은 하지 않고 이렇게만 하시니 도대체 저는 어떻게 살라고 그러세요?"

서문경이 욕을 하면서 대꾸했다.

"이런 음탕한 년이! 네년이 옷을 벗지 않으면 나도 좋게 봐줄 수가 없지!"

그러면서 춘매를 불러 소리쳤다.

"문 뒤에 말채찍이 있으니 가져오너라!"

이때 춘매는 감히 방으로 들어오지 못하고 있었다. 몇 번을 불러서야 비로소 방문을 천천히 밀고서 안으로 들어왔다. 와서 보니 반금련은 침대 모서리 땅바닥에 꿇어앉아 등잔 아래 탁자를 향하고 있었다. 서문경 때문에 꼼짝도 못하고 있다가 춘매가 들어오는 것을 보고 금련은 울면서 애원했다.

"춘매야, 나 좀 구해다오! 나리께서 지금 나를 때리려고 하신단다."

서문경이 말한다.

"귀여운 애야, 너는 상관치 말거라! 가서 채찍이나 가져오너라. 내이 음탕한 계집을 좀 때려줘야겠다."

춘매가 말하기를,

"나리께서는 정말로 부끄러움을 모르시는군요! 도대체 마님이 나리께 무슨 죄를 지었다고 그러세요? 나리께서는 다른 음탕한 여자의 말을 믿고 공연히 평지풍파를 일으키고 계세요. 누군가가 마님 흉을 보아 나리께 말씀드린 모양이죠? 그리고 누구한테 잘 보이려고 그러시는 모양인데 절대 그렇게 하시면 안 돼요!"

하면서 방문을 걸어잠그고 문밖으로 나가버렸다. 이에 서문경도 어찌지 못하고 껄껄 웃으면서 반금련에게 말했다.

"내 너를 때리지 않을 테니 이리 올라오너라. 내가 너에게 어떤 물건이 필요하다고 하면 줄 수 있느냐?"

"나리께서도 참, 제 이 한 몸의 뼈와 살은 모두 나리의 것이에요. 필요하신 게 무어라고 말씀을 하시면 그 무언들 제가 드리지 못하겠어요. 무엇이 필요한지 모르겠네요?"

"네 머리카락이 한 움큼 필요해."

반금련이 놀라면서 소리쳤다.

"사랑하는 나리님, 제 몸의 어떤 것이라도 골라 태우든 말든 마음
대로 하셔도 되지만 이 머리카락만큼은 자르게 하지 말아주세요. 제
발 저를 놀라 죽게 하지 마세요! 제가 어머니 뱃속에서 나와 거의 스
물여섯 해를 살았으나 종래에 그런 일은 해본 적이 없어요. 게다가
숱이 많던 이 머리카락도 최근에 많이 빠지니 제발 저를 불쌍히 여겨
그 일만은 하지 말아주세요!"

"아직도 내게 화가 나 있군. 내가 말한 것을 들어주지 않는 것을 보
니."

"제가 나리께 드리지 않으면 누구에게 주겠어요?"

그러면서 금련은 다시 물어보았다.

"그렇지만 솔직히 말해보세요. 도대체 이 머리카락을 어디에 쓰시
려고 그러세요?"

"망건을 만들려고 그래."

"망건을 만드신다니 드리겠어요. 그렇지만 다른 음탕한 계집에게
주어 저를 저주하는 데 쓰게 하시면 절대 안 돼요."

"그것을 누구한테 준다고 그래, 절대로 남에게 주지 않고 망건을
만드는 데 쓸 것이야."

"나리께서 정히 망건을 만드는 데 쓰시겠다니 잘라드리겠어요."

반금련이 머리카락을 나누자 서문경은 가위를 가지고 머리 가운
데 부분에서 한 움큼 잘라내어 종이에 잘 싸서 바로 주머니 속에 집
어넣었다. 반금련은 서문경의 품에 쓰러져 안기면서 애교 있는 코맹
맹이 소리로 아양을 떨었다.

"저는 모든 것을 나리의 뜻에 따를 테니, 나리께서는 제발 이 마음
을 잊지 마세요. 당신께서 다른 계집과 놀아나는 것도 좋으나 저를

버리진 마세요."

이날 밤 두 사람의 사랑은 더욱 진하고 깊었다. 다음 날 서문경은 반금련이 자기를 위해 준비한 아침을 먹고는 말을 타고 곧장 이계저가 있는 기생집으로 달려갔다. 이계저는 서문경을 보자마자 물어보았다.

"나리께서 자르신 다섯째의 머리카락은 어디에 있어요?"

"여기에 있지."

서문경은 가지 모양의 주머니에서 머리카락을 꺼내 계저에게 건네주었다. 계저가 주머니를 열고 보니 과연 칠흑 같은 머리카락이 한 움큼 들어 있어 잘 받아 소매 속에 넣었다.

"봤으니 내게 돌려줘야지. 어제 이 머리카락을 잘라내기가 여간 힘들지 않았어. 내가 공갈 협박을 해서 겨우 이 한 움큼 잘라낸 거야. 다섯째에게는 망건 만드는 데 쓸 거라고 속이고 곧바로 너에게 가져와서 보여주는 거야. 어때, 내가 실언은 하지 않지?"

이계저는 입을 삐쭉이며 대꾸했다.

"뭐 대단한 물건이라고 이렇게 호들갑을 떨고 하세요! 잠시 후에 집에 돌아가실 때 돌려드릴게요. 이렇게 다섯째를 무서워할 것 같으면 차라리 잘라오지나 말지 그러셨어요!"

서문경이 웃으면서 말한다.

"누가 무섭다고 했나, 단지 말로는 당할 수가 없어서 그래!"

이계저는 언니인 계경에게 잠시 서문경의 술시중을 들어달라고 부탁하고 뒤켠으로 가서 곧장 반금련의 머리카락을 신발 바닥에 깔고는 매일 밟아 뭉갠 것은 두말할 필요도 없다. 그러고는 서문경을 꼭 붙잡고 며칠 동안 집에 돌려보내지 않았다.

제12화 홀로 빈방을 지키지 못하고

한편 반금련은 머리카락을 잘리고 난 후로 영 마음이 편치 않았다. 매일 문밖에도 나가지 않고 차와 음식도 별로 먹고 싶은 생각이 없었다. 이에 오월랑은 하인을 시켜 늘 집에 와서 치료해주는 유노파를 불러 반금련을 보게 하니 보고 나서 이렇게 진단했다.

"마님께는 어두운 기가 가슴을 내리누르고 있어 모든 게 제대로 돌아가지 않는 거예요. 머리도 아프고 속도 메스꺼워서 식사를 못하시는 겁니다."

그러고 약 꾸러미를 풀어 검은 알약 두 알을 건네주면서 말한다.

"저녁에 생강차와 함께 드세요. 그리고 제가 내일 우리 집 영감을 데리고 와서 금년에 이 댁에 재앙이 있는지, 운세가 어떤지 봐드릴게요."

"원래 댁의 영감님께서 점도 보세요?"

"그 영감이 비록 앞은 못 보지만 몇 가지 재주가 있다오. 첫째로 음양을 점쳐 사람들을 안전하게 해주고, 둘째로 침을 잘 놓고 뜸을 잘 뜨며, 셋째로 말씀드리기 뭣하지만 사람을 위해 회배[回背]도 해준다오."

"회배가 무엇인데요?"

"예를 들어 부자간에 사이가 좋지 않다거나, 형제간에 화목하지 않거나, 집안의 본부인과 첩들이 서로 싸우면 우리 영감에게 부탁해 부적을 만들고 또 주문을 외운 물을 마시게 합니다. 그러면 사흘도 안 되어 부자 사이가 좋아지고 형제가 화목하고 처첩이 싸우지 않는답니다. 또한 장사가 잘 안 된다거나, 논밭에서 수확이 시원치 않을 때에는 언제라도 집안의 운수를 트여주고 장사가 잘되게 해주며, 난치병도 치료해주고, 별점을 치기도 합니다. 그래서 사람들은 이런 일을 하는 사람을 유리성[劉理星]이라고 부른답니다. 일전에 어느 집에서 새로 며느리를 맞이했는데 워낙에 가난한 집 딸이라서 손버릇이 나빠 시댁의 물건을 훔쳐 친정에 가져가곤 했답니다. 남편에게 들켜 번번이 두들겨 맞곤 했지요. 우리 영감이 이를 알고서 며느리를 위해 주문을 외워주고 부적 두 개를 쓴 후에 태워서 물 항아리 밑에 묻어두었어요. 시댁 사람들 모두가 그 항아리 물을 마시니 분명히 눈을 뜨고 며느리가 물건을 훔치는 것을 보았으나 서로 안 본 것처럼 했죠. 또한 남편의 베개에 부적 하나를 넣어놓았는데 그가 베고 자니 마치 두 손을 묶어놓은 것처럼 다시는 그녀를 때리지 않는 거예요."

반금련은 이 말을 듣고 마음속에 잘 새겨두고는 하녀에게 차와 과자를 내오라 하여 유노파를 잘 대접했다. 유노파가 떠날 때 반금련은 약값으로 석 전을 싸서 주고 따로 닷 전을 주면서 부적이나 신물을 사는 데 쓰라고 하고는 다음 날 아침 일찍 남편과 함께 와 부적을 좀 써달라고 부탁했다. 유노파는 그러겠노라고 대답한 후에 집으로 돌아갔다.

이튿날 이른 아침에 과연 유노파는 장님인 남편을 데리고 큰 대문을 지나 곧바로 안채를 향해 들어갔다. 그날은 마침 서문경이 아직 기생집에서 돌아오지 않아 집에 없었다. 문을 지키던 하인이 묻기를,

"장님 양반께서 어딜 갑니까?"

하니 유노파가 말했다.

"오늘 안채에서 다섯째 마님을 위해 부적을 써드리려고 해."

"다섯째 마님이 부적을 쓰신다면 어서 안으로 들어가 보세요. 개 조심하구요."

유노파는 영감의 손을 이끌고서 곧바로 반금련이 머무는 거처로

들어갔다. 얼마를 기다리노라니 반금련이 나와 유영감을 보고 인사를 하고는 자리에 앉으라 했다. 반금련이 유영감에게 생년월일시 팔자를 가르쳐주자, 유영감은 손으로 무엇인가를 셈해보고 말한다.

"마님께서는 경진년[庚辰年], 경인월[庚寅月], 을해일[乙亥日], 기축시생[己丑時生]으로 초여드레가 입춘이니 바로 징월로 점을 쳐야겠군요. 자평[子平](오대[五代] 송초[宋初]의 명리학가[命理學家])의 설에 따른다면 마님의 이 팔자는 비록 수려하고 특이하기는 하나 평생 남편의 덕을 볼 수가 없습니다. 바로 자식 팔자에 약간의 장애가 있기 때문입니다. 그리고 해[亥] 중에 목[木]이 있어 정월에 나면 몸의 기운이 왕성하고 말솜씨가 좋아, 극복하지 못하면 스스로를 태워버리고 맙니다. 또 경[庚]이 두 개 겹치니 양인[羊刃]이 너무 무거워 지아비가 어려우니 두 가지를 극복해야만 비로소 좋아집니다."

이에 반금련이 대답했다.

"이미 극복했어요."

"솔직히 말씀드리자면, 마님의 운세는 자평의 설대로라면 살인격[煞印格]을 취하고 있습니다. 그러나 해[亥] 중에도 계수[癸水]가 있고 경[庚] 중에도 계수가 있습니다. 고로 물이 너무 많아 아래에서 치솟고 있으나 한 차례의 기토[己土]가 있어 관살[關煞]이 섞여 있습니다. 무릇 남자가 살[煞]이 무거우면 권세를 장악하고, 여자가 살이 무거우면 반드시 남편을 죄인으로 만듭니다. 그렇지만 사람됨이 총명하고 영리하면 사람들의 총애를 얻을 수 있습니다. 다만 한 가지 올해는 갑진년[甲辰年]이기 때문에 세운[歲運]에 액운이 함께 겹치니, 반드시 명중[命中]에 소모[小耗]와 구교[勾絞]를 범합니다. 이 별 두 개는 귀찮은 것으로, 비록 상처를 받지는 않으나 다른 동료들과 화목하지 않고, 소인들의 입에 자주 오르내리고, 늘 눈물을 흘리고 마음이 평안치가 않은 팔자입니다."

반금련이 귀담아듣고는 부탁했다.

"그럼 수고스럽겠지만 정성을 들여 액땜 좀 해주세요. 여기 은자한 냥이 있으니 우선 영감님이 수고비로 차라도 사서 드세요. 저는다른 것은 바랄 게 없고 단지 소인들을 멀리 물리치고, 주인 나리께서 나만을 사랑해주기를 바랄 뿐이에요."

그러고는 방으로 들어가 장식품 두어 개를 꺼내와 장님 영감에게주었다. 장님 영감은 이를 받아 소맷자락에 넣으면서 말했다.

"기왕에 제게 액땜을 부탁하셨으니 말씀드리자면, 우선 버드나무한 토막으로 남녀 인형 두 개를 깎은 다음에 마님과 주인 나리의 사주를 써넣습니다. 그런 다음 칠칠 사십구 개의 붉은 실로 그것을 한데꽁꽁 동여맵니다. 그러고 나서 붉은 비단 조각으로 남자의 눈을 가리고, 쑥으로 남자의 가슴을 틀어막고, 바늘로 그 손을 박고, 아교로 그발을 붙인 후에 몰래 잠자는 베개 속에 넣어두는 겁니다. 그리고 붉은주사[朱砂]로 부적을 한 장 쓰고 그것을 태워 재로 만들어 몰래 차에타놓으세요. 만약 나리께서 그 차를 마시고, 저녁에 그 베개를 베고주무신다면 사흘도 안 지나 자연히 그 효험이 나타날 것입니다."

"그 네 가지는 무슨 뜻이 있지요?"

"알려드리죠. 비단 천으로 눈을 가리는 것은 주인 나리께서 마님보시기를 서시와 같이 아름답게 보기 위한 것이고, 쑥으로 가슴을 틀어막는 것은 주인 나리께서 진심으로 마님만을 사랑하기 위함이며,바늘로 손을 박는 것은 마님께서 설혹 잘못을 하더라도 나리께서 다시는 마님을 때리거나 무릎 꿇리지 못하게 하기 위함이고, 아교로 발을 붙여놓는 것은 나리께서 다른 곳에 가서 쓸데없는 짓을 못하게 하기 위함입니다."

반금련이 이 말을 듣고 보니 과연 그럴싸한지라 내심 매우 기뻤다. 당장에 초와 향, 종이 등을 준비해 잘 해달라고 부탁했다.

다음 날 유노파를 시켜 액땜에 쓰이는 물건과 부적을 반금련에게 보내주니, 반금련은 전에 유영감이 일러준 대로 시행했다. 그리고 부적을 잘 태워 재로 만들어서 차에 타놓았다. 서문경이 집으로 돌아오기를 기다렸다가 서문경이 돌아오자 곧 춘매를 시켜 차를 내와 서문경에게 마시게 했다. 그러고 나서 그날 밤에 같이 잠자리에 들었는데 그로부터 하루가 지나고 이틀이 지나 사흘이 되어도 마치 물고기가 물을 만난 듯 기쁨과 즐거움이 여전했다.

사람들아, 내 말 좀 들어보소! 무릇 큰집이건 작은집이건 간에 비구니나 도사, 유모, 중매쟁이와는 가까이 하지를 마소. 등뒤에서 무슨 일인들 못하겠는가? 옛사람들의 격언 네 구가 있어 이를 잘 말해주고 있다네.

집 앞으로는 절대 삼파[三婆]*를 다니지 말게 하고
뒷문도 언제나 굳게 잠가두고
뜰 안 우물의 작은 구멍도 막아놓으면
바로 화는 적고 복은 많으리.
堂前切莫走三婆 後門常鎖莫通和
院內有井防小口 便是禍少福星多

---

* 원래 유모·의녀·산파를 지칭하나, 여기서는 비구니·여도사 등을 포함함

끝까지 빛나는 한 쌍이려니

이병아가 담 너머로 밀약을 하고,
영춘이 몰래 정사를 엿보다

인생이란 비록 온전할 수 없지만
세상살이는 여유가 있어야 한다네.
좋은 것은 군자의 말을 듣고
시비를 가릴 때는 소인의 말은 듣지 마라.
무리를 지어 세속에서 능히 즐길 수 있으나
사람 마음을 잘 알 수 없음을 두려워해야 하니
말 잘하는 여인들에게 말하노니
제발 새빨간 거짓말은 하지 마소.
人生雖未有千全 處世規模要放寬
好惡但看君子語 是菲休聽小人言
徒將世俗能歡戱 也畏人心似隔山
寄語知音女娘道 莫將苦處語爲岾

유월 열나흗날, 서문경이 바깥에서 오월랑의 방으로 들어오자 오
월랑이 서문경에게 소식을 전했다.

"오늘 당신이 안 계실 때 옆집 화씨댁에서 하인을 시켜 당신께 술

대접을 하고 싶다며 청첩장을 보내왔어요. 그러면서 나리께서 오시면 바로 건너오십사 하더군요."

서문경이 청첩장을 보니 쓰여 있기를 이러했다.

오늘 오후에 기생집 오은아의 집으로 모시고 싶으니, 저희 집에 잠시 들러주시면 대단히 감사하겠습니다.

이에 서문경은 의관을 갖춰 입고 하인 두 명을 거느리고 말을 준비시켜 타고는 먼저 화자허 집으로 갔다. 그런데 뜻밖에도 화자허는 집에 없었다. 화자허의 부인인 이병아[李甁兒]는 여름인지라 은실로 까만 머리카락을 묶어올린 채 자수정에 금을 상감한 귀고리를 하고, 붉은색 가는 실로 짠 윗저고리에 끝에 주름을 잡은 흰 비단 치마를 입고, 치마 끝으로는 한 쌍의 붉은 원앙새의 부리인 양 뾰족한 신발을 신고서 두 문 사이의 섬돌 위에 서 있었다. 손에는 녹색 명주로 만든 부채를 들고 있었다.

이때 서문경이 정신없이 문으로 들어가다가 둘은 정면으로 마주쳤다. 본래 서문경은 오래전부터 이 부인을 마음에 두고 있었으나 예전에 밖에서 우연히 잠깐 보고 여태껏 자세히 본 적은 한 번도 없었다. 이에 얼굴을 살펴보니 피부가 하얗고, 자그마한 키에 둥근 얼굴, 가늘게 구부러진 초승달 같은 눈썹을 하고 있었다. 이를 바라보고 있노라니, 혼[魂]은 높고 먼 하늘 저쪽으로 날아가고 백[魄]은 하늘 끝 저 멀리 흩어질 정도로 정신이 없었으나 황급히 앞으로 나아가 정중하게 인사를 했다. 이병아도 답례 인사를 한 후에 몸을 돌려 안으로 들어갔다. 바로 머리카락을 눈썹 부근에서 가지런히 자른 수춘[秀

春]이라는 하녀가 서문경을 안으로 모셔 객실로 안내해 앉아 있게 했다. 그리고 이병아는 쪽문 가에서 반쯤 교태 어린 모습을 드러내고는 간드러진 목소리로 말했다.

"나리, 잠시만 앉아 계세요. 주인 양반은 잠시 볼일이 생겨서 나갔는데 바로 돌아오실 거예요."

잠시 후 하녀가 차를 내와 서문경이 마시고 있노라니, 부인이 문 뒤에서 다시 말한다.

"오늘 저희 집 양반이 나리를 모시고 어디로 가서 술을 드신대요? 제발 저를 봐서 집으로 일찍 돌아가도록 권해주세요. 하인 둘을 모두 데리고 가버리니, 집에는 계집종 둘과 저만 남게 되어 집안에 사람이 없어요."

"부인 말씀이 맞습니다. 당연히 집안일이 중요하지요. 게다가 부인께서 부탁하시니, 제가 화형과 함께 오가면서 뒤를 보살펴드리겠습니다."

이렇게 말하고 있을 때 화자허가 돌아왔다. 화자허가 오는 것을 보고 이병아는 자기 방으로 돌아갔다. 화자허는 서문경을 보고 인사를 했다.

"형님께서 오셨는데 제가 급한 볼일이 생겨 나가보느라 영접을 못 해드렸습니다. 정말로 죄송한데 용서해주시기 바랍니다."

이에 서로 자리를 권하고 앉으며, 하인을 불러 차를 내오게 했다. 이윽고 차를 마시고 나자 다시 하인을 불러 이른다.

"가서 마님께 말씀드려 음식 좀 준비하도록 하거라. 내 여기 서문 나리와 간단히 몇 잔 한 후에 나가겠다."

"오늘이 마침 기생집의 오은아 생일이니 형님을 모시고 가서 한잔

하려고 해요."

서문경이,

"어째 일찍 말하지 않았나?"

하면서 곧 대안을 불러,

"빨리 집에 가서 은자 닷 냥을 좀 싸가지고 오너라."

하자 화자허가 만류한다.

"무얼 그리 신경을 쓰십니까? 이렇게 하시면 제가 공연히 곤란하 잖아요."

서문경은 음식상이 준비되는 것을 보고는 말했다.

"우리 여기서 마실 게 아니라, 그리로 가서 마시지 그래."

"오래 있을 게 아니니 잠시만 앉았다 가세요."

말하는 사이에 큰 접시와 큰 대접이 들어오는데 닭고기며 돼지고 기며 생선과 고기 등이 가득 담겨 있었다. 또한 해바라기 모양의 다 리가 긴 은술잔도 두 개가 나오고 밀가루 빵 네 개까지 곁들여 들어 왔다. 다 먹고 나자 남은 음식은 말을 돌보는 하인들에게 주어 먹게 했다. 얼마 있다가 대안이 돈을 가져오자 둘은 말을 타고 출발했다.

서문경은 대안과 평안, 화자허는 천복과 천희 등 하인 넷을 데리 고 기생집들이 몰려 있는 뒷골목의 오사마 집으로 가서 오은아의 생 일을 축하해주었다. 그곳에서 자리를 성대하게 꾸며 춤도 추고 노래 도 부르면서 재미있게 놀았다. 이렇게 질탕하게 먹고 마시기는 일경 (저녁 일곱 시부터 아홉 시 사이)쯤 되어서야 끝이 났다. 서문경은 따로 생각하는 바가 있었기에 화자허에게 자꾸 술을 권해 곤드레만드레 가 되도록 취하게 만들었다. 이병아의 간절한 부탁도 있고 해서 서문 경은 화자허를 데리고 다시 화자허의 집으로 돌아왔다. 하인을 불러 문을 열게 하고는 화자허를 부축해 객실 안으로 들어가 앉혔다. 이병아가 하녀와 함께 촛불을 들고 나와서 화자허를 안고 안으로 들어갔다. 서문경은 자기 할 일을 다 마쳤기에 인사를 하고 돌아가려고 했다. 이에 이병아가 급히 나와 감사의 절을 올리면서 말하기를,

"저희 집 양반은 술도 잘 못하면서 저 모양이랍니다. 그러면서 남에게 폐나 끼치고 있습니다. 이렇게 데려다주셔서 정말 감사해요. 나리께서는 웃지나 말아주세요."

하자, 이에 서문경도 급히 허리를 굽혀 답례의 절을 했다.

"별말씀을 다 하십니다. 부인께서 아침 일찍 부탁하시기를 꼭 함께 있어달라고 하지 않으셨습니까? 그런데 제가 어찌 그것을 잊고 화형을 데리고 오지 않을 수 있겠습니까? 사실 부인께서 걱정을 하셨기에 망정이지, 그렇지 않으면 정말로 어쩌지 못할 뻔했어요. 이 사람이 그곳의 기녀들에게 에워싸여서는 꼼짝을 못하는 겁니다. 그래서 제가 우겨 겨우 데리고 나와 낙성당 문 앞에 오니, 정애향[鄭愛香]이라고 아명이 정관음[鄭觀音]이라는, 생김이 꽤 괜찮은 기생이 있는데 화형은 한사코 정애향의 집으로 가겠다는 거예요. 그래서 제가 수차례 만류하면서 '화형, 오늘은 그냥 갔다가 다음에 다시 오자구. 집안에서 부인이 걱정하고 계실 텐데'라고 해 겨우 집으로 데리고 왔답니다. 그렇지 않고 그 정씨 집으로 들어갔더라면 아마 오늘밤에는 돌아오지 못했을 겁니다. 부인 앞에서 제가 할 말은 아니지만 화형은 아직도 세상 물정을 잘 모르고, 부인께서 이토록 젊으신데 이렇게 큰 집을 버려두고 밤에 돌아오지 않으면 그게 말이나 되겠어요?"

"누가 아니래요. 바깥양반이 밖에서 그렇게 변변치 못하게 행동하

며 사람의 말은 도무지 듣지를 않으니, 저도 속이 상해 병이 다 생길 정도예요. 이후에라도 나리께서 기생집에서 남편을 만나시면 제발 제 얼굴을 보시어 집으로 일찍 돌아가도록 권해주세요. 그러면 그 은혜를 절대로 잊지 않을 테니까요."

서문경은 이병아의 한마디를 듣자 열 마디를 알아차릴 정도로 눈치가 빠른 사람인 데다 오랫동안 화류계에서 놀고먹었는데 이병아가 말하는 바의 의미를 모르겠는가! 게다가 오늘은 재수 좋게도 큰길을 열어놓고 들어오기를 권하고 있는 것이 아닌가. 이에 서문경은 만면에 미소를 지으면서 말하기를,

"부인께서는 무슨 말씀을 그리 하십니까! 친구 사이인데 무슨 일인들 못해드리겠습니까? 제가 앞으로 화형을 잘 달래볼 테니 부인께서는 안심하세요."

하자, 이에 이병아는 다시 고개를 조아려 감사의 인사를 하고 하녀를 불러 과실을 넣은 차를 내오게 했는데 은으로 테를 두른 검은 찻잔이었다. 서문경은 차를 다 마신 후에,

"저는 이만 돌아가 봐야겠어요. 부인께서는 문단속 잘하세요."

하고 인사하고는 집으로 돌아갔다.

그로부터 서문경은 이 부인을 자기 것으로 만들 계획을 세심하게 꾸몄다. 그리하여 응백작, 사희대로 하여금 자주 화자허를 꼬여 기생집에서 밤새 술을 마시게 만들고, 자기는 몰래 자리를 빠져나와 집으로 돌아와 집 앞에 서 있었다. 그러다 보면 이병아도 하녀 둘을 데리고 서 있었다. 서문경은 문 앞에서 헛기침을 하면서 몸을 돌려 동으로 서로 왔다 갔다 했다. 그러다가 문가에 서서 눈도 돌리지 않고 뚫어져라 문 안쪽을 들여다보기도 했다. 부인은 문 안쪽에 서 있다가

서문경이 오는 것을 보고는 재빨리 안으로 들어갔다. 그러다가 서문경이 가면 다시 머리를 삐죽 내밀며 밖을 내다보았다. 두 사람이 뜻과 마음은 서로 통했으나, 단지 말을 못하고 있을 뿐이었다. 그러던 어느 날 서문경이 문 밖에 서 있는데 부인이 하녀 수춘을 시켜 서문경을 안으로 들도록 청했다. 서문경은 일부러 물었다.

"애야, 왜 나를 부르신다더냐? 나리는 안에 계시냐?"

"주인 나리께서는 댁에 안 계세요. 저희 마님께서 나리께 몇 마디 여쭤볼 것이 있으시답니다."

서문경은 천재일우의 기회를 맞은지라 재빨리 안으로 들어갔다. 객실로 안내받아 잠시 앉아 있으니, 부인이 나와 인사를 한다.

"일전에 나리께 크나큰 도움을 입은 일, 아직도 제가 가슴에 새겨 잘 기억하고 있어요. 저희 바깥양반께서는 어제 나가서서 벌써 이틀이 지나도록 돌아오지 않고 계세요. 혹시 나리께서 그 양반을 어디서 보지 못하셨는지요?"

"화형은 어제 친구 서너 명과 함께 정씨네 집에서 술을 마셨는데, 저는 일이 좀 있어서 먼저 돌아왔어요. 오늘은 그곳에 가보지 않아서 아직까지 거기에 있는지 잘 모르겠군요. 만약 제가 그곳에 있었다면 어찌 화형을 재촉해 집으로 일찍 돌아가도록 하지 않았겠어요! 부인께서 분명히 걱정하실 텐데."

"바로 그래요. 도대체 남의 말은 듣지를 않으니 무슨 방법이 없어요. 게다가 허구한 날 기생집이나 출입하며 놀고 마셔대느라 집안일은 전혀 신경을 쓰지 않고 있어요."

"화형이 사람은 좋은데, 단지 그런 문제가 있네요."

이렇게 말하고 있는데 하녀가 차를 내와 마셨다. 이때 서문경은 화자허가 일찍 돌아올지도 몰라 오래 앉아 있지 못하고 바로 자리에서 일어났다. 이에 이병아는 서문경을 붙들고 신신당부하기를 내일이라도 그곳에 가거든 제발 잘 권해서 집으로 일찍 돌아오도록 해달라고 통사정을 했다.

"그렇게만 해주신다면 후하게 인사를 드리겠어요."

"부인께서는 별말씀을 다 하십니다. 저와 화형은 친구지간인데 말입니다."

서문경은 집으로 돌아가고, 이튿날 화자허는 기생집에서 집으로 돌아왔다. 이병아는 화자허를 몹시 원망하면서 말했다.

"당신이 밖에서 술과 여자에 빠져 지낼 때, 다행히도 옆집의 서문 나리께서 두어 차례나 당신에게 집으로 일찍 돌아오도록 권하지 않으셨나요. 그러니 당신이 적당한 선물을 사서 서문 나리께 감사 인사를 하는 것이 인간의 도리를 잊지 않는 것이겠죠."

이에 화자허는 급히 선물 네 상자와 술 한 병을 사서 하인 천복을 시켜 서문경의 집으로 보냈다. 서문경은 물건을 받고 천복에게 후히 상을 주어 돌려보냈다. 오월랑이 이를 보고 묻는다.

"화씨댁에서 왜 당신께 선물을 보냈지요?"

"일전에 화형이 나를 초대해 기생 오은아한테 가서 그녀의 생일을 축하해주었는데 그날 화형이 몹시 취했기에 내가 부축해서 그의 집으로 돌려보냈지. 게다가 기생집에서 볼 적마다 화형에게 그곳에서 밤을 지새우지 말고 일찌감치 돌아가도록 권하곤 했지. 그랬더니 화형 부인이 내 마음씀에 감동해 자기 남편에게 말해 이 선물을 사서 보낸 것 같군."

이 말을 듣고 오월랑이 손뼉을 치면서 대꾸한다.

"아이고 우리 양반아, 당신 일이나 잘하실 일이지, 진흙 부처가 흙 부처에게 무엇을 권한단 말이에요? 당신도 집안에 붙어 있는 날이 없이 허구한 날 바깥에서 여인들 희롱이나 하면서 남의 남자에게 무엇을 권하세요!"

그러면서도,

"그런데 당신도 이 선물을 그냥 공짜로 받을 수는 없잖아요?"

하면서 다시 묻는다.

"화형이 보낸 쪽지에는 누구 이름이 쓰여 있어요? 만약 그 집 부인의 이름이 쓰여 있으면 오늘 내 이름으로 초대장을 써서 화형 부인을 우리 집으로 초대하겠어요. 화형 부인도 뭔가 뜻이 있어 이렇게 해서라도 우리 집과 왕래하고 싶어 하는 것 같으니 말이에요. 그렇지만 바깥양반 이름으로 되어 있으면 그 부인을 부르든 말든 당신이 알아서 하세요."

"화자허의 이름으로 되어 있으니, 내가 내일 화형을 불러 한잔하면 그만이야."

다음 날 과연 서문경은 술자리를 마련해 화자허를 불러 함께 마신 후에 저녁 늦게 집으로 돌려보냈다. 화자허가 돌아오자 이병아는 말하기를,

"당신도 예의를 잊어서는 안 돼요. 우리가 서문 나리에게 감사의 선물을 보냈더니 그쪽에서는 바로 술자리를 준비해 당신을 초대하잖아요. 그러니 당신도 다음에 술자리를 만들어 서문 나리를 초대하세요. 마땅히 그래야 서로가 좋잖아요."

했다. 세월은 빨리도 흘러 어느덧 구월 초아흐레 중양절[重陽節]이되었다. 이날 화자허는 중양절을 핑계삼아 기생 둘을 불러놓고, 서문

경에게는 자기 집에 국화꽃이나 감상하러 오시라고 초대했다. 그러면서 응백작, 사희대, 축일념, 손과취를 불러 자리를 함께했다. 이에 일행은 손으로 꽃을 전하는 놀이 등을 하면서 흥겹게 술을 마시고 놀았다.

세월의 빠름은 마치 나는 화살과도 같아
인간 세상에는 또 즐거운 중양절 다가왔네.
가지 많은 붉은 나무 가을빛으로 단장하고
길가의 국화는 기이한 향기를 내뿜네.
높은 데 올라 벼슬할 생각은 하지 않고
생각은 아직도 술과 아리따운 여인뿐.
발 드리운 문을 사이에 두고 서로 훔쳐보니
이로부터 싹튼 정을 둘은 잊지 못하네.
鳥免循環似箭忙 人間佳節又重陽
千枝紅樹妝秋色 三徑黃花吐異香
不見登高鳥帽客 還思捧酒綺羅娘
繡簾瑣闥私相覷 從此恩情兩不忘

이렇게 마시기 시작한 술자리는 저녁에 등불을 켤 때까지 계속되었다. 서문경은 잠시 자리를 떠나 바깥으로 나와 용변을 보려고 했다. 그런데 생각지도 않게 창문 밖에 서서 몰래 안을 들여다보던 이병아와 딱 마주치게 된 것이다. 그러다 보니 서문경은 피할래야 피할 수도 없었다. 이병아는 재빨리 서쪽의 쪽문으로 가서 살그머니 하녀 수춘을 불러 뭐라고 속삭이니, 잠시 뒤에 수춘이 서문경에게 다가와서 낮은 목소리로 전했다.

"저희 집 마님께서 서문 나리께 말씀드리기를, 술을 적게 드시고 일찌감치 댁으로 돌아가시래요. 조금 있다가 저희 주인 나리는 기생집으로 가셔서 묵도록 하시겠대요. 이 밤에 마님께서는 이렇게 해놓으신 후에 서문 나리께 드릴 말씀이 있다 하십니다."

서문경은 이 말을 듣고 기뻐서 어찌할 줄을 몰랐다. 용변을 보고 자리에 돌아와 자기에게 오는 술을 몰래 쏟아버리고, 노래 부르는 기생들이 양옆에서 술을 따라 바쳐도 취한 척하면서 마시지 않았다. 시간을 보아하니 거의 이경(밤 아홉 시부터 열한 시 사이)이 되었다. 이때 이병아는 조급한 나머지 가만있질 못하고 주렴 뒤에 와서 살그머니 안을 들여다보았다. 서문경은 앞쪽에 앉아 있는데 연방 꾸벅꾸벅 조는 시늉을 하고 있었다. 응백작과 사희대는 의자에 못을 박아놓은 듯 아직도 게걸스럽게 먹으면서 전혀 일어날 생각을 하지 않았다. 축일념과 손과취는 피곤해서 이미 가버리고 없었다. 그런데도 저 두 사람은 도무지 움직일 생각을 하지 않는다. 이에 이병아는 애가 탔다. 마침 서문경이 자리에서 일어나 나가려고 하는데 화자허가 붙잡고 놓아주질 않았다.

"오늘 제가 대접이 소홀해 죄송한데, 형님께서는 어찌 좀 더 앉아 계시지 않으세요?"

"내 너무 취했어, 이제 못 마시겠네."

그러면서 일부러 좌우로 비틀거리며 하인 둘의 부축을 받아 집으로 돌아갔다. 이를 보고 응백작이 말한다.

"형님이 오늘은 어쩐 일인지 모르겠어, 술을 전혀 마시려 하지 않다니, 얼마 마시지도 않고 취해버렸으니 말이야. 그래도 주인장께서 신경을 써서 예쁜 아가씨라도 둘 있으니 망정이지. 자, 큰 잔을 가져와 사오십 잔 더 마시고 자리에서 일어납시다."

이병아가 주렴 밖에서 이 말을 듣고 철면피 같은 인간들이라고 수없이 욕을 했다. 그래서 몰래 하인인 천희를 시켜 화자허를 불러내 일렀다.

"당신이 정히 저 작자들과 더 마시고 싶다면 일찌감치 기생집에 가서 드시고, 제발 저를 귀찮게 하지 말아주세요! 한밤중까지 잠도 안 자고 떠들어대며 난리를 쳐대니 제가 어디 견딜 수가 있어야지요."

"그럼 오늘 밤에는 저들과 함께 기생집에 가서 놀겠어. 그렇지만 집에 돌아올지는 내 장담 못해. 그러니 당신이 나에게 투덜거리면 안 돼."

"어서 가기나 하세요, 절대로 투덜거리지 않을 테니."

화자허는 뜻밖의 이 한마디를 듣고는 얼른 안으로 들어가 사람들에게,

"기왕에 이렇게 되었으니, 우리 기생집에나 갑시다."

하자 응백작이 응수한다.

"정말로 부인께서 그렇게 말씀하셨단 말이에요? 날 속이려 하지 말고! 다시 가서 부인께 물어본 후에 일어서는 게 좋겠어."

"마누라가 방금 그렇게 말을 했다니까. 나보고 내일이나 집에 돌아오라고 말이야."

이에 사희대가 말한다.

"하긴 이 응비렁뱅이가 이렇게 지껄여대봐야 소용없고, 방금 전에 형님이 허락을 받았다니 우리들은 안심하고 가면 돼요."

그리하여 노래하는 기생 둘도 데리고 다 함께 기생집으로 갔다. 천복과 천희가 화자허 등 세 사람을 따라 오은아의 기생집에 갔을 때에는 이미 이경이 지났다. 문을 열게 하여 안으로 들어가니 오은아가 자고 있다가 화자허 일행이 오는 것을 보고 바로 일어나 집안에 불을 밝히고 안으로 맞아들였다. 응백작이 너스레를 떤다.

"네 영감께서 오늘 우리를 불러 국화를 감상하는 술자리를 마련하셨는데, 마신 게 아무래도 부족해 다시 이곳으로 데려오신 게란다. 그러니 너희 집에 있는 술을 좀 내와 마시자꾸나."

두말할 필요도 없이 화자허 일행은 밤새 그곳에서 술을 마셨다.

한편 서문경은 취했다는 핑계를 대고 집으로 돌아와서는 반금련의 방으로 가 옷을 벗자마자 화원에 나가 앉아 이병아가 그 편에서 자기를 부르기를 학수고대하고 있었다. 오래지 않아 담장 저편에서 개를 쫓고 문을 닫는 소리가 들려왔다. 그리고 조금 있다가 하인 영춘이 어둠 속에서 담장을 타고 고양이를 부르는 척하다가 서문경이 정자에 앉아 있는 것을 보고 말을 건넸다. 이에 서문경은 의자 하나를 들고 와 몰래 담을 기어오르니, 그쪽에는 이미 사다리가 준비되어 있었다. 이병아는 벌써 화자허와 친구들을 내보내고는 모자를 벗고 구름 같은 머리를 풀어헤치고 화장을 엷게 하고는 복도 아래에 서 있었다. 그러다가 서문경이 오는 것을 보고 기뻐서 어찌할 줄을 모른다. 서문경을 방으로 맞이한 후 등불을 밝히니, 방에는 이미 술과 안주며 과일 등이 한 상 가득 차려져 있었다. 그리고 작은 술주전자에도 향기가 그윽한 술이 가득 담겨 있었다. 부인이 옥으로 만든 술잔을 두 손 높이 드니, 영춘이 주전자를 들어 술을 따랐다. 부인은 서문경을 향해 머리를 조아리며 정중히 인사했다.

"최근 여러 가지 일로 너무나 고마웠습니다. 게다가 나리께서 신경을 써서 답례까지 해주시니 저는 더욱 어찌할 바를 모르겠습니다. 오늘은 제가 별것 아닌 술을 준비해 이렇게 나리를 청해 제 변변치 못한 마음을 표하려고 했습니다. 그런데 공교롭게도 그 두 천벌을 받을 뻔뻔한 인간들이 들이닥쳐 죽치고 앉아 있는 바람에 저는 안달이 나서 죽을 뻔했어요. 방금 전에야 겨우 모두 기생집으로 내쫓아버렸지요."

"화형이 돌아오지 않을까요?"

"제가 이미 오늘 밤은 거기에서 놀고 돌아오지 말라고 했어요. 하인 둘도 모두 딸려 보냈으니, 집에는 이제 아무도 없어요. 단지 계집종 둘만 있고 풍노파가 문을 지키고 있으나 어려서부터 저를 키워온 유모라 제 심복이라 할 수 있지요. 그리고 앞뒤 문도 잘 잠가놓았어요."

서문경은 이 말을 듣고 속으로 좋아서 어쩔 줄 몰랐다. 이에 두 사람은 어깨를 나란히 하고 다리를 포개고는 술잔을 바꾸어가면서 함께 술을 마셨다. 영춘이 옆에서 술을 따르고, 수춘이 왔다 갔다 하면서 음식을 가져왔다. 어지간히 술기운이 오르니 비단 장막 안에 향을 피우고 원앙금침을 깔고 산호로 만든 베개를 준비한다. 이에 두 하녀는 술 탁자를 챙겨 들고 문을 걸어잠근 후 밖으로 나갔다. 두 사람은 기다렸다는 듯이 침상으로 올라가 사랑놀이를 시작했다. 원래 큰 집에는 창문이 이중으로 되어 있는데 밖의 것을 창[窓]이라 하고, 안쪽의 것을 요[寮]라 했다. 부인은 하녀들을 내보낸 후에 안쪽에서 창과 요 두 개를 다 걸어잠가 방에 등불을 밝히고 있어도 바깥에서는 안을 통 볼 수 없게 했다. 그렇지만 하녀 영춘은 나이가 열일곱이라 세상

물정을 어느 정도 알고 있었다. 영춘은 서문경과 이병아가 그 밤에 몰래 만나는 것을 보고서는 창문 아래에서 머리에서 비녀를 뽑아 창호지를 뚫고 살그머니 안을 들여다보았다. 두 사람이 어떻게 놀고 있는지를 보았으니,

등불 그림자 아래
비단 장막 안에서
하나가 가면 하나가 오고
한 번 부딪치고 다시 부딪치네.
하나가 옥 같은 어깨를 급히 흔드니
다른 하나는 작은 발을 높이 쳐드네.
한쪽이 꾀꼬리 같은 소리를 내지르면
저쪽은 제비처럼 지저귀네.
마치 장군서[張君瑞]가 최앵앵[崔鶯鶯]*을 만난 듯
송옥[宋玉]**이 신녀를 훔치는 듯
산과 바다에 대고 맹세하니
아직도 귓가에 남아 있는 듯
나비의 사랑과 꿀벌의 자태가
아직도 멈추지를 않는구나.
싸움이 길어지니 이불도 뒤집히고
하얀 젖가슴도 드러나네.
한참을 싸우니 장막을 받치던 은 갈고리도 풀어지고

---

* 장군서와 최앵앵은 『서상기[西廂記]』의 남녀 주인공
** 전국시대 초나라의 문인. 반안[潘安]과 더불어 미남자로 불렸음

눈썹도 두 줄기로 드리워지고 옥 같은 얼굴도 처지네.

燈光影裡 鮫綃帳內 一來一往 一撞一沖

這一個玉臂忙搖 那一個金蓮高擧

這一個鶯聲嚦嚦 那一個燕語喃喃

好似君瑞遇鶯娘 尤若宋玉倫神女

山盟海誓 依稀耳中 蝶戀蜂恣 未肯卽罷

戰良久被翻紅浪 靈犀一點透酥胸

鬪多時帳拘銀鉤 眉黛兩彎垂玉臉

이야말로 정녕 쾌락이 아니겠는가. 두어 차례 입맞춤에 정은 더욱 깊어지고, 한 번 정을 통하니 몸을 내어주는구나.

방에서 두 사람이 육체의 환희를 즐기는 것을, 뜻밖에도 영춘이 창밖에서 모두 엿보고 두 사람의 말까지도 다 엿듣고 있었다. 서문경이 부인에게 묻는다.

"나이가 몇이시죠?"

"양띠로, 올해 스물셋이에요."

그리고 이병아도 묻는다.

"댁의 큰마님께서는 몇이나 되셨어요?"

"안사람은 용띠로, 스물여섯이라오."

"저보다 세 살이 많군요. 제가 조만간 선물을 좀 가지고 가서 마님을 뵈려고 하는데, 가깝게 지낼 수 있는지 모르겠네요."

"안사람은 성격이 좋아요. 그렇지 않다면 우리 집안에 어찌 그리 많은 여인들이 있을 수 있겠소?"

"나리께서 이곳에 오신 것을 마님께서는 모르고 계시죠? 행여 물으면 뭐라고 대답하실 거예요?"

"우리 집안의 처들은 모두 후원의 네 채에 살고 있다오. 오직 다섯째 마누라인 반씨만 앞채 화원이 있는 곳에서 혼자 살고 있소. 하지만 다섯째도 감히 내 일에 간섭하지 못한다오."

"그 다섯째 마님은 나이가 몇이세요?"

"큰마누라와 동갑이오."

"그거 잘됐군요. 만약 저를 싫어하지 않는다면, 제가 다섯째 마님을 언니로 모시면 되겠어요. 다음에 큰마님과 다섯째 마님의 신발 치수를 재서 제가 직접 신발을 만들어드려 성의를 표시하겠어요."

부인은 곧 머리에 꽂고 있던 금비녀 두 개를 빼어 서문경에게 주면서 신신당부했다.

"기생집에 가더라도 절대 저희 집 양반에게 보여주어서는 안 돼요."

"잘 알겠소."

그러자마자 둘은 다시 아교로 붙여놓은 듯 끌어안고 새벽이 되어 창밖에서 닭이 울고 동쪽으로 날이 훤해질 때까지 놀았다. 그러다가 서문경은 화자허가 돌아올까봐 급히 옷을 차려입고 자리에서 일어났다.

"나리께서는 아까처럼 담을 넘어가세요."

그러면서 두 사람은 암호를 정해놓았다. 즉 화자허가 집에 없을 때 이쪽에서 하녀를 시켜 담장 아래 서서 몰래 헛기침으로 신호를 한다거나, 혹은 기와 조각을 던진다는 것이다. 사람이 없는 것을 보고 담을 올라가서 서문경을 부르면 바로 사다리를 타고 담장을 넘어오는 것이다. 그때 이쪽에서도 미리 발판을 준비했다가 안전하게 맞이하는 것이었다. 두 사람이 담을 사이에 두고 서로 수작을 부리며 몰래 사랑을 나누었으나, 대문으로 나다니지 않으니 이웃 사람들이 어찌 이 비밀스러운 일을 알아차릴 수 있겠는가!

먹을 때는 소금과 식초를 적게 하고
가지 않을 곳엔 가지를 마라.
존경받고 싶으면 열심히 노력하고
일이 알려지는 것이 두렵거든 하지를 마라.
吃食少添鹽醋 不是去處休去
要人知重勤學 怕人知事莫做

이렇게 서문경은 밤새 즐기다가 날이 밝으면 예전과 같이 담을 기어 넘어와 반금련의 방으로 들어갔다. 반금련은 아직 잠자리에서 일어나지 않고 있다가 서문경을 보고는 묻는다.

"나리께서는 어젯밤에 어디를 가셨어요? 밤새 돌아오지도 않고, 게다가 제게 한마디 말도 없이 말이에요."

"옆집 화형이 또 하인을 보내 나를 불러 기생집으로 데려가 밤새 마시고, 방금 전에 겨우 몸을 빼내 집에 오는 길이야."

이에 반금련은 비록 믿는 체했으나, 그래도 마음 한구석에 미심적은 구석이 남아 있었다. 하루는 맹옥루와 함께 식사를 한 후, 화원 안 정자에 앉아서 바느질을 하고 있었다. 그때 기와 조각이 날아와 앞에 떨어졌다. 맹옥루는 고개를 숙이고 신을 깁느라 보지 못했으나, 반금련은 수상히 여겨 사방을 둘러보다가 하얀 얼굴 하나가 재빨리 담장 위로 얼굴을 쑥 내밀었다가는 바로 밑으로 사라지는 것을 발견했다.

이에 반금련은 맹옥루를 찌르며 그쪽을 보라고 가리키면서,

"셋째언니, 방금 전 그 아이는 옆집 화씨 집의 큰 계집종인데 담장 위에서 무슨 꽃을 보는지 모르겠지만 우리가 이곳에 있는 것을 보고는 바로 내려가 숨어버렸어요."

하고 말했으나 아무 일도 없었다.

저녁때 서문경이 바깥 연회에 참석했다가 돌아와 반금련의 방으로 들어갔다. 반금련이 서문경의 옷을 받아 들면서 뭣 좀 들겠냐고 물으니 밥도 차도 마시지 않겠다고 대답했다. 그렇게 우물쭈물하고는 살며시 화원 안으로 걸어갔다. 반금련이 의심스러워 몰래 살펴보니 서문경은 화원에서 잠시 앉아 있었다. 그러노라니 아까 본 그 하녀가 다시 담장 위로 얼굴을 드러냈다. 이에 서문경이 기다렸다는 듯이 의자를 딛고 담장을 넘어갔다. 그쪽에서는 이병아와 함께 방으로 들어가 둘이 실컷 재미를 보았음은 두말할 나위가 없다.

한편 반금련은 이러한 서문경의 행동을 보고 방으로 돌아와 이리 뒤척 저리 뒤척 하면서 밤새 한숨도 못 잤다. 새벽 무렵에 서문경이 건너와 방문을 밀고 들어와도 반금련은 침상에 누운 채 아는 체하지 않았다. 이에 서문경은 약간 어색한 빛을 띠며 침대 가장자리에 다가와 앉았다. 반금련은 서문경이 다가오자 발딱 일어나 앉으면서 한 손으로 서문경의 귀를 잡아당기며 욕을 해댔다.

"이 엉큼한 양반 같으니라구! 도대체 어젯밤에 어디를 갔다 오시는 거지요? 밤새 나를 화나게 만들어놓고는!"

그러면서 다시 화를 냈다.

"당신을 꽉 잡아놓았어야 했는데. 나리는 비밀스럽게 행동했겠지만 제가 이미 알아차렸으니 이제 속일 생각은 마세요! 빨리 바른대

로 말씀하세요. 여태까지 옆집 화씨 집의 그 음탕한 계집과 몰래 몇
번이나 잠자리를 같이했는지 말이에요. 하나하나 모두 솔직히 말하
면 저도 가만있겠어요. 하지만 조금이라도 속이는 것이 있으면, 다음
에 당신이 저쪽으로 넘어가려고 할 때 제가 이편에서 다른 한쪽 발을
붙들고 소리를 질러대 당신처럼 양심도 없는 사람은 죽어도 제대로
죽을 수 없도록 해버리겠어요. 당신은 사람을 시켜 그 집 서방을 기
생집에서 밤새 지내게 만들어놓고는 그곳에서 그 마누라를 꿀꺽 먹
어치우다니. 내 당신께 한번 호된 맛을 보여주겠어요! 화나게도 어
제 벌건 대낮에 셋째언니와 함께 화원에서 바느질을 하고 있는데, 옆
집의 그 큰 계집종이 담장 밖으로 몰래 머리를 내밀고는 무엇인가 살
피는 것을 봤어요. 원래 그 음탕한 계집이 하녀를 시켜 당신을 꾀어
내려는 수작이었군요! 그런데도 당신은 아직도 나를 속이고 있군요.
일전에도 옆집의 그 망할 놈이 늦은 밤에 당신을 불러내 기생집에 갔
다고 했잖아요. 근데 알고 보니 화씨 집이 기생집이잖아요!"

　서문경이 이 말을 듣고는 황급히 무릎을 꿇고 땅바닥에 넙죽 엎드
리며 능청스럽게 웃으면서 말한다.

　"아이고, 귀여운 것 같으니. 이제 제발 그만해둬. 사실대로 말하자
면, 그 부인이 여러 가지를 묻고 당신과 큰마누라 나이도 물으면서
가까운 시일 내로 신발 치수를 재어가 자기가 직접 신발을 만들어 갖
다 주겠대. 그러면서 당신네 둘을 언니로 삼고, 자신은 동생이 되고
싶다고 했어."

　"나는 그런 음탕한 년한테 무슨 형님이네 언니네 하는 소리를 듣
고 싶지 않아요. 그년이 남의 서방을 가로채더니, 이젠 그까짓 작은
선물로 남의 마나님을 속여먹으려 하는군. 내가 이렇게 두 눈을 부릅

뜨고 멀쩡하게 살아 있는데, 내 앞에서 당신이 그런 계집에게 홀려 놀아나는 것을 보고만 있겠어요?"

반금련은 한 손으로 서문경의 바지를 확 끌어내렸다. 그러고 보니 그의 물건은 축 늘어진 채 아직도 은 받침대가 매달려 있었다. 이를 보고 캐물었다.

"솔직히 말해 어젯밤에 그년과 몇 번이나 그 짓을 했어요?"

"몇 번을 하기는, 딱 한 번 했어."

"그렇다면 당신의 이 원기왕성한 몸에 걸고 맹세를 하세요. 한 번 그 짓을 하고 당신의 이 물건이 코처럼 말랑말랑하고, 흐르는 액이 장처럼 된 것이 흡사 중풍에 걸린 사람의 그것과도 같군요. 조금은 딱딱해야만 당연한 것인데!"

반금련은 은 받침대를 잡아 끌어당기면서 욕하기를,

"염치도 없는 이 표리부동한 날강도야! 내가 아무리 기를 쓰고 찾으려 해도 없더니만, 그래 몰래 이 물건을 달고 나가서 그 음탕한 계집년과 방아질이나 하러 가다니."

하자 서문경은 얼굴 가득 웃음을 띠며,

"귀여운 것하고는! 사람 좀 그만 귀찮게 해. 그 사람이 내게 몇 번이나 부탁하기를, 자기가 일간 찾아와 당신한테 인사를 올리고 신발을 만들어줄 수 있게 잘 말해달라고 했어. 그래서 어제 하인을 시켜 큰마누라의 신발 본을 가지고 갔어. 오늘은 내게 이 수[壽] 자가 새겨진 비녀 한 쌍을 당신에게 전해주라고 했어."

하면서 모자를 벗어 머리에서 비녀를 뽑아 반금련에게 건네주었다. 반금련이 손에 받아 들고 자세히 살펴보니 청색의 돌에 금으로 목숨 수자를 새겨 넣은 비녀였다. 바로 궁중에서나 만들어지는 것으로, 궁

퀄 안에서 나왔으니 더욱 진귀한 것이었다. 반금련은 매우 기뻐하면서 말했다.

"기왕에 이렇게 되었으니, 더는 말하지 않겠어요. 당신께서 그쪽으로 건너가면 제가 이쪽에서 망을 봐드려서 당신네 둘이 실컷 방아를 찧게 해드리겠어요. 당신 뜻은 어때요?"

이에 서문경은 너무나 기뻐 두 손으로 반금련을 감싸 안았다.

"나의 귀여운 보배 같으니라구! 그러기에 아이를 키워 헛되지 않는다는 것은 재물을 얻으려 하는 것이 아니라, 단지 유사시에 부모를 보살펴주면 그것으로 족하다 했거늘. 내 일간 비상금으로 당신에게 화려한 무늬가 있는 옷 한 벌 해주리다."

"나는 번드레한 당신의 말은 믿지 않아요. 그 여편네와 당신이 마음껏 즐기고 싶으면 나의 세 가지 요구를 들어주어야 해요."

"세 가지가 아니라 몇 가지라도 다 들어줄게."

"첫째, 이후에는 기생집에 가지 말 것. 둘째, 내가 말하는 대로 할 것. 셋째, 당신이 그 집에 건너가 잠을 자고 와서는 내게 전부 솔직하게 얘기하는데 한 자도 속여서는 절대로 안 돼요. 어때요, 잘 아시겠어요?"

"뭐 별로 대단치도 않군. 내 당신이 하자는 대로 해주지."

그로부터 서문경은 이병아에게 건너가 잠자리를 같이하고 와서는 반금련에게 일일이 다 얘기했다. 이병아의 피부가 얼마나 하얗고, 몸이 부드럽기가 마치 솜 같고, 잠자리 솜씨도 매우 뛰어나고, 술도 잘 마신다는 등 시시콜콜한 것까지도 다 털어놓았다. 그러면서 그들 둘은 장막 안에 앉아서 과일 그릇을 놓고 마작을 하거나 술도 마시며 매번 잠도 자지 않고 밤새 논다고 했다. 그러고는 소매 속에서 물건

하나를 꺼내 반금련에게 주면서 넌지시 말하기를,

"이것은 이병아의 시아버지인 화태감이 궁중에서 그려가지고 나온 거야. 우리 둘은 등불을 켜놓고 이것을 보면서 그 짓을 해."

하니 반금련이 받아 펴보았다.

궁중에서만 쓰는 무늬로 만든 비단 표지에
상아로 책의 이름을 박고 비단띠로 곱게 쌌네.
청색, 녹색으로 세밀히 그리고
두방전[斗方箋]*으로 간결히 표구를 했네.
여자는 무산의 신녀와 다툴 만큼 아름답고
남자는 송옥[宋玉]만큼 빼어났네.
쌍쌍이 장막 안에서 숱한 기술을 나누니
이름하여 모두 스물네 폭의 그림이라
춘정은 음심을 동하게 하누나.
內府衢花綾表 牙簽錦帶妝成
大靑大綠細描金 鑲嵌斗方乾淨
女賽巫山神女 男如宋玉郞君
雙雙帳內慣交鋒 解名二十四 春意動關情

반금련은 처음부터 끝까지 자세히 한 번 보고는 좀처럼 손에서 떼려 하지 않았다. 그러면서 바로 춘매를 불러 일렀다.

"이것을 내 상자 안에 넣어 잘 간수하거라. 조만간에 다시 볼 테니."

---

* 폭이 좁은 전지

이에 서문경이 말한다.

"이틀만 보고 바로 나에게 돌려줘야 해. 이것은 그 사람이 애지중지하는 것으로 나도 잠시 빌려 보고는 곧 돌려줘야 하는 거야."

"이병아의 물건이 어째서 우리 집까지 오게 되었지요? 제가 이병아의 손에서 뺏은 것도 아니잖아요. 하니 때려죽여도 못 내놓겠어요."

서문경이 놀라,

"당신이 가져온 것은 아니지만, 내가 빌려온 것이잖아. 그러니 공연한 장난은 그만해."

하면서 그림이 그려진 두루마리를 뺏으려 했다.

"당신이 빼앗으려 한다면 갈기갈기 찢어서는 다른 사람들도 볼 수 없게 하겠어요."

서문경이 웃으면서 대답한다.

"그렇다면 나도 어찌할 수 없지. 당신이 실컷 본 다음 이병아에게 돌려주는 게 어때? 당신이 돌려주면 이병아에게는 아직도 진기한 물건들이 많이 있으니 내 다음에 또 가져다주지."

"나의 귀여운 아이 같으니라구! 누가 당신 같은 귀여운 사람을 낳았을까! 당신이 다른 진기한 물건을 가지고 오면 이 두루마리 그림을 돌려주겠어요."

이렇듯 두 사람은 한바탕 시끄럽게 떠들어댔다. 밤이 깊어지자 반금련은 방 안에 향을 피우고 원앙금침을 깔고, 은촛대의 촛불 심지를 약간 돋우고, 화장을 곱게 하고 뒷물도 깨끗이 한 후에 서문경과 함께 두루마리 그림을 펼쳐보면서 장막 안에서 온갖 재미를 다 즐겼다.

사람들아, 내 말 좀 들어보소! 예부터 무술[巫術]로써 액땜을 하는 일은 있었다네. 반금련을 놓고 볼 때 유영감으로부터 액땜을 하고 부적을 얻어 지닌 후에 오래지 않아 많은 일들이 일어났으니, 서문경의 노여움이 총애로 변하고, 모욕과 수치가 즐거움과 기쁨으로 바뀌었으며, 두 번 다시 금련을 못 믿어 손찌검하는 일도 없었다네.

당신을 용서하니 귀신같이 간악하여, 발 씻은 물도 마시는구나.

시가 있어 이를 밝히고 있으니,

기억하네 서재에서 처음 만나던 것을
두 사람 간의 사랑을 아는 사람은 적어라.
새벽까지 남녀는 베개를 나란히 하니
은촛대의 촛불은 반쯤만이 빛을 내네.
지난 일을 생각하니
꿈인 듯 희미하나
오늘 밤에 다행히 남녀 간의 사랑을 즐기네.
난과 봉이 즐기듯 끝없이 사랑을 나누니
이로부터 이 한 쌍은 영원히 헤어지지 않으리.
記得書齋年會時 雲蹤雨跡少人知
曉來鸞鳳棲雙枕 剔盡銀缸半吐輝
思往事 夢魂迷 今宵喜得效于飛
顚鸞倒鳳無窮樂 從此雙雙永不離

제14화 남편을 배반한 여인의 아양

화자허는 화가 나 목숨을 잃고,
이병아는 샛서방의 연회에 가다

애틋한 사랑이 아직 다하지를 않아

머리에 꽂은 비녀도 감당치 못하네.

봄이 되어 얼굴에 웃음이 돌고 꽃이 아름다워도

정이 엷어지니 여자의 눈가에는 근심이 드리워지네.

젊어서는 배필을 생각하고

부부가 되어서는 정이 끈끈하길 바라지만

어찌하면 상여[相如]*의 마음을 잡아

문군[文君]으로 하여금 백두음[白頭吟]**을 읊지 않게 하리까.

眼意心期未卽休 不堪拈弄玉搔頭

春回笑臉花含媚 淺感峨眉柳帶愁

粉暈桃腮思伉儷 寒生蘭室盼綢繆

何如得逐相如志 不讓文君詠白頭

---

* 사마상여[司馬相如]. 한나라 성도[成都] 사람. 경제[景帝]를 섬겼다가 병이 있어 관직에서 물러남. 양나라 사천의 부호 탁왕손[卓王孫]의 초대를 받은 자리에서 딸 문군을 꾀어 함께 돌아오지만 다시 문군과 임공으로 가서 술을 판다.

** 사마상여가 무릉[茂陵]의 여인을 첩으로 들이려고 할 때 탁문군[卓文君]이 『백두음』을 읊고서 자살하자 사마상여가 첩을 들이지 않았다 함

하루는 오월랑이 몸이 아파 올케인 오대구의 부인이 문병을 왔다. 오월랑은 부인을 이삼 일 머물도록 했다. 둘이 방에서 얘기하고 있을 때 하인인 대안이 모전으로 만든 보자기를 안고 들어오면서 말한다.

"나리께서 오십니다."

이에 오대구 부인은 바로 이교아의 방으로 건너갔다. 잠시 후 서문경이 들어와서 옷을 벗고 앉았다. 소옥이 차를 내왔으나 거들떠보지도 않아, 오월랑이 서문경의 얼굴을 살펴보니 걱정이 있는 듯한 기색이라 조심스레 물어보았다.

"당신이 오늘은 웬일로 이렇게 일찍 돌아오셨어요?"

"오늘은 상시절이 낼 차례였으나 상씨의 집이 변변치 않아서 우리를 성 밖 오리원에 있는 영복사[永福寺]로 초청해 놀러 갔었지. 거기에서 놀다가 다시 옆집의 화자허가 응백작과 우리들 네다섯을 불러 기생인 정애향의 집에 가서 술을 마셨어. 한참 신나게 마시고 있을 때 갑자기 관원 몇 명이 와서는 이유도 말하지 않고 다짜고짜로 화형을 끌고 가버렸어. 그래서 모두 깜짝 놀랐지. 나는 곧장 이계저의 집으로 달려가 잠시 몸을 숨겼으나 안심이 안 되기에 사람을 시켜 웬일인가 알아보니, 원래 화자허의 집안은 환관 집안으로 화자허의 사촌 큰형과 셋째, 넷째가 집안의 재산 문제로 동경에 있는 개봉부에 고소장을 제출한 모양이야. 그래서 화자허의 체포령이 우리 고을에 떨어져 화자허를 체포하려고 관원들이 들이닥쳤던 게야. 그제야 우리도 안심이 되어 각기 흩어져 집으로 돌아오는 길이야."

오월랑이 이 말을 듣고서는 쏘아댔다.

"그것 보세요! 온종일 그 패거리와 한통속이 되어 어울려 다니다가 언제 집 생각이나 했어요? 밖에서 쓸데없는 일만 하다가 결국 오늘에 와서는 이런 일을 당하고 있잖아요. 그런데도 당신이 아직 정신을 못 차리고 또다시 그 패거리와 어울려 다닌다면 머지않아 남들과 싸움이 일어나 실컷 얻어맞거나 어디로 붙들려가서 죽도록 얻어맞을 거예요. 그러니 제발 이런 짓은 그만두세요. 집안의 부인이 좋은 얘기를 하면 좀 귀담아들으면 어때요? 그냥 기생집의 음탕한 계집이 몇 마디 하면 당신은 나귀처럼 귀가 솔깃해서는 그 말은 잘 듣잖아요."

집사람이 말하면 마이동풍
다른 사람 말은 부처님 말씀이구려.
人家說着耳邊風 外人說着金字經

이 말에 서문경이 웃으면서 대꾸한다.
"누가 감히 죽으려고 환장해 나를 어쩐단 말이오?"
"아이고 이 양반아, 집안에서만 큰소리치기는. 막상 일을 당하면 놀라서 한마디도 못하면서 그러시네."
이렇게 말하고 있을 때 대안이 들어와 전했다.
"옆집 화씨댁 마님께서 천복을 시켜 나리께 드릴 말씀이 있으시다고 잠시 좀 건너와 주십사 합니다."
이에 서문경은 기다렸다는 듯이 곧바로 밖으로 나갔다. 그러자 오월랑이,
"다른 사람들이 당신 보고 뭐라고 하지 않겠어요?"
하니 서문경은,
"옆집 일인데 남들이 뭐라 하겠어. 내 건너가서 이병아가 뭐라고

하는지 들어볼게."

하고는 즉시 화자허의 집으로 건너갔다.

이병아는 하인을 시켜 서문경을 안으로 들게 했다. 부인은 옷도 제대로 못 걸치고 미처 화장도 못한 채 방에서 나오는데, 놀란 얼굴이 납처럼 시퍼렇게 질려 있었다. 그녀는 서문경을 보고는 무릎을 꿇으면서 몇 번이나 애원하며 말했다.

"나리, 어쩌면 좋지요. 제발 저를 봐서 좀 어떻게 해주세요. 옛말에도 '집안에 우환이 있으면 이웃들이 서로 도와준다'고 하잖아요. 제 남편은 내 말을 듣지 않고 집안일은 전혀 거들떠보지도 않으면서 밖에서 다른 사람과 놀아나며 온종일 집에 붙어 있질 않았어요. 그러다가 결국 오늘에 와서는 다른 사람의 꼬임에 빠져 이런 일을 당하고 말았네요. 이렇게 절박해지니 그제야 하인을 시켜 저에게 사람을 찾아 자기를 좀 구해달라는 거예요. 그렇지만 저는 일개 아녀자의 몸으로 손발이 없는 게와 같은지라 어디 가서 누구에게 부탁을 할 수가 있겠어요. 걱정이 되어 제정신이 아니지만, 생각해보면 남편은 동경에 끌려가서 죽도록 얻어맞는다 해도 싸요. 단지 돌아가신 시아버지의 이름을 욕되게 하는 것이 죄송할 뿐이에요. 그래서 아무리 생각해봐도 어찌할 방도가 없기에, 나리를 모셔 제 남편이 나올 수 있도록 도와주십사 하고 부탁을 드리는 거예요. 제발 제 이 얼굴을 봐서 다른 사람한테 잘 처리하도록 연줄을 좀 찾아주세요. 단지 제 남편이 심한 꼴이나 당하지 않게 해주세요."

서문경은 이병아가 이렇게 거듭 얘기하자 황급히 말했다.

"부인, 어서 일어나세요. 오늘 일은 나도 무엇 때문에 일어났는지 모르고 있어요. 우리 모두가 정씨 집에서 술을 마시고 있는데 관원들

몇이 와서는 화형을 잡아 동경으로 끌고 가버렸소."

"한마디로 말씀드리기는 힘들어요. 바로 돌아가신 제 시아버지 밑으로 첩에서 난 아들까지 큰아들, 셋째, 넷째 그리고 저희 집 양반까지 모두 사형제가 있답니다. 큰아들은 이름이 화자유이고, 셋째는 화자광, 넷째는 화자화라고 합니다. 그리고 저희 집 양반이 화자허로 바로 시아버지의 정실에서 난 친조카랍니다. 시아버지께서는 약간의 재산을 남기셨으나 저희 집 양반이 변변치 못한 것을 아시고 광동에서 돌아오셔서는 모든 물건을 제게 주시어 간수하게 하셨어요. 꼼꼼히 챙겨서 그 누구도 감히 얼씬도 못했지요. 그러다가 지난해 시아버지가 돌아가시자 큰아들과 셋째, 넷째가 와서 살림살이 등을 전부 나누어 가지고 갔어요. 그런데 돈은 한 푼도 나누어주지 않기에 내가 조금씩이라도 사촌들에게 줘버리라고 했지요. 그런데 저희 집 양반이 온종일 바깥에서 쓸데없는 일만 하고 다니고 집안일에는 전혀 신경을 쓰지 않았지요. 그러다가 결국 다른 사람들의 꾐에 빠져서 이 일이 벌어지고 말았어요."

이병아는 말을 하고는 흐느껴 울었다.

"부인, 안심하세요. 무슨 일인가 했더니, 집안의 재산 문제로 벌어진 일이군요! 이런 것은 별로 대단치 않아요. 부인도 특별히 부탁하시고, 또한 화형의 일이 바로 내 일이고 내 일이 화형 일이잖소. 내가 잘 알아서 처리해드리리다!"

"나리께서 그렇게만 해주신다면 오죽 좋겠어요. 그런데 다른 사람에게 손을 쓰려면 비용을 어느 정도나 준비해야 할까요? 제가 잘 준비해놓을게요."

"그렇게 많이는 필요 없어요. 듣자 하니 동경 개봉부의 양부윤은 채태사의 문하생이라고 합디다. 채태사와 제 사돈인 양제독은 모두 오늘날 황제의 최측근들이라고 합니다. 이 두 사람에게 부탁해 양부윤에게 잘 처리토록 한다면 양부윤도 어쩌지는 못할 겁니다. 그리고 이런 일은 큰 것도 아닙니다. 그러니 우선 채태사에게 선물을 해야겠소. 양제독은 우리와 사돈지간이니 양제독이 선물을 받으려 하겠소?"

부인이 바로 방으로 들어가 돈궤를 열고서는 예순 냥짜리 대원보로 삼천 냥을 가져와 서문경에게 건네주면서 사람들에게 부탁하는 데 써달라고 했다.

서문경이 말한다.

"이것 반이면 될 텐데. 뭘 이렇게 많이 쓰려고 하시오?"

"많으면 나리께서 쓰세요. 그리고 제 침대 뒤에 금박을 한 상자 네 개가 있는데, 그 안에는 고관대작들이 입는 예복으로 황금빛 이무기를 수놓은 망의[蟒衣](관복)와 옥으로 만든 허리띠인 옥대[玉帶], 모자 위에 다는 큰 보석 등 매우 값어치가 나가는 진귀한 것들이 들어 있습니다. 이것들도 나리께서 저를 대신해 잠시 가져다가 댁에 놓아두세요. 후에 제가 쓸 때 갖고 오겠어요. 지금 미리 신경써서 잘 보관해놓지 않고 남편을 믿고 있다가는 나중에 무슨 좋지 못한 일이 벌어질지 모르겠어요. 눈을 뜨고도 세 주먹이 네 손을 당하지 못한다고, 언제 이 물건을 누가 훔쳐서 달아날지 모르는데 그렇게 되면 저는 정말로 살아갈 길이 막막해져요."

"그런데 화형이 돌아와 물으면 어쩌지요?"

"그 물건들은 시아버지가 살아 계실 때 몰래 저에게 주신 것들이라 그 양반은 전혀 모르고 있어요. 그러니 나리께서는 안심하시고 가져가세요."

서문경은 그제야,

"부인께서 기왕에 그렇게 말씀을 하시니, 제가 사람을 시켜 가져 가지요."

하고는 곧장 집으로 건너와 오월랑과 상의를 했다. 이에 오월랑이 꾀를 냈다.

"은자는 찬합에 넣어 하인을 시켜 메고 오면 될 거예요. 그렇지만 큰 궤짝 같은 것을 대문으로 들고 오면 길가의 사람들이 곱게 봐주지 않을 거예요. 그러면 이것은 밤에 담장을 넘어서 운반하면 아무도 눈치 못 챌 거예요."

이 말을 듣고 서문경은 매우 기뻐하면서 즉시 내왕, 대안, 내흥, 평안을 불러 우선 찬합 두 개에 은자 삼천 냥을 담아서 메고 오게 했다. 그러고 나서 저녁에 달이 뜰 무렵 이병아 쪽에서는 영춘과 수춘 두 하녀가 의자를 놓고 큰 궤짝을 담장 위로 밀어올렸다. 서문경 쪽에서는 오월랑과 반금련, 춘매만이 사다리를 이용해 그 물건들을 건네 받았다. 담장 위에 모포를 깔고 하나하나 받아서는 모두 오월랑의 방에 갖다놓았다. 이것이 무슨 일인가? 부자가 되려면 위험한 일을 해야 한다고 하지 않던가.

　　복이 있으면 부귀는 절로 찾아오지만
　　이익이 생기면 걱정도 있네.
　　운이 있으면 반드시 생기는 것
　　운이 없으면 무리하게 구하지 말지니.
　　富貴自是福來投 利名還有利名憂

命裡有時終須有 命裡無時莫強求

서문경은 이병아의 많은 재물과 금은보화를 손에 넣었으나 이웃
들 그 누구도 알아채지 못했다. 서문경은 밤새 짐을 꾸리고, 친척인
진씨 집에 부탁해 편지를 한 장 얻어서는 하인을 시켜 동경으로 올
려 보냈다. 아침 일찍 길을 떠나 저녁 무렵 동경에 도착해 양제독에
게 편지와 선물을 전하니, 양제독은 이를 다시 내각의 채태사에게 보
내고, 채태사는 다시 이것을 개봉부의 양부윤에게 주었다. 이 개봉부
의 양부윤은 이름이 양시[楊時]로 호가 구산[龜山]이며, 섬서성[陝西
省] 홍농현[弘農縣] 사람이었다. 계미년[癸未年]에 진사가 되어 대리
사경[大理寺卿]이 되었다가, 지금은 개봉부에 옮겨 있는 자로서 매우
청렴한 관리였다. 그렇지만 채태사가 그의 과거 시험관이었고, 양제
독 또한 당시의 세도가인지라 어찌 감히 그들의 뜻을 거스를 수 있겠
는가?

이에 서문경은 밤에 급히 편지를 써서 화자허에게 보내 일렀다.

모든 일이 원만히 처리될 것 같네. 담당 관리가 자네 집안 재산의 행
방을 물으면 모두 써버려서 없고, 집과 밭만이 남아 있다고 말하기
바라네.

마침내 양부윤이 사건을 신문하기 위해 등청하니 육방[六房](중앙
기구 '이[吏]', '호[戶]', '예[禮]', '병[兵]', '형[刑]', '공[工]'에 해당하는 지방
정부의 조직)의 관속들이 모두 대령하고 서 있다. 그 모양을 보니 이
러했다.

관리를 함에 청렴정직하고
일을 처리함에 공명정대하여라.
매번 가슴에는 측은한 마음을 간직하고
늘 인자한 생각을 지니고 있어라.
밭을 다투고 땅을 빼앗으려 할 때는
시비를 가려 시행을 하고
치고받는 싸움에는
경중을 심판한 후에 결단을 내리네.
한가할 때는 거문고도 타고 손님도 만나며
민정도 사리 있게 살펴보네.
비록 경도의 일반 관원이라 하나
과연 한 마을 백성의 부모라 할 수 있네.

爲官淸正 作事廉明

何懷惻隱之心 常有仁慈之念

爭田奪地 辨曲直而後施行

鬪毆相爭 審輕重萬使決斷

閑則撫琴會客 也應分理民情

雖然京兆宰臣官 果然一邦民父母

　그날 양부윤은 등청하여 감옥에서 화자허 등 관련된 사람들을 모
두 끌어내 무릎을 꿇리고는 화자허 집 재산의 행방을 물었다. 이에
화자허는 구구절절이 말한다.
　"아버지께서 돌아가시자 불공을 드리는 등 장례비용으로 모두 다
써버렸습니다. 그저 집 두 채와 논밭이 약간 남아 있을 뿐입니다. 기

타의 살림살이 도구는 일가친척들이 전부 가져가버려 아무것도 남아 있지 않습니다."

양부윤이 말했다.

"하기는 너희 집과 같은 태감집의 재산이야말로 제대로 조사할 수가 없다. 쉽게 얻기도 하지만 또한 쉽게 잃기도 하니 말이다. 이미 다 써버리고 아무것도 없다고 하니, 본관이 청하현의 관리에게 명을 내려 화태감의 소유로 되어 있는 집 두 채와 약간의 땅을 팔아서 돈으로 만들어 화자유 등 세 명에게 골고루 나누어주도록 해라."

이에 화자유 등이 청 앞에 나가 꿇어앉으면서, 화자허를 더 추궁해 나머지 재산의 행방을 찾아달라고 간청했다. 이에 양부윤은 크게 노해 호통을 쳤다.

"네놈들이 맞아야 정신을 차릴 모양이구나! 본래 너희 댁 태감께서 돌아가셨을 때에는 그 누구도 아무 말이 없지 않았느냐? 그런데 모든 것이 지나간 이 마당에 소란을 피워 나를 번거롭게 한단 말이냐!"

하고는 화자허를 머리카락 하나 건드리지 않고, 곧바로 청하현으로 공문을 보내 집과 논밭의 값을 계산해보도록 했다.

한편 서문경의 하인인 내보는 이러한 소식을 전해 듣자마자 밤을 새워 청하현으로 돌아와 서문경에게 전해주었다. 서문경은 양부윤이 체면을 봐서 화자허를 집으로 돌려보내기로 했다는 소식을 접하고는 대단히 기뻐했다. 이에 이병아는 서문경을 청해 의논한 후 다시 부탁하기를,

"빨리 돈을 가져다 이 집을 사세요. 머지않아 저도 나리의 사람이 될 테니까요."

하면서 재촉한다. 서문경은 집에 돌아와 오월랑과 상의를 했다. 오월랑이 말했다.

"그것은 관원들이 값을 매기는 대로 내버려두시고, 당신께서는 그 집은 떠맡지 않는 것이 좋겠어요. 혹시라도 그 댁 남편이 의심할까봐 그래요."

서문경은 이 말을 잘 기억해두었다. 며칠이 지나 화자허가 집으로 돌아오고, 청하현에서는 관리에게 그 값을 감정케 했다. 태감의 대저택은 큰거리의 안경방[安慶坊]에 있어 은전 칠백 냥에 왕황친[王皇親]에게 팔아 넘겨졌고, 남문 밖에 있는 큰 논은 육백쉰다섯 냥에 수비[守備]인 주수[周秀]에게 팔렸다. 단지 지금 살고 있는 작은 집은 은전 오백사십 냥으로 값이 정해졌으나 서문경의 집과 담 하나를 사이에 두고 있는지라 누구도 감히 사려고 하지 않았다. 화자허는 수차례 사람을 보내 사라고 했으나, 서문경은 돈이 없다고 핑계를 대고 도무지 사려고 하지 않았다. 현청에서는 하루빨리 상부에 결과를 보고해야 한다고 재촉했다. 이에 이병아도 다급해져서 몰래 서문경에게 풍노파를 보내,

"지난번에 가지고 가셨던 은자에서 오백사십 냥을 빌려서 사세요."

하니 서문경이 비로소 허락하고는 관원에게 돈을 건네주었다. 화자허가 돈을 받았다고 서명하니, 관원은 밤새 문서를 작성해 윗사람에게 보고했다. 도합 천팔백아흔다섯 냥을 세 사람이 똑같이 나누어 가졌다.

화자허는 이렇게 관가에 불려가 혼쭐이 나고 나와 보니, 자기의 몫은 하나도 없고 집도, 논밭도 다 사라졌다. 게다가 두 궤짝 안에 있

던 삼천 냥의 대원보까지도 그 그림자조차 보이지 않으니 마음이 더욱 초조해졌다. 그래서 이병아에게 서문경을 통해 쓴 돈의 내역을 묻고는,

"지금 얼마가 남아 있는지 알아봐. 조금 보태 집을 사야겠어."

하고 말을 꺼냈다가 도리어 사나흘을 부인에게 욕을 먹었다.

"이런 병신 못난이하고는! 당신은 온종일 해야 할 일은 팽개쳐두고 밖에서 계집질이나 하며 놀기나 하고 집안일을 거들떠보지 않다가 결국 남의 꾐에 빠져 감옥까지 가지 않았어요. 그래서 사람을 보내 내게 당신이 밖으로 나올 수 있게 손 좀 써보라고 하지 않았어요. 그렇지만 나는 여자의 몸인지라 대문 밖에도 나가지 못하고, 비록 나간다 해도 날 수도 없는데 무얼 알고 또 누구를 알고 있겠어요? 그런데 어디 가서 도와줄 연줄을 찾겠어요? 온몸이 쇠라 해도 못 몇 개나 만들겠냐구요! 당신을 대신해 곳곳을 다니며 아버지를 찾고 어머니를 부르며 도움을 청할 수는 있으나, 평소에 그런 음덕을 쌓아놓지 않았으니 다급할 때 어느 누가 와서 당신을 도와주겠어요? 다행히 옆집의 서문 나리께서 평소 정분을 보시어 그토록 춥고 모진 바람이 부는데도 하인을 동경으로 보내 당신 일을 잘 처리하도록 힘써주신 거예요. 당신이 이렇게 감옥에서 나와 두 다리로 무사히 땅을 딛고 설 수 있게 되고 생명을 부지하게 되니 재산을 생각하는 것은 종기가 다 나으니 아픔을 잊는 것과 같지 않아요? 돌아와서는 여편네를 볶아 남은 돈을 찾아오라고 시키다니! 게다가 또 남아 있으리라고 여기고 있는 모양이지요. 해도 너무하는군요! 당신이 써보낸 편지가 여기 있어요. 당신 필적이 아닌가요? 내가 함부로 당신의 돈을 꺼내 썼다고 하나, 그 모든 게 당신을 무사히 구해내려고 쓴 거예요. 내가

몰래 훔쳐내 다른 사람에게 줬다면 할말이 없지만 말이에요."

"물론 내가 편지를 보내 그렇게 말했지, 그러면서도 조금은 남겨 놓기를 바랐어. 그래서 그것들을 긁어모아서 살 집이라도 하나 장만 하고 앞으로 무엇이라도 할 밑천으로 삼으려고 했지."

"에이, 재수 없는 인간 같으니라구! 이젠 욕하기도 지겨워요. 그렇 다면 왜 좀 더 일찍 말하지 그랬어요! 경기가 좋을 때는 뒷일을 전혀 생각지 않고 있다가, 어려움에 닥쳐서야 비로소 뒷일을 걱정하고 있 다니 말이에요. 말끝마다 많이 썼다고 하지만, 당신의 그 은자 삼천 냥이 다 어디로 갔겠어요? 채태사나 양제독의 배포가 그렇게 작겠어 요? 그 정도의 든든한 배경에 부탁하지 않았다면, 어떻게 당신을 잡 아다가 관원들이 당신의 몹쓸 몸뚱이에 회초리 한 대도 때리지 않았 겠어요? 잘 풀려나와서, 당신으로 하여금 그 주둥아리를 놀리게 할 수 있겠어요? 서문 나리는 당신 부하도 아니고, 당신과 가까운 친척 도 아니잖아요? 아무 사이도 아닌데 당신을 위해 사방으로 발벗고 뛰어다니면서 돈을 써서 당신을 구해주었잖아요? 그렇다면 당신은 마땅히 술자리라도 마련해서 그를 초청해 감사의 말이라도 한 번 하 는 게 도리잖아요. 그렇게는 못할망정 오히려 그런 것은 깨끗이 잊어 버리고 사람을 시켜 돈이나 찾아오라고 하다니."

이렇게 입을 열어 말을 할 때마다 윽박질러대니, 욕을 먹는 화자 허는 입을 다물고 아무 말도 하지 않았다. 다음 날 서문경은 대안을 시켜 화자허에게 위로의 선물을 보내왔다. 이에 화자허는 술자리를 마련하여 기생 두 명도 부르고, 서문경을 초대해 감사의 말을 하고 기회를 보아 돈의 행방도 물어볼 생각이었다. 서문경 쪽의 사정 얘기 를 들어봐서 몇 백 냥을 돌려받을 수 있다면 그 돈으로 집이라도 사

려고 했다. 그러나 이병아는 허락하지 않고, 오히려 몰래 풍노파를 서문경에게 보내 이르기를,

"절대로 술을 마시러 오지 마시고, 계산서 한 장을 보내주시는데 가지고 있던 은자는 아래위로 뇌물 주는 데 다 써버려서 한 푼도 없다고 하세요."

했다. 화자허는 이러한 사실을 모르는 채 여러 차례 하인을 시켜 서문경을 초대했다. 그럴 때마다 서문경은 기생집으로 가서 몸을 숨기고 집에 돌아오지 않았다. 화자허는 화가 나서 미칠 지경이었으나 어찌하지 못하고 발만 동동 구르고 있을 뿐이었다.

사람들아, 내 말 좀 들어보소! 무릇 여자의 마음이 변해 남자와 한마음이 되지 않으면, 비록 입으로 못을 물어 끊을 정도로 강인한 사내대장부라 할지라도 부인이 몰래 하는 일은 추측하거나 예방하기가 매우 어려운 일이라네. 그래서 자고로 남자는 밖을 다스리고, 여자는 집안을 다스린다고 하지만, 때로는 남자의 이름이 여자로 인해 손상을 입게 된다네. 무엇 때문일까? 그것은 모든 것이 남편이 부인을 다스리는 도를 다하지 못했기 때문이라네.

요컨대 부창부수[夫唱婦隨]하며 서로의 용모와 덕에 감동하고 서로의 연분에 의기가 투합하여, 남자는 여자를 흠모하고 여자는 남자를 흠모해야만 허물없이 올바르게 사랑을 보전할 수 있는 법. 조금이라도 싫어하는 기색이 있으면 곧바로 싫어하는 바가 겉으로 드러나게 되는 것이라네. 화자허와 같이 종일 얼이 빠져 있으면서 하는 일도 빈둥거리기만 한다면 부인이 다른 뜻을 품지 않는 것이 오히려 이상하지 않겠는가?

스스로 발판을 얻을 마음만 있다면, 바람이 없어도 움직일 수 있

다네. 다음 시가 이를 알리고 있나니,

공훈과 업적은 이룰 수 있고 지혜도 사방으로 구할 수 있어
당년에 도척[盜跖]*이 제후로 봉해졌네.
행동이 의로우면 진실로 선망을 받고
색을 좋아하고 어진 마음이 없으면 어찌 부끄럽지 않겠는가.
방탕아에 색욕가인 서문경에게
남편을 배반한 여인이 아양을 부리네.
자허는 기가 막히고 장이 끊어지네.
언젠가 저승에서 필히 원수를 갚으리.
功業如將智力求 當年盜跖卻封侯
行藏有義眞堪羨 好色無仁豈不羞
郞蕩貪淫西門子 背夫水性女嬌流
子虛氣塞柔腸斷 他日夏司必報仇

후에 화자허는 은자 이백오십 냥을 겨우 마련해 사자가에 집을 한
채 사서 머물렀다. 그러나 너무나 분해 속을 끓인 나머지 불행히도
이사하고 바로 상한증[傷寒病](장티푸스)에 걸리고 말았다. 그러고는
동짓달 초순에 침상에 누워서는 일어나지를 못했다. 이병아에게 부
탁해 대가방에 있는 호태의를 불러 진찰을 받기도 했으나, 나중에는
돈 들어가는 것이 걱정되어 이틀에 한 번, 사흘에 한 번씩으로 부르
다가 채 한 달이 못 되어 오호라, 슬프게도 세상을 뜨니 그때 나이 스
물넷이로구나. 수하에 거느리던 나이 든 하인 천희는 화자허가 병들

---

* 춘추전국시대 사람. 큰 도둑으로 유명했음

어 누워 있을 때 은자 닷 냥을 훔쳐 달아나 종적이 묘연했다.

화자허가 죽자 이병아는 곧바로 자기의 유모인 풍노파를 보내 서문경을 건너오도록 청해서 서문경과 상의하여 관을 사서 입관을 하고 불경을 읽어주고는 묘지에다 장례를 지냈다. 그날은 화자허의 사촌 큰형과 셋째, 넷째가 모두 부부와 같이 와서 조문을 하고는 장례를 마친 후에 집으로 돌아갔다. 서문경은 그날 오월랑에게 한 상을 차리도록 해서 화자허를 위해 산머리에서 제사를 지내주었다. 이병아도 가마를 타고 집으로 돌아가 방에 화자허의 위패를 안치했다. 비록 상주 노릇을 한다 하여 상복을 입고 있으나 마음속에는 오로지 서문경 생각뿐이었다. 화자허가 살아 있을 때 이미 계집종 두 명도 서문경이 마음대로 가지고 놀 수 있도록 해 벌써 잠자리를 같이한 터였다. 그런 상황이니 화자허가 죽은 다음에는 더욱 기고만장해 자유롭게 왕래했다.

해가 바뀌어 정월 초아흐렛날, 이병아는 이날이 바로 반금련의 생일이라는 말을 들었다. 아직 화자허의 오칠제[五七祭](죽은 지 삼십오 일째 지내는 제사)가 지나지 않았으나, 곧 선물을 사서는 가마를 타고 하얀 저고리에, 남색 바탕에 금실로 수놓은 치마를 입고 흰 삼베로 머리를 동여맨 채 진주로 머리 장식을 하고서 반금련의 생일을 축하해주려고 갔다. 이병아는 모전으로 만든 보자기를 안고 가마를 타고서 천복과 함께 문안으로 들어와서는 제일 먼저 오월랑에게 다소곳이 네 번 고개를 숙여 인사하면서 말했다.

"지난번 일에 큰마님께서 여러모로 신경을 써주시고, 게다가 제물까지 차리시어 제사를 지내주시니 너무나 감사를 드립니다."

이렇게 오월랑에게 인사를 올린 후 이교아와 맹옥루에게 차례로

인사를 올렸다. 그러다가 반금련의 차례가 되자,

"아, 이분이 바로 다섯째 마님이군요."

하면서 깊숙이 머리를 숙여 인사를 하며 말끝마다,

"언니, 제 인사를 받으세요!"

하고 절을 하니, 반금련은 반으려 히지 않고 한참 사양하다가 마침내 둘은 똑같이 머리를 숙여 인사를 했다. 그러면서 반금련은 이병아에게 일부러 찾아와 생일을 축하해주어 고맙다고 인사했다. 그러고 나서 이병아는 오대구의 부인과 반금련의 친정어머니에게도 인사를 드렸다. 그런 다음에 서문경에게 인사를 올리고 싶다고 넌지시 청했다. 이에 오월랑이,

"그분은 오늘 옥황묘에 제사를 드리러 갔어요."

하면서 자리에 앉기를 권하고 차를 내와 마시게 했다. 잠시 후에 손설아가 들어오는데, 옷차림이나 치장이 다른 사람에 비해 초라해 보이기에 이병아가 일어나면서 묻는다.

"이분은 누구세요? 제가 아직 잘 몰라 인사를 드리지 못했는데."

오월랑이 대답하기를,

"이 사람도 나리의 작은집사람이라오."

그러자 이병아가 황급히 일어나 인사를 하려고 하니 오월랑이,

"두 사람은 번거롭게 하지 말고 서로 맞절을 하면 돼요."

했다. 이에 두 사람이 맞절을 끝내자, 오월랑은 이병아를 방으로 들여 옷을 갈아입게 하고 하녀에게 객실에 탁자를 깔고 술과 음식을 준비하도록 시켰다. 이윽고 화롯불이 지펴지고 술이 따뜻하게 데워지고 음식도 잘 차려졌다. 오대구의 부인과 반금련의 친정어머니와 이병아가 상석에 앉고, 오월랑과 이교아는 주인 자리에, 맹옥루와 반금

런은 그 양옆에 앉았으며, 손설아는 주방을 오가면서 일을 봐야 하기 때문에 오래 앉아 있을 수 없었다. 오월랑은, 이병아가 따라주는 술을 사양도 하지 않고 모두 받아 마시는 것을 보고서 친히 한 잔을 따라주었다. 그러고는 이교아에게 다른 사람들에게도 한 잔씩 따라주게 한 다음, 약간 조롱하는 투로 이병아에게 물었다.

"부인이 먼 곳으로 이사 간 후에 좀처럼 만나기가 힘들어 얼마나 보고 싶었는지 몰라요! 그런데 무정한 부인께서는 우리들을 보러 오겠다고 말씀도 없으셨으니."

맹옥루가 이어서 말한다.

"부인께서는 오늘 다섯째의 생일이 아니었으면 아마도 오지 않았을 거예요!"

이병아가 말한다.

"좋기도 하신 큰마님과 셋째 마님, 저를 그렇게 특별히 생각해주시니 저 역시 속으로 얼마나 오고 싶었는지 몰라요. 하지만 저는 지금 상 중인 데다 남편이 죽어서 집에 사람이 없어요. 어제 겨우 오칠제를 지냈는데, 다섯째 마님께 꾸중받을 것이 두렵지 않았다면 감히 오지도 못했을 거예요."

하고는 이어서,

"그런데 큰마님께서는 생일이 언제인가요?"

하고 물으니 오월랑이 대답한다.

"아직 멀었어요!"

곁에 있던 반금련이 나서 말한다.

"큰마님의 생일은 팔월 보름이니, 부인께서는 꼭 오셔야 해요."

"물론이지요. 꼭 올게요."

맹옥루가 말한다.

"오늘 우리 자매들과 이곳에서 얘기나 하며 지내고, 집에 돌아가지 마세요."

"사실 저도 여러 마님들과 밤새 얘기를 나누고 싶어요. 그렇지만 솔직히 말씀드려, 제가 그곳으로 이사 간 지도 얼마 되지 않았고, 또 남편이 죽은 후로 집안에 사람도 없어요. 저희 집 후원의 담은 황실과 인척인 교[喬]씨의 화원과 붙어 있는데 너무나 적적해요! 밤이면 여우나 살쾡이들이 기왓장을 두드리거나 기와를 던져대니 무서워 죽을 지경이랍니다. 원래 하인이 둘 있었는데 큰놈은 도망을 가버리고 천복이라는 작은애가 겨우 앞문을 지키고 있고 뒤의 반은 텅텅 비어 있어요. 다행스러운 것은 이 풍노파는 저와 오래전부터 같이 지내온 사이라, 자주 와서 빨래를 해주거나 일하는 하녀들의 신발을 만들어주기도 해 신세를 많이 지고 있어요."

이에 오월랑이 물었다.

"풍노파의 나이가 몇이죠? 사람이 아주 성실해 보이고 허튼소리도 하지 않던데!"

"올해 쉰여섯으로 개띠예요. 슬하에 자식이 없고 단지 중매쟁이 노릇을 하면서 살아가는데, 제가 옷가지 등은 좀 주고 있어요. 지난번 남편이 죽었을 때 풍노파를 불러와 함께했었고, 그러다가 밤에는 하녀들과 같이 잠을 자게 하곤 했어요."

이에 반금련이 재빨리 끼어든다.

"그것 잘됐군요. 풍노파가 있어 집을 잘 봐줄 테니, 부인은 이곳에서 하룻밤 묵었다 가도 되잖아요. 남편도 이미 돌아가셔서 없는데 누가 당신을 상관하겠어요?"

옆에서 맹옥루도 거든다.

"부인, 제 보기에도 풍노파에게 가마를 가지고 먼저 돌아가게 하고 부인께서는 돌아가지 않는 것이 좋겠어요."

이에 이병아는 웃기만 할 뿐 대답을 하지 않았다. 이렇게 얘기하는 동안에도 술이 서너 차례나 돌았다. 반금련의 친정어머니가 먼저 몸을 일으켜 밖으로 나갔다. 이에 반금련도 따라 일어나 자기 방으로 돌아갔다. 이병아는,

"이제 더 못 마시겠어요."

하면서 극구 사양을 하니 이교아가,

"화부인께서는 큰마님과 셋째가 권하는 술은 다 받아 마시면서, 내가 권하는 술은 한사코 사양하시니 그럴 수가 있어요? 정말로 너무하세요."

하고는 큰 잔을 가져와 다시 술을 따랐다.

"좋기도 하신 둘째 마님, 저는 정말로 못 마시겠어요. 어찌 감히 거짓말을 하겠어요?"

곁에 있던 오월랑이 이를 보고,

"그럼 부인께서는 이 잔만 드시고 잠시 쉬도록 하세요."

하니 이병아는 비로소 잔을 받아 앞에 놓고는 다른 사람들과 얘기를 나누었다. 맹옥루는 춘매가 곁에 서 있는 것을 보고 물어보았다.

"너희 마님께서는 바깥에서 무엇을 하고 계시냐? 네가 나가서 마님도, 어머님도 빨리 모시고 들어오너라. 큰마님께서 어서 들어와 여기 화부인과 같이 술을 드시란다고 말씀드리거라."

춘매는 갔다가 금방 돌아와,

"할머니께서는 몸이 불편하시어 벌써 잠자리에 드셨어요. 마님께

서는 방에서 화장 좀 고친 후에 바로 오시겠답니다."

하자, 이 말을 들은 오월랑이 불평했다.

"내 못 봐주겠군. 주인 되는 사람이 손님을 버려두고 마음대로 자기 방으로 가버리다니. 저 동생은 하루에도 몇 번씩 화장을 하는지 모르겠어. 틈만 나면 가서 하니 말야. 다른 것은 다 좋은데 이것만은 어린 티가 난단 말이야."

이렇게 말하고 있을 때 반금련이 들어오는데, 기러기가 갈대꽃을 물고 있는, 무늬가 있는 잿빛 노주산[潞州産] 비단 저고리에 흰색 목도리를 두르고 옷깃에는 꽃 모양 장식을 달고 있었는데 벌이 꽃에서 놀고 있는 모양이었다. 치마에는 폭이 한 자쯤 되는 해마에 파도와 구름 무늬가 있고, 치마 끝단에는 양피가죽과 금색 실로 수를 놓았고, 붉은 술이 뾰족한 신발, 화려한 무릎 보호대, 푸른색 귀고리에 구슬로 만든 머리띠를 하고 나왔다. 이러한 차림은 맹옥루의 치장과 거의 비슷했다. 오직 오월랑만이 붉은색이 도는 저고리에 모피로 안을 받친 청색 비단 외투를 걸치고 녹색 비단 치마를 입고, 머리에는 담비 털로 만든 모자를 쓰고 있었다. 맹옥루가 자리에서 반금련이 화장을 짙게 하고 머리에 수[壽]자가 새겨진 비녀를 비스듬히 꽂고 하늘거리며 들어오는 것을 보고 놀려댔다.

"다섯째, 이럴 수가 있어. 오늘은 자네 생일인데 손님들을 이렇게 이곳에 내팽개쳐두고 혼자 방에 들어갔다 오다니, 어디 사람이라고 할 수 있겠어?"

이에 반금련이 생긋 웃으면서 맹옥루를 가볍게 한 대 때렸다. 맹옥루가 다시,

"아이고, 담도 크기도 하군! 어서 와서 한 잔 따르기나 해."

그러자 이병아는,

"셋째 마님께서 너무 많이 따라주셔서 이제 마시지 못하겠어요."

하자 이에 반금련이,

"그 언니가 따라준 건 따라준 것이고, 제가 한 잔을 올리겠어요."

하면서 소매를 걷어붙이고는 큰 잔에 가득 따라서 건네주니, 이병아는 술잔을 받아 내려놓고는 감히 마시지 못했다. 이때 오월랑이 오대구 부인과 함께 방에서 나와서는 반금련이 이병아를 상대하며 같이 앉아 있는 것을 보고 묻는다.

"어머니는 어째 함께 자리하지 않으시고?"

반금련이,

"어머니는 몸이 좀 불편하셔서 일찌감치 자리에 누우셨어요. 아마 불러도 나오지 않으실 거예요."

하자 오월랑은 반금련의 머리에 꽂힌 수자 모양의 비녀를 보고서 묻는다.

"부인, 다섯째에게 준 이 수자 비녀는 어디서 만든 거예요? 아주 좋아 보여서 다음날 우리도 똑같이 만들어서 꽂으려고 해요."

"큰마님께서 필요하시다면 저한테 아직 몇 개 더 있으니, 다음번에 하나씩 드릴게요. 이것은 돌아가신 시아버님께서 궁중에 계실 때 만들어 갖고 나오신 것으로, 바깥에는 그런 모양이 흔치는 않을 거예요!"

"제가 부인께 달라는 것 같아 공연한 말을 한 것 같군요. 우리 자매들이 이렇게 많은데 어디 일일이 다 받을 수 있겠어요?"

이렇듯 여러 사람이 술과 음식을 먹으면서 즐겁게 지내다 보니, 어느덧 해가 저물었다. 풍노파는 바깥채의 손설아 방에서 술대접을 받아 얼굴이 벌게져 나와 이병아에게 돌아갈 것을 재촉하면서, 돌아가지 않을 것 같으면 가마만이라도 먼저 돌려보내자고 했다. 오월랑이 말한다.

"부인, 가지 마시고 풍노파한테 가마를 가지고 먼저 집으로 돌아가라고 하세요."

"집에 사람이 없어서 그래요. 제가 일간 다시 들러 그때는 묵도록 할게요."

맹옥루가 섭섭해하며,

"부인께서는 정말로 고집이 세시군요. 그렇게 하시면 저희들 체면이 말이 아니잖아요. 지금 가마를 돌려보내지 않더라도, 나리께서 돌아오시면 어차피 가시지 못하게 만류하실 텐데요."

라고 붙잡으니 할 수 없이 이병아는 방문 열쇠를 풍노파에게 건네주면서 말한다.

"이렇듯 여러 마님들께서 붙드시니, 너무 사양하는 것도 예의가 아닌 것 같아요. 그러니 우선 가마를 돌려보내고 내일 다시 맞이하러 오라고 이르세요. 그리고 할멈은 하인과 문단속 잘하고 자도록 해요."

그러고는 다시 풍노파의 귀에 대고 작은 소리로 속삭였다.

"큰하녀인 영춘에게 이 열쇠를 주어 내 침실에 있는 상자를 열게 하세요. 금박을 입힌 작은 함 속에서 수자 모양의 비녀를 네 개 꺼내 내일 아침에 가지고 오세요. 여기 네 분께 드리려고 해요."

풍노파는 이 말을 듣고, 오월랑에게 작별 인사를 하니 오월랑이 말한다.

"술 좀 더 마시고 가세요."

"저는 방금 바깥채 마님의 방에서 술과 음식을 실컷 먹었으니, 내일 아침 일찍 들르겠어요."

풍노파는 이렇게 말하고 몇 번씩이나 인사를 한 후에 대문을 나갔다.

홀로 남은 이병아가 더는 술을 마시지 못하자, 오월랑은 오대구 부인과 함께 이병아를 자기 방으로 들여서 함께 차를 마셨다. 그때 돌연 대안이 들어오고, 서문경이 돌아와 주렴을 걷고 안으로 들어오면서,

"화부인이 여기 계신가?"

물어보았다. 당황한 이병아가 급히 일어나 둘은 서로 인사를 나누고 자리에 앉았다. 오월랑은 옥소를 불러 서문경의 옷을 받아 걸도록 했다. 서문경은 오대구의 부인과 이병아에게,

"오늘 성 옥황묘에서 탄신제가 있었는데, 매년 관례에 따라 제가 제주 노릇을 했지요. 그렇지 않았다면 정오 제사만 지내고 바로 돌아올 수 있었는데 말입니다. 게다가 제사를 마친 후에 여러 사람들과 함께 오도관의 방에서 돈 계산을 하다 보니 좀 복잡한 일이 있어 이렇게 늦게 돌아왔습니다."

하면서 이병아에게 묻는다.

"오늘 집에 돌아가지 않으셔도 되지요?"

이에 맹옥루가 먼저 대답했다.

"부인께서는 자꾸만 가시겠다는 거예요. 그래서 우리들이 억지로 붙들었어요."

이병아가 말한다.

"집에 사람이 없어 마음을 놓을 수가 있어야지요."

서문경이,

"제가 허튼소리를 하는 것이 아니라, 요즘에는 밤에 순찰을 잘 돌고 있는데 무엇을 두려워하세요? 그래도 걱정이 되신다면 주대인께 편지를 써보내 특별히 잘 봐달라고 부탁하겠소."

하면서 다시,

"부인께서는 어째 조용히 앉아 계십니까? 술도 드시지 않고서?"

하자 맹옥루가 말한다.

"우리들이 몇 차례나 권했으나 부인께서는 사양만 하고 드시려고 하지 않아요."

"당신들 가지고 되겠어, 내가 한번 권해봐야지. 부인은 술을 잘하시는 편이란 말이야."

이병아는 입으로는 못 마시겠다고 하면서도 전혀 움직일 생각을 하지 않았다. 그러는 동안에 하녀에게 분부해 방에 새로 술상을 차리게 하니 이 모든 것은 서문경을 대접하려고 남겨둔 음식으로 야채며 과일 등이 한 상 푸짐하게 차려졌다. 오대구 부인은 재빨리 방 안 분위기를 알아채고는 이제 술을 못 마시겠다며 이교아의 방으로 건너갔다. 이에 이병아가 상석에 앉고, 서문경이 의자를 끌고 와 그 곁에 앉았다. 오월랑은 온돌 위에 앉아서 화롯불에 발을 쬐고 있었고, 맹옥루와 반금련이 양쪽에 나란히 앉았다.

다섯 사람은 이렇게 자리를 정한 후에 술을 마시기 시작했다. 작은 잔을 치우고 큰 잔을 가져오게 해 주거니 받거니 하면서 마셔대니, 옛말에도 '차는 풍류를 만들고, 술은 사람에게 색을 맺어준다'고 하지 않았던가! 주거니 받거니 하다가 술이 오른 부인이 눈썹을 내리깔며 추파를 보내었다. 양볼은 복숭아꽃처럼 불그스레해지고, 눈가에는 요염한 색기가 흐르는구나.

오월랑이 바라보니 두 사람이 서로 끌어안고 떨어질 줄 모르면서, 말도 음탕한 방향으로 흐르니 더는 그 자리에 앉아 있지 못하고 오대구 부인이 있는 방으로 건너갔다. 서문경은 그런 줄도 모르고 세 여인과 삼경(밤 열한 시부터 새벽 한 시 사이)까지 놀고 마셔대니 이병아의 눈도 풀어져 제대로 몸을 가누지 못하고 겨우 반금련의 손을 잡고서 뒷간으로 용변을 보러 갔다. 서문경은 오월랑의 방으로 들어왔는데 그 역시 비틀거리며 몸도 못 가누면서 이병아를 어디에서 재울 거냐고 물었다. 오월랑이 대답했다.

"다섯째의 생일을 축하해주려고 왔으니, 그 사람 방에서 자면 되지요."

"그럼 나는 어디에서 자지?"

"그야 나리 마음대로 아무데서나 주무시면 되지요. 그렇지만 이병아와 함께 주무시는 게 좋지 않겠어요?"

서문경이 웃으면서,

"어디 그럴 수가 있나."

하면서 소옥을 불러 옷을 벗기게 했다.

"내 오늘은 이 방에서 자련다."

"제발 능청 좀 떨지 마세요. 기가 막혀 말도 할 수 없군요. 당신이 여기서 주무시면 제 올케는 어디에서 자죠?"

"됐어, 됐어! 내 셋째의 방에 가서 자면 될 것 아닌가."

서문경은 맹옥루의 방으로 잠을 자러 갔다.

한편 반금련은 이병아를 데리고 뒷간에 다녀와서는 함께 바깥채로 나와서 그날 밤은 반금련의 친정어머니와 셋이서 잠을 잤다.

다음 날 아침 이병아는 일어나서 거울을 보고 머리를 빗었다. 이에 춘매가 세숫물을 떠다 주고 곁에서 화장하는 것을 거들어주었다. 이병아는 춘매가 아주 깜찍하고, 또한 이미 서문경이 손을 댄 하녀라는 것을 알고서 춘매에게 금으로 만든 귀이개와 이쑤시개와 족집게 등을 주니, 춘매는 이 사실을 반금련에게 말했다. 반금련은 몇 번이나 고맙다고 인사한 후에 말한다.

"공연히 애들까지 신경을 써 선물을 주시다니!"

"정말로 다섯째 마님은 복도 많기도 하셔라. 이렇게 귀여운 동생도 있다니."

이른 아침에 반금련은 이병아와 친정어머니를 모시고 춘매를 불러 화원의 문을 열게 하여 곳곳을 구경시켜주었다. 이병아는 자기가 살던 옛집 담장에 작은 문이 생겨 저쪽으로도 쉽게 통할 수 있게 된 것을 보고는 묻는다.

"서문 나리께서는 언제 이 집을 고치신다고 해요?"

"일전에 음양가가 와서 봤는데, 이월 중에 공사를 시작하는 것이 좋대요. 우선 담을 헐어 부인의 집과 하나로 만든답니다. 그런 후에 앞쪽에 자그마한 동산을 만들고 그 주위에 큰 화원을 만들 예정이랍니다. 그리고 뒤편에는 놀이 정자 세 칸을 만들어 제가 지금 머물고 있는 이 집과 한 줄로 나란히 하려고 한답니다."

이병아는 이 말을 귀담아 들어두었다. 두 사람이 이렇게 얘기를 나누고 있을 때 오월랑이 소옥을 시켜 안으로 들어와 차를 마시도록 청했다. 세 사람이 안채로 들어가니 오월랑, 이교아, 맹옥루가 오대구 부인을 상대해 차 마실 준비를 하고는 금련 일행이 오기를 기다리고 있었다. 사람들이 차와 과자를 먹고 있을 때 풍노파가 안으로 들어오는 것을 보고 모두들 풍노파에게 앉아서 차를 마시라고 권했다. 풍노파는 소맷자락에서 낡은 손수건을 꺼내어 거기에 싸온 수자 모양의 비녀 네 개를 이병아에게 건네주었다. 이병아는 그것을 건네받아 제일 먼저 오월랑에게 하나를 바치고 이교아와 맹옥루와 손설아에게 하나씩 주었다. 이에 오월랑이,

"부인께서 너무 과용하시는 것 같아서, 이것은 받을 수가 없어요."

하니 이병아는 웃으면서 대답한다.

"큰마님께서는 이게 무슨 귀한 물건이라고 그러세요. 정히 맘에 들지 않으시면 다른 사람에게 주어버리세요."

오월랑을 비롯한 다른 사람들도 모두 고맙다고 인사를 하고는 각자의 머리에 꽂았다. 오월랑이 말했다.

"듣자 하니 부인 댁 앞에서 연등 축제가 열린다고 하던데 몹시 시끌벅적하다고 하더군요. 조만간 등불을 구경하러 가는 길에 부인 댁에도 들러보고 싶은데, 그때 고의로 집을 비우시면 절대 안 돼요."

"제가 그날 여러분을 초청하겠어요."

반금련이 곁에 있다가,

"큰마님은 모르고 계셨군요. 제가 듣기에 그날이 바로 이 화부인의 생일이에요."

하자 오월랑이 말한다.

"오늘 처음 듣는 말인데, 그날이 부인의 생일이라면 하나도 빠지지 말고 가서 축하해드려야지."

이병아가 웃으면서 대꾸했다.

"제가 사는 곳이 누추하기는 하지만, 마님들이 오시기만 한다면 잘 대접해드릴게요."

오래지 않아 아침 식사를 한 후에 바로 술상을 차려 술을 마셨다. 그렇게 저녁때까지 뭉그적거리며 놀고 있는데 가마가 맞이하러 왔다. 이병아가 작별 인사를 하고 집으로 돌아가려 하니, 모든 부인들이 좀 더 있다 가라고 만류했지만 한사코 가겠다며 듣지를 않았다. 떠나면서 서문경에게 인사를 하고자 하니 오월랑이,

"그분은 오늘 아침 일찍 현승[縣丞]을 전송하기 위해 벌써 나갔어요."

한다. 이병아는 수차례나 고맙다고 인사한 후에 비로소 가마에 올라 집으로 돌아갔다.

합쳐 있어 사이가 좋을 듯한 호두열매도
속은 원래가 나누어져 있다네.
合歡核桃眞堪笑 裏許原來別有人

바람에 날리는 좋은 세월이여

여인들이 누각에 올라 웃으며 감상하고,
건달들은 여춘원에서 계집질을 하다

해가 서산으로 지면 달은 동쪽으로 뜨고
오랜 세월도 바람에 날리는 듯.
머리를 끄떡이며 젊음을 자랑하다
눈을 돌려보니 어느새 백발노인이 되었네.
늙기는 쉬우니 좋은 세월 헛되이 보내지 마소
하늘에 닿을 듯한 부귀도 구름과 같이 헛된 것.
아름다운 여인과 지내니만 못하니
여인들과 함께 기생집에서나 지내리.
日墜西山月出東 百年光景似飄蓬
點頭才羨朱顔子 轉眼翻爲白髮翁
易老韶華休浪度 掀天富貴等雲空
不如且討紅裙趣 依翠偎紅院宇中

세월은 유수처럼 흘러 어느덧 정월 보름이 되었다. 서문경의 집에
서는 하루 전날 우선 하인 대안을 시켜 요리 네 접시와 복숭아 모양
으로 만든 생일 축하 밀떡 두 접시, 술 한 병, 장수를 기원하는 국수

한 묶음, 그리고 금실로 무늬를 넣어 만든 옷 한 벌을 보내면서 오월 랑의 이름으로 쓴 편지를 함께 보내 이병아의 생일을 축하해주었다.

서문경의 부인 오씨가 옷깃을 여미고 삼가 드립니다.

그때 이병아는 막 일어나 화장을 하고 있다가 대안을 침실 안으로 불러들여 말했다.

"지난번에 너희 큰마님께 폐를 끼치고 돌아왔는데, 오늘 또다시 이렇게 신경쓰셔서 선물을 보내주셨구나."

"큰마님께서도 몇 번 당부하셨고, 나리께서도 거듭 마님께 말씀을 잘 전하라 이르셨어요. 얼마 안 되는 변변찮은 물건이니 마님께 가져 다드려 다른 사람에게 나누어주시래요."

이병아는 한편으로 영춘에게 분부해 바깥채에 작은 탁자를 깔고 과일 네 접시와 차 등을 대접토록 했다. 대안이 음식을 다 먹고 돌아 가려고 할 때, 이병아가 은자 두 전과 사방에 금박을 입힌 손수건을 주면서 말했다.

"집에 돌아가거든 여러 마님께 말씀 좀 전해다오. 내가 풍노파를 시켜 초청장을 보내드릴 테니, 내일 모두 꼭 와주십사 한다고 말이 다."

대안은 머리를 숙여 인사를 하고 나가서는 상자를 메고 온 두 명에게 백 전씩을 주었다. 이병아는 즉시 풍노파를 시켜 초청장을 넣는 작은 상자 안에 초청장 다섯 장을 넣어서는 보름날에 오월랑과 이교아, 맹옥루, 반금련, 손설아를 초대했다. 그리고 따로 초청장 하나를 준비했으니, 바로 몰래 서문경을 초대하는 것으로 그날 밤에 자기 집으로 와달라는 것이었다.

　이튿날 오월랑은 손설아를 남겨 집을 보게 하고 이교아, 맹옥루, 반금련과 함께 가마 네 채에 나눠 타고 문을 나섰다. 모두 화려하게 수놓은 옷을 입고 하인 내홍, 내안, 대안, 화동을 거느리고서 사자가에서 벌어지는 연등 축제를 구경하기 위해 이병아가 새로 산 집을 향해 출발했다. 집에 도착해보니, 네 칸으로 된 집으로 안쪽에 세 채가 있고, 거리에 붙어서 이층이 있었고, 중문에 들어서면 양편으로 상방[廂房](집 안마당의 동서에 맞대하여 선 집채)이 있고, 정면으로 손님을 맞이하는 객실 세 칸과 행랑방 한 칸이 있었다. 통로를 지나 세 번째 채로 들어가면 침실 세 칸과 부엌 한 칸이 있었다. 뒤편으로는 조금 떨어져서 교황친[喬皇親]의 화원과 맞붙어 있었다. 이병아는 오월랑을 비롯한 여러 사람들이 연등을 구경하러 오는 것을 알기에 길가에 자리 잡은 이층에 병풍을 쳐놓고 술자리를 마련하여 많은 꽃등을 걸어놓았다. 여자들이 도착하자 우선 영접해 인사를 나눈 후에 안채로 안내하고는 차를 내오게 했다. 그러고는 방에서 옷을 갈아입고 차를 마시면서 잠시 환담을 했다.

　점심때가 되니 이병아는 객실에 탁자 네 개를 내다놓고, 동교아[董嬌兒]와 한금천[韓金釧]을 불러 노래를 부르게 하고 술을 마시기 시작했다. 무릇 술이 다섯 순배 정도 돌고, 음식이 세 차례 정도 상에 올려졌을 때 앞 건물 이층에 술좌석을 준비해 오월랑 등 사람들에게 누각에 올라 등을 보면서 놀기를 청했다. 누각의 처마 끝에는 상주[湘州]에서 만든 대나무 발이 드리워져 있었고, 갖가지 색깔의 등이 걸려 있었다. 오월랑은 소매가 긴 붉은색 저고리에 진한 녹색 비단 치마, 담비 모피로 만든 겉옷 차림이었다. 이교아와 맹옥루와 반금련은 모두 흰 비단 저고리에 남색 치마를 입고 있었다. 이교아는 짙은 다갈색 조끼를 걸치고 있었고, 맹옥루는 녹색 조끼에 머리에는 진주와 비취로 가득 꾸미고 봉황 모양의 비녀를 꽂고 머리 뒤쪽에는 각양각색의 등롱까지 달고서 누각 난간에 기대어 아래를 내려다보고 있으니, 이 연등 축제를 보려는 사람들이 구름같이 운집하여 매우 시끌벅적하면서도 화려했다.

거리에는 연등 수십 개를 단 등대가 세워져 있었고, 사방 주위에는 많은 장사꾼들이 판을 벌이고 있었다. 연등을 구경하려는 남녀에, 꽃은 붉고 버드나무는 푸르고, 말과 수레의 소리도 시끄러운데 등불들은 그 빛을 발하고 있다. 그 연등 축제의 광경을 볼 것 같으면 다음과 같다.

바위를 뚫고 용 두 마리가 물에서 노닐고(용 모양의 연등 묘사), 구름에 무지개가 비칠 때 학 한 마리가 하늘을 향해 나네(학 모양의 연등 묘사). 금련등[金蓮燈]·옥루등[玉樓燈]은 한 조각 구슬처럼 보이고, 연꽃등과 부용등에 수놓은 비단 천지일세. 비단으로 만든 공 같은 등은 밝고도 깨끗하고, 눈꽃 모양의 등은 분분히 흩어져라. 수재등은 공손하게 읍하고 나가고 머무는 모습에 공자와 맹자의 풍모가 남아 있네. 며느리등은 덕이 있고 온유한 모습이, 맹강녀[孟姜女]*의 절조를 본뜬 것 같아라. 월명[月明] 화상(승려)과 기녀 유취[柳翠]**

---

* 강씨의 딸로 맹[孟]은 형제 중 맏이라는 의미. 진시황 때 만리장성 축성에 참가한 남편에게 겨울옷을 가져다주려고 가보니 이미 죽어 있어 성 밑에서 통곡을 하니 남편의 시신이 나타났다는 이야기

** 월명 화상이 가녀 유취를 불도에 귀의시키는 이야기. 원대 잡극에 나오는 내용인데, 옥통 화상이 기녀에게 끌려 계를 어기고는 다음 세상에서 기녀 유취로 태어나는데 형 월명 화상에게 계를 받고 불도에 귀의한다는 이야기

의 등이 나란히 있고, 종규[鐘馗](지옥의 재판관)와 종규의 누이가 나란히 앉아 있네. 사파등은 부채를 흔들어 사신[邪神]을 쫓아버리고, 유해등[劉海燈]*은 등에 금 두꺼비를 업고서 장난으로 보물을 삼킨다. 낙타등·청사등은 값으로 따질 수 없는 진귀한 보물을 싣고 포효하는구나. 원후등[猿猴燈]·백상등[白象燈]은 성이라도 살 만한 보물을 가지고 장난을 하고 있네.

일곱 개의 손에 여덟 개의 발을 가진 방해등[螃蟹燈]은 푸른 파도에서 놀고 있고, 거대한 입에 큰 수염의 점어등[鮎魚燈]은 태연히 파래를 집어삼킨다. 은빛의 나비는 화려함을 다투고, 구름과 버드나무는 휘황함을 다투네. 쌍쌍이 따르는 비단띠와 향기 나는 주머니, 펄럭이는 것은 화려한 깃발과 수레의 푸른 휘장. 물고기가 모래를 희롱하고 칠진오로[七眞五老](도교의 선인)가 단서[丹書]를 바치네. 오색실을 매어 달고 구이팔만[九夷八蠻](고대 중국의 북방과 남방에 살던 이민족들)이 와서 보물을 바치네. 마을 곳곳에서 북소리가 들려오며 화랑[貨朗](길거리에서 일용 잡화를 파는 상인들)의 무리가 일제히 소리를 지르며, 기예를 부려 물건을 팔기 위해 사람들이 앞 다투어 격렬하게 온갖 기술을 펼쳐 보이네. 등 하나가 왔다 가면 뒤이어 또 오고, 등을 달기를 높게 혹은 아래에 처지게 하네. 유리병은 외로운 미녀와 기화기초[奇花奇草]를 비추고, 구름과 같은 칸막이는 영주[瀛州](삼신산 중 하나)와 낭원[閬苑](신선들이 사는 곳)을 늘여 세운 듯하여라. 동쪽을 보니 퇴주[堆朱] 침상과 나전 침상의 금빛이 교차하여 휘황찬란함을 발하고 있고, 서쪽을 보니 양가죽의 등불과 화려한 채색 등불이 눈을 어지럽게 빛내주네. 북쪽 일대는 골동품과 장난감, 남쪽으

---

* 도교 전진파 북종 오조[五祖] 중의 하나인 유해섬[劉海蟾] 성인 모양의 등

로는 모두가 글과 그림, 꽃병과 화로들, 왕손 등 귀족들을 보아하니 난간 아래에서 공차기에 여념이 없고, 시녀들은 서로 손을 잡고 높은 누각에서 아름다운 자태를 뽐낸다.

　점쟁이도 구름처럼 모여 서로의 장막이 별처럼 늘어섰네. 이야기하기를 올 봄의 조화가 어떠하며, 일세의 영고성쇠[榮古盛哀]는 반드시 고르다는 것을 말하네. 또 저쪽에서는 발뒤꿈치를 치켜세워 고담준론[高談峻論]을 듣고 노래를 공손히 경청하네. 이편을 보니 손으로 동발을 두들기는 유각승[遊脚僧](사방을 주유하며 수행하는 승려)이 삼장[三藏](불교 경전 중 경[經]·율[律]·논[論])을 이야기하네. 원소절에 장사를 하는 사람들은 높이 과자와 떡을 쌓아놓았네. 매화를 꽂은 사람들은 마른 가지에 골고루 꽂는구나. 봄나방 모양으로 오려 머리에 비스듬히 꽂은 것은 동풍에 시끄러워지고, 비녀도 머리 위에서 달빛에 비치어 금빛을 발하네. 주위를 두른 병풍은 석숭[石崇]의 비단 장막*을 그리고 드리워진 구슬 주렴은 매월[梅月]의 푸르름을 빛내주네. 비록 오산[鰲山]**의 풍경을 다 볼 수는 없다 할지라도 마땅히 풍년과 즐거움이 있는 해가 되리라.

　山石穿雙龍戲水 雲霞映獨鶴朝天

　金蓮燈 玉樓燈 見一片珠璣璣

　荷花燈 芙蓉燈 散千圍錦繡

　繡球燈 皎皎潔潔 雪花燈 拂拂紛紛

　秀才燈 揖讓進止 存孔孟之遺風

---

* 　진[晉]나라 때 부자인 석숭은 먼지를 막는 장막을 비단으로 만들었다 함
** 　고대 전설 중 바다에서 거대한 거북이가 신산[神山]을 등에 지고 있다 했는데, 원소절 등불 행사에 등불을 산처럼 쌓아놓았기에 이를 오산이라고 함

媳婦燈 容德溫柔 效孟姜之節操

相尙燈 月明與柳翠相連 通判燈 鍾馗共小妹幷坐

師婆燈 揮羽扇 假降邪神 劉海燈 倒背金蟾 戲吞至寶

駱駝燈 靑獅燈 馱無價之奇珍 咆咆哮哮

猿猴燈 白象燈 進連城之秘寶 頑頑耍耍

七手八脚螃蟹燈 倒戲淸波 巨口大鬐鮎魚燈 平呑綠藻

銀蛾鬪彩 雪柳爭輝 雙雙隨繡帶香球 縷縷拂華旛翠幰

魚龍沙戲 七眞王老獻丹書 吊掛流蘇 九夷八蠻來進寶

村裡社鼓 隊共喧闐 百戲貨郎 俱莊莊齊鬪巧

轉燈兒一來一往 吊燈兒或仰或垂

瑠璃瓶映美女奇化 雲母障幷瀛洲閬苑

往東看 雕漆床 螺鈿床 金碧交輝

向西瞧 羊皮燈 掠彩燈 錦繡奪眼

北一帶都是古董玩器 南壁廂盡皆書畫瓶爐

王孫爭看 小欄下蹴踘齊雲 仕女相攜 高樓上妖嬈衒色

卦肆雲集 相幕星羅 講新春造化如何 定一世榮枯有准

又有那站高坡打談的 詞曲楊恭 到看這扇響跋游脚僧 演說三藏

賣元宵的高堆菓餡 粘梅花的齊揷枯枝

剪春娥 鬢邊斜揷鬧東風 縛凉釵 頭上飛金光耀日

圍屛畫石崇之錦帳 珠簾彩梅月之雙淸

雖然覽不盡鰲山景 也應豐登快活年

오월랑은 누각 아래에 사람들이 어지럽게 오가는 것을 한번 둘러
보고는 이교아와 함께 자리로 돌아가 술을 마시기 시작했다. 반금련

과 맹옥루만이 노래 부르는 기생들과 함께 창가에 기대어 서서 지나가는 사람들을 구경했다. 반금련은 흰 비단 저고리에 금테를 두른 소매 끝으로 드러난 파처럼 기다란 열 손가락에 금가락지를 여섯 개나 끼고 있었다. 몸을 반쯤 구부린 채 내려다보며 입으로는 수박씨를 까먹으면서 그 껍질은 모두 밑으로 뱉어 지나가던 사람들의 몸에 떨어지니, 그 모습을 보고 반금련과 맹옥루는 까르르 웃음을 멈추지 않았다. 그러다가 손가락으로 가리키며,

"큰형님, 이쪽으로 오셔서 이 처마끝을 좀 보세요. 거기에 수를 놓아 만든 공 모양의 등이 두 개 걸려 있는데 이리 저리 왔다 갔다 하며 아래위로 흔들리는 것이 정말 보기가 좋아요!"

하고는 잠시 후에 다시,

"둘째 형님, 이리 오셔서 저편 대문 위에 대롱을 좀 보세요. 큰 물고기 등이 걸려 있고 그 밑에 작은 물고기와 자라, 새우, 게 등이 그것을 따라 움직이는 것이 여간 재미있길 않아요!"

하면서 한편으로는 다시 맹옥루를 부르면서,

"셋째 형님, 이것 좀 보세요. 이건 할멈 등이고, 저건 영감 등이에요!"

하고 말해 그것을 보고 있는데 갑자기 한 줄기 바람이 불어와 할멈 등 밑부분이 반쯤 잘려나가 큰 구멍이 생겼다. 부인들이 그 모습을 보고 웃음을 멈추지 못했다. 위에서 난데없는 웃음소리가 들려오자 밑에서 지나가던 사람들이 서로 어깨를 들이밀면서 위를 쳐다보려고 밀쳐대니 순식간에 빽빽하게 모여들어 도무지 옴짝달싹도 못할 지경이었다. 잠시 후 사람들이 한 무리 모여들었다. 무리 중에는 건달들도 몇 명 있어 손가락으로 가리키면서 논란을 벌였다. 그 가운데

한 명이 말한다.

"틀림없이 어느 대갓집에서 나온 부인들일 거야."

이에 다른 사람이 추측해 말한다.

"아마도 황족의 친척들이 연등 구경을 나온 것일 테지. 그렇지 않다면 어떻게 궁중 안에서 입는 옷차림을 할 수 있겠어?"

그러자 다른 사람이 말한다.

"기생집의 기생들이 틀림없어. 바로 큰 부자가 저 기생들을 이곳으로 불러 연등 구경을 즐기면서 노래를 부르게 하는 걸 게야."

이때 다른 하나가 다가와서,

"내 알기에 당신네들은 모두 틀렸어. 당신은 저 여자를 노래하는 기생이라고 하지만, 그렇다면 뒤에 있는 네 여자는 무엇일까? 내 말해줌세. 저 두 부인은 그냥 보통 사람의 부인이 아니네. 바로 염라대왕의 부인이자 오도장군[五道將軍](생사를 관장하는 신)의 첩으로 우리 고을 현청 앞에서 생약 가게를 하며 관리들에게 돈놀이도 하고 있는 서문대인의 부인네들이라네. 당신네들이 저 부인들을 건드려 어떡하려고 그래? 생각건대 큰마누라와 함께 이곳으로 연등 구경을 하러 왔을 게야. 녹색 마고자를 입은 여자는 내가 잘 모르겠는데, 저기 붉은색 마고자를 걸치고 머리에 비취로 만든 꽃 장식을 하고 있는 여자는 호떡을 팔던 무대의 마누라가 틀림없어. 무대는 자기 마누라가 왕노파의 찻집에서 놀아나고 있는 현장에 가서 놈팡이를 잡으려다가 되레 서문 나리한테 발로 걷어차여 죽고 말았지. 그 일이 있고 나서 서문 나리가 무대의 마누라를 자기 집에 들어앉혀 첩으로 삼았지. 후에 시동생인 무송이 동경에서 돌아와 이 같은 사실을 전해 듣고 고소를 했으나, 오히려 사람을 잘못 봐서 관청의 관리인 이외전을 때려죽이고 말았어. 그 틈을 타서 서문 나리가 뇌물을 써서 관리들을 매수해놓는 바람에 무송은 맹주로 귀양을 갔지. 최근 일이 년간 보지 못했는데, 그동안 몰라보게 예뻐졌는걸."

이렇게 말하고 있는데 한 명이 다가와 재촉했다.

"자네들 꽤 할일들이 없구먼. 그렇게 떠들어대 어쩌자는 거야? 그만들 돌아갑시다."

오월랑은 이층에 앉아서 밑에 사람들이 많이 모여 웅성대는 것을 보고 반금련과 맹옥루를 불러 자리에 앉히고는 기생 두 명이 연등[燃燈]의 노래를 부르는 것을 들으면서 술을 마셨다. 잠시 앉아 있다가 오월랑이 몸을 일으키면서 말한다.

"나는 술을 웬만큼 마셨어요. 둘째와 먼저 돌아갈 테니, 셋째와 다섯째는 더 남아서 놀다 오도록 해요. 모처럼 이 댁 마님이 베풀어주시는 자리니 말이에요. 오늘은 집에 바깥양반도 안 계시고 사람도 없이 하녀들만 남아 있어 내가 안심을 할 수 없군요."

이에 이병아는 좀처럼 놓아주지 않으려 했다.

"큰마님, 제가 대접도 잘 해드리지 못했는데요. 오늘 이렇게 큰마님께서 오셨는데 제대로 잡수실 만한 것도 없었어요. 정월이라 아직 등불도 켜지 않았고, 식사도 올리지 않았는데 벌써 댁으로 돌아가려고 하세요? 서문 나리께서 댁에 계시지 않는다고 하시지만 넷째 마님이 계신데 무엇을 걱정하세요? 조금 있다가 달이 뜨면 제가 여러분들을 보내드릴게요."

"제발 그런 말씀 마세요. 게다가 나는 술도 그리 잘하는 편이 아니니 이 두 사람을 남겨두고 가면 내가 이곳에 있는 것과 마찬가지예요."

"큰마님께서도 드시지 않고, 둘째 마님께서도 한 잔도 드시지 않으니 이런 법이 어디 있어요. 지난번 제가 마님댁에 갔을 때에는 어느 잔도 사양하지 않고 다 받아 마셨는데도 여러 마님께서는 제가 사양하는 것을 용납지 않으셨잖아요. 그런데 오늘 이 누추한 곳에 오셨으니 비록 대접이 소홀하더라도 제 정성만은 헤아려주시기 바라요."

이병아는 커다란 은잔을 들어 이교아에게 주면서,

"둘째 마님, 제발 한 잔 쭉 드세요. 큰마님, 제가 알기에 마님께서는 잘 드시지 못하니 작은 잔에 따라 올리겠어요."

하면서 작은 잔에 가득 따라 오월랑에게 올렸다. 그러면서 이교아에게 말한다.

"둘째 마님, 제발 한 잔 드세요."

오월랑은 옆에서 노래를 부르고 있는 두 기생에게 각각 은자 두 전씩 주었다. 그리고 나서 이교아가 다 마시기를 기다려 몸을 일으키면서 맹옥루와 반금련에게 당부했다.

"우리 둘이 먼저 돌아갈게. 내가 돌아가서 곧 하인들에게 등불을 들려 당신들을 맞이해오게 할 테니, 그때 바로 오도록 해. 집에 사람이 없으니 말이에요."

이에 맹옥루와 반금련은 알겠노라고 대답했다. 이병아는 오월랑과 이교아를 문 앞에까지 나가 가마를 타고 가는 것을 전송했다. 그러고는 이층으로 올라와 맹옥루와 반금련과 더불어 술을 마셨다. 그러는 사이 하늘은 이미 어두워졌고 하늘에서 달이 서서히 떠오르기 시작했다. 이에 이층 누각에도 등불을 밝혔다.

이날 서문경은 응백작과 사희대를 불러 함께 집에서 식사를 하고 함께 연등 축제를 구경하려고 거리로 나섰다. 사자가의 동쪽 입구에

도착했을 때 서문경은 오월랑을 비롯한 다른 부인들이 오늘 이병아의 집에서 먹고 논다는 것을 깨닫고, 부인들이 볼까 두려워 큰 등을 보러 서쪽 거리로 가지 않고 비단 등을 파는 앞쪽까지만 갔다가 바로 돌아왔다. 그런데 골목길을 돌다가 뜻하지 않게 손과취, 축일념과 딱 마주치게 되었다. 둘은 반갑게 인사하며,

"며칠 형님을 못 봬 그러잖아도 술 생각이 간절하던 참이었어요."
하면서 응백작과 사희대를 보고는 욕을 했다.

"이런 천벌을 받을 인간들 같으니라구! 그래, 형님과 연등 구경을 하러 나오면서 우리에게 한마디도 하지 않다니."

이에 서문경이 응답했다.

"축아우, 그 둘에게 너무 뭐라고 하지 말게나. 우리도 방금 길에서 우연히 만났다네."

축일념이 말한다.

"그럼 연등을 다 구경하시고, 어디로 가려고 하세요?"

"함께 술집에 가서 술이나 한잔하지 뭐. 여러 형제들을 부르지 않은 것은 집안의 부인들이 모두 초대를 받아서 밖으로 음식을 먹으러 나갔기 때문이야."

이에 축일념이 대꾸했다.

"기왕에 우리에게 술 한잔을 사주실 양이면 다른 곳에 가지 말고 이계저나 보러 가시지요. 마침 정월 대보름이고 하니 가서 인사도 하고 함께 노는 것이 좋겠어요. 얼마 전에 그곳에 갔었는데 우리를 보자 서글피 우는 거예요. 계저가 섣달 그믐께부터 지금까지 몸이 좋질 않은데 큰형님께서 통 그림자조차 보이지 않는다 하더군요. 그래서 우리들이 형님께서 요즘 매우 바쁘셔서 그렇다고, 형님을 대신해 적

당히 얼버무려놨어요. 형님께서 오늘은 약간 한가하신 것 같은데, 우리들이 형님을 모시고 그곳으로 행차해야겠어요."

서문경은 이병아와 저녁에 만날 약속을 해놓은 것이 마음에 켕겨서 극구 사양하면서 말한다.

"내 오늘 아직도 일이 좀 남아서 도무지 못 가겠네. 그러니 내일 가기로 하지."

그러나 죽기 살기로 잡아끄는 것을 어떻게 당해낼 수 있겠는가! 결국 어쩔 수 없이 이 패거리와 함께 이계저가 있는 기생집으로 향했다.

버드나무 아래 꽃그늘이 길거리 먼지를 내리누르고 있어
바라볼 때마다 새로운 맛이 나네.
장안의 웃음을 다 살지는 모르겠으나
백성 중에서 가난한 몇 집을 살려보시지.
柳底花陰壓路塵 一回游賞一回新
不知買盡長安笑 活得蒼生幾戶貧

서문경이 무리들과 함께 이계저의 집에 갔을 때, 마침 이계경이 예쁘게 치장을 하고 문 앞에 서 있다가 서문경 일행이 오는 것을 보고는 반갑게 맞이해 방으로 안내하고 인사를 올렸다. 축일념이 큰소리로 외친다.

"어서 어머니를 나오시라고 해! 오늘 우리들이 애써서 겨우 형님을 모셔왔으니 말이야."

잠시 후 노파가 지팡이를 끌고서 밖으로 나와 서문경을 향해 몇 차례나 인사를 하고 나서 말했다.

"제가 섭섭하게 대접해드리지 않았는데, 어찌 나리께서는 매정하게도 제 딸년을 보러 오지 않으셨나요? 아마 틀림없이 새로운 애한테 눈독을 들이고 있는 모양이지요?"

축일넘이 앞으로 나오며 말참견을 했다.

"참 할멈이 눈치는 빠르군. 우리 나리께서는 최근에 아리따운 아가씨에 맘이 있어 매일 그곳에 가느라 이곳 계저의 집에는 올 생각도 하지 않고 계시지요. 좀 전에 우리 둘이 축제를 하는 곳에서 끌다시피 해서 이곳으로 모시고 오지 않았다면 어디 나리께서 오시기나 하겠어요. 할멈이 정히 믿지 못하겠다면 손천화에게 내 말이 거짓인지 물어보시구려? 그럼 바로 알 수 있을 테니."

그러면서 손가락으로 응백작과 사희대를 가리키면서 말한다.

"이 둘은 천벌을 받을 인간들로, 나리와 한통속이라니깐."

노파가 이 말을 듣고 웃음을 터뜨렸다.

"뻔뻔스러운 응나리하고는! 우리가 당신을 무정하게 대접하지 않았는데 어찌하여 나리 앞에서 한마디도 좋은 말을 해주지 않는 거죠? 비록 서문 나리의 주변에는 여인들이 많이 꼬여서 옛말에도 '멋쟁이 난봉꾼은 한 기생하고만 놀지 않고, 이름 있는 기생은 한 서방만 받지 않는다'고 하잖아요. 천하의 돈이 다 같은 돈이라고 하겠지만, 제가 과장해 말하는 것이 아니라 우리 집의 계저가 못생긴 것도 아니고, 나리께서도 여자 보는 눈이 있으신 터이니, 이제 와서 다른 사람들이 이러쿵저러쿵 말할 필요가 없어요."

손과취가 말한다.

"솔직히 말해서 형님이 요즘 눈독을 들이고 있는 사람은 기생이 아니고 바깥의 일반 부인네인데, 무엇 하러 이곳에 와서 오입질을 하겠어?"

서문경이 이를 듣고 손과취의 주둥이를 때리면서 말한다.

"할멈, 이 말썽이나 부리고 사고나 치는 놈의 말을 듣지 마소. 생사람 잡는 소리를 하고 있다니!"

이에 손과취와 모든 사람들이 일제히 웃었다. 서문경이 소맷자락에서 은자 석 냥을 꺼내 이계경에게 주면서 말했다.

"정월 대보름이라 내가 친구들을 청했으니, 이걸로 상 좀 봐주게."

이계경이 토라져서는,

"저는 안 받을래요."

하면서 노파에게 건네주었다. 노파가,

"어쩐다, 나리께서는 저희 집을 너무 얕잡아보시는군요. 정월 대보름인데 저희가 여러분께 술 한잔 대접해드리지 못할 줄 아세요? 결국은 또 나리의 돈을 쓰게 해서 우리 기생집 사람들은 오로지 돈만 밝히는 인간들이 되었군요."

하니 응백작이 다가와서 거든다.

"할멈을 대신해 내가 돈을 받아줄게요. 단지 정월이라 나리께서 주신 거니 오해하지 말고 빨리 가서 술과 음식이나 내와 좀 먹도록 해줘요."

노파가,

"그래도 도리상 그럴 수가 없어요."

하고 말은 하면서 한편으로는 돈을 받아 소매에 넣었다. 그러면서 깊이 고개를 숙여 인사한다.

"나리의 베푸심에 감사를 드립니다."

응백작이 너스레를 떨었다.

"할멈, 잠깐만 기다려요, 내 할멈한테 재미있는 얘기를 해줄 테니. 한 사내가 기생집에서 기녀와 놀아났는데, 하루는 장난으로 일부러 거지차림을 하고 안으로 들어갔답니다. 포주 노파는 사내의 옷이 남루한 것을 보고는 아는 체도 하지 않았다오. 오랫동안 앉아 있어도 차 한 잔도 내오지 않기에 그 사내가 '할멈, 배가 몹시 고픈데 내가 먹을 수 있게 뭐 요기할 것 좀 갖다 주구려' 하니, 노파가 '쌀궤에 쌀이 한 톨도 없는데, 어찌 밥이 있겠소?' 하지 않겠소. 이에 사내가 다시 '밥이 없다면 물이라도 가져와 내 얼굴이라도 좀 씻읍시다' 하니, 노파가 '물을 길어다주는 사람에게 돈을 주지 않았더니 며칠 물도 가져다주질 않는다오' 하더이다. 이 말을 듣고 사내가 소맷자락에서 은자 열 냥을 꺼내 탁자 위에 놓으면서 쌀을 사고 물을 길어오라고 시키자 당황한 노파는 어찌할 바를 모르면서 '나리, 얼굴을 먹고 나서 밥을 씻겠습니까? 아니면 밥을 씻고 나서 얼굴을 먹겠습니까?' 하고 묻더랍니다."

이 말을 듣고 모두가 배꼽을 움켜쥐고 웃었다. 노파가,

"나리는 아직도 그런 우스갯소리를 하고 계시다니, 어디 그런 일이 있겠어요? 예부터 그런 말이 있지만, 사실 그렇지는 않아요."
하자 응백작이 말한다.

"귀 좀 이리 가져오구려, 내 할멈께 말해줄 테니. 서문 나리께서는 최근에 죽은 화형의 애인이었던 뒷골목의 오은아에게 눈독을 들여 당신 집의 계저를 거들떠보지도 않은 거라오. 오늘 우리가 형님을 이렇게 해서라도 모셔오지 않았다면 형님이 어디 할멈 집에 올 것 같은가!"

노파는 웃으면서 말한다.

"저는 안 믿어요. 우리집 계저는 제가 큰소리를 치는 것은 아니지만 오은아보다는 여러 면에서 뛰어나지요. 게다가 우리집과 나리 댁은 칼로도 끊을 수 없고 떼려야 뗄 수 없는 가까운 친척 사이잖아요. 그뿐만 아니라 나리께서 어떤 분이신데요. 급할 때는 금을 감정할 수 있을 만큼 아는 것이 많고 식견이 높으시잖아요."

말을 마치고 객실에 의자 네 개를 준비해 응백작, 사희대, 축일념, 손천화를 상석에 앉히고, 서문경은 그 맞은편에 앉았다. 노파는 술안주를 준비하기 위해 밖으로 나갔다. 잠시 후에 이계저가 나왔다. 평소대로 머리를 묶고, 항주산 금실로 만든 비녀와 매화 모양의 비취 꽃 장식, 진주 머리띠, 금으로 만든 귀고리 등으로 치장하고 있었다. 위에는 흰 비단 저고리를 입었는데, 녹색 소매 끝에 꽃무늬가 수놓여 있었으며, 붉은색 치마를 입고 있었다. 옥을 다듬은 듯 뽀얗게 화장을 하고 있었다. 나와서는 다소곳하게 인사를 하고는 계경의 한옆으로 마주 보고 앉았다. 이윽고 늙은 하인이 색칠한 네모진 쟁반에 잔 일곱 개를 내왔다. 하얀 찻잔은 은행잎 모양의 은빛 찻숟갈을 곁들이고 있었으며, 매화와 소금에 절인 수박씨를 잘 끓인 차로 그 향내가 진동했다. 계경과 계저는 각자에게 한 잔씩을 건네고는 함께 차를 마신 후 바로 빈 찻잔 등을 치웠다. 하인이 들어와 탁자 위를 깨끗하게 닦았다. 상을 치우고 음식을 차리고 있을 때, 갑자기 주렴 밖에서 안을 흘끗흘끗 넘보고 있는 것이 있었다. 다름 아닌 남루한 차림의 비렁뱅이 거지들로서 안으로 들어와 무릎을 꿇는데 손에 수박씨 서너 되를 들고 일제히 말한다.

"정월 대보름에 나리께 이것을 드립니다!"

서문경은 그중에서 단지 우춘[于春]이라는 자를 알고 있기에 물어보았다.

"너희는 이곳에 모두 몇 명이 있느냐?"

"단금사와 청섭월이 밖에서 기다리고 있습니다."

이때 단금사가 안으로 들어와 그곳에 응백작이 앉아 있는 것을 보고서는,

"응나리께서도 계셨군요."

하면서 황급히 머리를 조아려 인사를 했다. 서문경이 일어나 단금사가 가지고 온 수박씨를 받아놓으라고 분부하고 돈주머니를 열어 은자 한 덩이를 꺼내 땅바닥에 던져주었다. 우춘이 이를 받자 나머지 모두는 땅바닥에 엎드려 고맙다고 인사하면서,

"이렇게 주셔서 정말 감사합니다."

하고는 밖으로 날 듯이 나갔다. 「저 하늘을 향하여[朝天子]」라는 노래가 바로 이 거지들의 행적을 이야기하고 있다.

이쪽 집에서는 아첨을
저쪽 집에서는 아양을
제대로 할 수 있는 것은 적고
허풍만 세네.
때로는 사람들이 알지 못하게 물건도 슬쩍하고
기생집을 빙빙 돌며 모두 헤집고 다니네.
술좌석에 한량들을 도와
잡담이나 늘어놓고
소란을 피우다가는 흩어져버리네.
생기는 돈도 많지가 않은데

무엇 때문에 그리도 추근대며 달라붙는지
그네들은 호랑이 입에서 침을 구하려 한다네.
這家子打和 那家子撮合
他的本分少 虛頭大
一些兒不巧人騰挪 遠院裡都趲過
席面上幇閑 把牙兒閑磕 攘一回纔散火
轉錢又不多 豆斯纏怎麼么 他在虎口裡求津唾

　　서문경이 거지들에게 돈을 주어 문밖으로 쫓아내자 바로 술상이
준비되어 마시기 시작했다. 이계저가 금잔에 술을 가득 따르니, 붉은
소매 둘이 하늘거린다. 안주는 산해진미에다가 철에 맞는 신선한 과
일이 올라왔다. 푸르고 붉은 두 미인이 옆에 있고, 꽃은 짙고 술은 향
기롭기가 그지없더라. 술이 두 순배 정도 돌았을 때 계경과 계저가
하나는 쟁을 타고 하나는 비파를 타기 시작했다. 둘은 이렇게 악기를
타면서 「화창한 봄날[霽景融和]」이라는 노래를 불렀다. 노래가 한창
일 때 푸른 옷을 입은 세 사람이 안으로 들어왔는데, 이른바 원사[圓
社](송대의 공차기를 전문으로 하는 모임)의 인물들이었다. 손에는 구
운 오리 한 마리가 담긴 찬합을 들고 노주[老酒] 두 병을 가지고 들어
와서는,
　　"정월 대보름이라 나리께 인사를 드립니다."
하면서 앞으로 나와 반쯤 무릎을 꿇고 절을 했다. 서문경은 평소에 이
들 중에서 백독자와 소장한과 나회자라는 인물들을 알고 있었다.
　　"자네들은 잠시 밖에서 기다리고 있게나. 우리들이 술을 마신 후
에 몇 번 같이 차기로 하세."

하면서 탁자 위에서 야채 네 접시와 큰 술 한 병, 과자 한 접시 등을 주어 먹도록 하고는 공을 찰 준비를 해놓게 했다.

술을 적당히 마시고 나서 서문경은 밖으로 나와서 먼저 공을 찼다. 그런 후에 이계저를 나오라 해서 원사 두 사람과 같이 차보도록 했다. 하나가 머리로 받으면, 다른 하나는 벽에다 맞추었다. 여러 가지 형태로 차거나 받아 올리는 등 갖가지 재주를 펼쳐 보이면서 비위를 맞추어주었다. 잘못 차서 공이 다른 곳으로 가게 되면 재빨리 가서 집어왔다. 그러고는 서문경 앞으로 와서 돈을 좀 내려줄 것을 은근히 내비치며,

"계저 아가씨의 공차는 솜씨가 예전에 비해 훨씬 좋아졌어요. 저희에게 오는 공이 모두 휘어져 와서 제대로 발을 댈 수 없게끔 한답니다. 앞으로 한두 해만 더 지나면 이 주변의 기녀들 중에서 아마도 계경, 계저 두 분 자매의 실력이 가장 뛰어날 겁니다. 강하기가 이조[二條] 거리의 동관녀보다도 수십 배는 더 잘해요."

하면서 아양을 떨었다. 그러나 정작 이계저는 공을 몇 번 차지도 않았는데 눈앞이 어지럽고, 뺨 주위로 땀이 솟아나며, 숨도 가빠지고, 허리 등 사지가 뻐근했다. 소매 안에서 부채를 꺼내 부치면서 서문경과 손을 잡고 이계경과 사희대, 소장한이 공을 차는 것을 구경했다. 백독자와 나회자는 곁에서 떨어지는 공을 주워다 주면서 숨을 돌리고 있었다. 「저 하늘을 향하여[朝天子]」라는 노래가 바로 원사들의 생활을 읊고 있다.

집에서도 한가하고
가는 데마다 공짜로 빌붙네.

생계는 전혀 돌보지 않으나
공은 몸에서 떠나지 않네.
날마다 길모퉁이에 서서
가난한 자에게는 다가가지도 않고
부자를 보면 기를 쓰고 따르네.
이른 아침부터 저녁까지
제대로 배부르게 먹지도 못하네.
큰돈도 제대로 벌지를 못하니
부인은 항상 다른 사람이 차지하누나.
在家中也閑 到處刮涎 生理全不乾
氣毬兒不離在身邊 每日街頭站
窮的又不趨 富貴他偏羨
從早辰只到晩 不得甚飽餐
轉不的大錢 他老婆常被大包占

서문경이 이렇게 다른 사람들과 함께 기생집에서 쌍륙을 하거나
공을 차면서 술을 마시고 있을 때, 대안이 말을 가지고 맞이하러 와
서는 귀에 대고 조용히 말했다.

"큰마님과 둘째 마님이 댁으로 돌아가셨어요. 그래서 화씨댁 마님
이 저를 시켜 나리를 빨리 건너오시라 하셨습니다."

서문경은 이 말을 듣고 몰래 대안에게 말을 뒷문 앞으로 끌고 가
서 그곳에서 자기를 기다리고 있으라고 일렀다. 그러고는 술도 다 마
시지 않고 계저를 방으로 데리고 들어가 잠시 앉아 있다가 용변을 보
러 가는 척하고 뒷문으로 나와서는 바로 말을 타고 연기처럼 재빨리

사라져버렸다. 응백작이 하인을 시켜 붙잡으려고 했으나 서문경은 집에 일이 있다는 말만 남기고 뒤도 돌아보지 않고 가버렸다. 그러면서 대안을 시켜 은자 한 냥 닷 전을 원사 세 명에게 나누어주도록 했다. 이계저의 집에서는 서문경이 뒷골목 오은아의 집으로 가는지 걱정이 되어 하녀에게 길 입구까지 따라가 보고 돌아오도록 했다. 응백작을 비롯한 다른 사람들은 이경(밤 아홉 시부터 열한 시 사이)을 알리는 북소리를 듣고서야 비로소 흩어졌다.

그가 욕을 하면 욕하는 대로
즐거우면 나 또한 즐거워라.
唾罵由他唾罵 歡娛我且歡娛

모든 것이 마냥 꿈속인 듯

서문경은 재산도 얻고 부인도 취하고,
응백작은 즐거워 잔치를 열다

성과 나라를 뒤엎을 미모의 여인이여 의심을 말라.
무산의 꿈에도 질투가 있나니.
여인의 사랑은 정이 많아 현명한 사람도 다 녹이니
우정을 가벼이 알고 미인을 애석하다 여기네.
미색에 빠져 있으면 정신이 온건치 못해
미인의 자태와 풍모 앞에 뜻과 태도도 기이해지네.
촌사람은 봄의 적적함을 알지 못한 듯
천금 같은 오늘 밤에 머뭇거리고 있네.
傾城傾國莫相疑 巫水巫雲夢亦癡
紅粉情多銷駿骨 金蘭誼薄惜蛾眉
溫柔鄕裡精神健 窈窕風前意態奇
村子不知春寂寂 千金此夕故蜘蹰

이날 서문경은 이계저의 기생집을 나서자 대안에게 말을 몰게 하
고 곧바로 사자가의 이병아 집 앞에 다다라 말에서 내렸다. 대문이
꼭 잠겨 있는 것을 보고, 부인들이 가마를 타고 집으로 돌아갔음을

알았다. 그래서 대안을 시켜 풍노파를 불러 문을 열게 한 후 서문경은 안으로 들어갔다. 이병아는 집안에 촛불을 밝히고 곱게 머리를 빗고 하얀 소복을 입은 채 창가에 기대어 서서 수박씨를 까먹고 있었다. 서문경이 들어오는 것을 보고서 황급히 종종걸음으로 치맛자락을 부여잡고 계단을 내려와 영접하고 웃으면서 말한다.

"조금만 일찍 오셨더라면 셋째 마님과 여섯째 마님을 만나볼 수 있었을 텐데. 방금 가마를 타고 집으로 돌아가셨어요. 오늘 큰마님께서는 일찍 돌아가시면서, 나리께서 집에 안 계시다고 말씀하셨어요. 도대체 어디를 가셨어요?"

"오늘 나와 응형과 사자순이 아침 일찍 연등 구경을 할 때 부인 집앞을 지나갔었소. 근데 뜻밖에도 친구 둘을 만나, 기생집에 끌려갔다가 이렇게 늦게까지 붙잡혀 있었다오. 나도 부인이 여기서 기다릴 것이라 생각하던 차에 하인이 왔기에 용변 본다는 핑계를 대고 뒷문으로 도망쳐 나왔다오. 그렇지 않았다면 그 친구들한테 붙잡혀서 아마 올 생각을 못했을 거요."

"우선 나리의 후한 선물에 감사를 드려요. 마님들께서는 집에 사람이 없다시면서 오래 계시지 않았어요. 그래서 제가 제대로 대접도 못해드렸어요."

그러면서 잔에 다시 술을 준비하고 음식을 차렸다. 집 안의 꽃등에 모두 불을 밝히고 발을 내렸다. 화로에는 숯을 더 넣고, 향로에는 향을 피웠다. 탁자 위에 진수성찬이 차려지니 부인은 향기 그득한 술을 잔에 가득 따라 서문경에게 권하면서 머리를 조아리며,

"남편이 죽고 나서 저는 아무 데도 의지할 곳이 없는 사고무친 신세가 되었습니다. 오늘 제가 올리는 이 잔은 나리께 저의 주인이 되

어주십사 하는 거예요. 제발 제가 못생겼다고 뿌리치지 마시고, 진심으로 원컨대 나릴 위해 자리를 깔고 이불을 개면서 다른 마님들과 자매가 될 수 있게 해주신다면 저는 죽어도 여한이 없겠어요. 나리의 뜻은 어떠하신지 모르겠네요?"

하고 말하면서 두 눈 가득 눈물을 흘렸다. 서문경은 잔을 받아들면서 웃으며 답했다.

"어서 일어나요. 당신이 나를 이토록 생각해주는 것을 나 서문경은 가슴 깊이 잘 새겨두리다. 당신이 상복을 벗을 때 내 나름대로의 생각이 있으니 공연히 다른 생각은 하지 마시오. 오늘은 당신 생일이니, 우리 우선 술이나 마십시다."

서문경이 이렇게 말하면서 잔을 비우고, 한 잔을 가득 따른 후 부인에게 주면서 자리에 앉혔다. 풍노파는 혼자 주방에서 음식을 장만해 내왔다. 잠시 뒤에 국수를 가지고 왔기에 먹으면서 서문경은 이병아에게 물었다.

"오늘 어떻게 놀았소?"

"오늘은 동교아와 한금천이 이곳에 와서 노래를 부르며 놀다가, 셋째 마님과 여섯째 마님을 댁으로 모셔다 드리러 갔는데, 가면서 연등도 구경할 거예요."

서문경은 여자 옆에 앉으면서 서로 잔을 주거니 받거니 하면서 술을 마셨다. 영춘과 수춘 두 하녀가 옆에서 술을 따르고, 안주를 올리는 시중을 들었다. 잠시 후에 대안이 안으로 들어와 땅바닥에 엎드리며 이병아에게 절을 하면서 생일을 축하한다고 했다. 이에 이병아도 일어나 고맙다고 하고는 영춘에게 이른다.

"풍할머니에게 일러 생일 국수와 음식, 술 한 병을 내와 대안에게 주어 먹도록 해라.”

　서문경도,

　“먹고 말을 가지고 일찍 집으로 돌아가거라.”

하고 분부하니 이병아가 다시 말한다.

　“집에 돌아가서 마님이 묻거든 나리께서 이곳에 계시다고 절대로 말해서는 안 된다.”

　“잘 알겠어요. 소인은 단지 나리께서는 기생집에서 밤을 지내시고 내일 아침 일찍 나리를 모시러 간다고만 말씀드리겠어요.”

　이 말을 듣고 서문경이 머리를 끄떡였다. 이에 이병아는 매우 기뻐 어찌할 줄을 모르면서,

　“아주 영리해요! 눈치도 빠르고요!”

　그러고는 즉시 영춘에게 은자 두 전을 가져오게 해 수박씨라도 사서 먹으라고 한 후에 다시,

　“내일 올 때 신발 견본을 가져오너라. 내 너에게 좋은 신발을 하나 만들어줄 테니.”

하니, 이에 대안은 연방 고개를 조아리며,

　“제가 감히 어떻게요.”

하고는 밖으로 나가 술과 음식을 먹은 후 말을 끌고 집을 나섰다. 풍노파는 빗장을 걸어 대문을 잘 잠갔다. 이병아는 서문경과 서로 내기를 하면서 술을 마시다가 다시 상아로 만든 골패를 가져와 탁자 위에 붉은색 천을 깔고 등잔불 아래서 마작 놀이를 하며 술을 마셨다. 잠시 그렇게 술을 마시다가 영춘을 불러 방에 촛불을 켜게 했다. 원래 화자허가 죽고 난 후에 영춘과 수춘도 모두 서문경이 손을 댄 처지인지라 이런 일을 거리낌 없이 시켰다. 영춘에게 침대를 잘 정리하라고

시킨 후에 과일과 술을 가져오게 했다. 이에 침상의 자줏빛 장막 안에서 부인은 하얀 살결을 드러낸 채 서문경과 어깨를 나란히 하고 몸을 비벼댔다. 둘은 마작을 하며 큰 잔을 들어 술을 마셨다.

이병아가 묻는다.

"나리 댁은 언제쯤 수리에 들어가나요?"

"잠시 뒤 이월 중에 공사를 시작하오. 우선 당신네 이쪽 한 채를 터서 곧바로 화원과 통하게 하려고 해요. 그런 후에 앞쪽에 나지막한 동산과 화원을 만들려고 해요. 또 누각도 세 칸 만들려고 하고."

부인이 손가락으로 가리키며,

"저의 이 침대 뒤에 있는 상자 안에는 아직도 침향이 사십 근, 백랍 이백 근, 수은 두 통, 후추 팔십 근이 있어요. 나리께서 다음날 모두 내가시어 저 대신 팔아 은자로 만들어 집 고치는 데 사용하세요. 나리께서 제 추한 용모가 싫지 않으시다면 집에 돌아가시어 마님들께 잘 말씀드려 제가 진정으로 마님들과 자매가 되기를 바라며, 몇째가 되든 그것은 상관없다고 해주세요. 사랑하는 나리, 저는 당신을 떠날 수가 없어요!"

하고 말을 마치더니 구슬 같은 눈물을 뚝뚝 흘렸다. 서문경은 황급히 손수건을 꺼내 눈물을 닦아주면서 말했다.

"당신의 마음을 내 모두 알지. 당신이 상복을 벗을 때쯤이면 집도 대충 고쳐질 게요. 그렇지 않으면 당신을 맞이하더라도 어디 머무를 곳이 없으니 말이오."

"기왕에 저를 데려갈 마음이 있으시다면 다음에 저의 방은 다섯째 마님과 같이 지어주세요. 저는 다섯째 마님과 떨어질 수 없어요. 정말로 좋은 분이에요! 뒤채에 있는 맹씨 마님과 함께 저에게 아주 잘 대해주세요. 두 분은 천성적으로 모습도 동서 간 같지 않고, 한 어머니한테서 태어난 듯 아주 흡사해요. 단지 큰마님의 성격이 좀 까다로워서 저를 좀 그렇게 봐요."

"우리 오씨 큰마누라는 그래도 성격이 좋다오. 그렇지 않으면 어떻게 그 많은 여인들을 손아래에 둘 수 있겠소? 내일 대충 이곳 사정을 얘기한 후 누각 세 칸을 지어 당신을 머물게 하고 두 군데에 쪽문을 달아 출입할 수 있게 할까 하는데, 당신 생각은 어떻소?"

"사랑하는 당신, 이제야 비로소 제 마음을 알아주시는군요."

말을 마치고 두 사람은 봉황이 엎치락뒤치락하며 놀 듯 끝없이 음욕을 채우며 놀았다. 미친 듯이 사경(밤 한 시부터 세 시 사이)까지 놀다가 겨우 잠이 들었다. 한 베개에 어깨를 나란히 하고 잠이 들어 다음 날 아침 밥 먹을 때가 되어도 일어나지 않았다. 부인이 겨우 일어나 머리도 빗지 않았는데 영춘이 죽을 가지고 들어오니, 이에 서문경과 함께 반쯤 먹었다. 그런 후 다시 술을 가져오라 하여 함께 마셨다. 원래 이병아는 남녀 행위를 하는 데 후위 자세를 좋아해 서문경에게 베개에 걸터앉아 뒤에서 하게 하면서 자연스럽게 즐겼다. 두 사람이 이렇게 잔뜩 열을 내고 있을 때 대안이 밖에서 대문을 두드리며 말을 가지고 모시러 왔다. 서문경이 대안을 창 아래로 불러 몇 마디를 물으니 이처럼 대답했다.

"집에 사천과 광동, 광서에서 약재를 팔러 온 상인 세 명이 기다리고 있습니다. 약재를 많이 가지고 와서 부이숙과 거래를 하고 있는데, 우선 계약금조로 은자 백 냥을 주고 팔월 중순경에 나머지를 주겠다고 하고 있습니다. 그래서 큰마님께서 소인을 시켜 나리를 빨리 집으로 모셔와 일을 처리하시랍니다."

"내가 이곳에 있다고 말하지 않았지?"

"소인은 단지 나리께서 계저 아씨 집에 있다고 말씀드렸을 뿐 이곳에 계시다는 말은 하지 않았어요."

"정말 모를 일이군! 부이숙을 시키면 될 텐데, 나를 불러 어쩌자고 그러지?"

"부이숙이 말씀하셔도 그들이 듣지 않으니, 나리께서 돌아오시기를 기다렸다가 이 계약을 하셔야 한대요."

이병아도 말한다.

"댁에서 하인을 시켜 당신을 오시도록 하는 것을 보면 이번 계약이 중요한 모양이지요. 나리께서 가지 않으시면 큰마님께서도 수상하게 여기시지 않겠어요?"

"당신은 잘 모르겠지만 남쪽에서 온 이 장사치들은 물건을 팔 곳이 없으니 할 수 없이 내 집에 찾아온 것이란 말이오. 돈도 반년쯤 시간을 끌다가 줘야 해요. 만약 급히 대들면 도리어 고자세로 나온단 말이오. 이 청하현에서 우리 가게처럼 크고 물건을 많이 취급하는 곳도 없으니, 언젠가는 나를 찾아오지 않을 수 없을 게요."

"장사를 하시는 데 사방에 원수를 만들지 마세요. 저희 집에는 일을 다 보신 후에 다시 오셔도 되잖아요. 앞으로 저희가 만나고 즐길 날은 버드나무 잎사귀처럼 많잖아요."

이에 서문경은 이병아의 말을 듣고서 천천히 일어나 머리를 빗고 얼굴을 씻은 후 망건을 두르고 옷을 입었다. 이병아는 재빨리 음식을 차려와 들게 했다. 서문경은 곧바로 얼굴 가리개를 한 후에 말을 타고 집으로 돌아왔다.

한편 가게 안에는 상인 네다섯 명이 앉아서 물건을 달며 흥정을 하고 있었다. 서문경은 계약을 마친 후 상인들을 돌려보내고 반금련의 방으로 향했다. 금련은 서문경을 보자 대뜸 물어보았다.

"어젯밤에 어디에 가셨어요? 사실대로 말씀하세요. 그렇지 않으면 제가 다 까발리고 말 거예요."

"당신네들이 모두 화씨 집에서 술을 마시고 있을 때 몇몇 친구들과 함께 연등 구경을 하고는 그곳에 있는 기생집에 가서 술을 마시면서 하룻밤을 지새웠지. 그러다가 하인이 마중하러 왔기에 이제야 집으로 돌아오는 길이야."

"저도 하인이 모시러 간 것은 알고 있어요. 그렇지만 어느 기생집에다 그리 혼을 빼놓고 계셨겠어요? 무정한 양반 같으니! 아직도 나를 속이고 있다니! 그 음탕한 계집이 어제 낮에 우리를 불러 혼을 빼놓고는 밤에는 당신을 불러 한바탕 방아를 찧으며 밤을 지새우고 나서 겨우 돌아오는 게지요. 대안 요 망할 놈의 자식이 감히 나를 속이다니! 큰마님께도 이렇게 말하더니 내게도 똑같이 이렇게 말을 하다니. 처음에 말을 끌고 집으로 돌아왔을 때 큰마님이 '나리께서는 어째 돌아오시지 않는 게냐? 누구 집에서 술을 잡숫고 계시냐?'고 물으니, 대안이 '아저씨들과 연등 구경을 하고 돌아오시다가 모두 이계저 아씨 집으로 가서 술을 드시면서 저보고 내일 아침에 모시러 오라고 하셨어요' 하지 않겠어요. 그래서 나중에 제가 다시 물으니 말은 하지 않고 웃기만 하잖아요. 급히 제가 몇 번을 더 묻자 비로소 '나리께서는 사자가에 있는 화씨 부인 댁에 계세요'라고 하지 않겠어요. 망할 놈의 자식 같으니라구! 그놈이 저와 당신이 한마음 한뜻이라는 것을 알겠어요? 생각건대 당신이 그렇게 말하도록 시킨 게 틀림없어요."

서문경이 시치미를 떼고서,

"그럴 리가 있겠나."

했으나 결국 속이지 못하고 사실대로 말한다.

"이병아가 어젯밤에 나를 청해 술을 한잔 주면서 당신들이 이곳으로 자기를 오도록 해달라는 게야. 또 울면서 말하기를 집에 사람도 없고 뒤편도 텅 비어 있으니 밤이면 더욱 무섭다는 게야. 그러면서 나한테 자기를 빨리 맞이해달라고 하잖아. 또 집이 언제쯤 완성되느냐고 물으면서 자기에게 아직도 얼마간의 향료와 금붙이 등 은자 수백 냥의 가치가 있는 것들이 있으니, 내게 자기 대신 돈으로 바꿔어서 빨리 집을 완공해주었으면 좋겠대. 그러면서 당신과 함께 살며 자매로 지내고 싶다는데, 아마도 당신이 싫어하겠지?"

"하긴 저도 이곳에 혼자 있기가 쓸쓸했는데 이병아가 와주면 좋겠어요. 제가 있는 이곳도 텅 비어 있으니 이병아가 오면 저와 벗이 될수 있잖아요. 예부터 '배가 많아도 항구가 막히지 않고, 수레가 많아도 거리를 막지 않는다'고 하잖아요. 이병아를 부르는 것을 반대할저라면, 당초에 그 누가 저를 불러주었겠어요. 그렇다고 해서 제 노릇이 어떻게 되겠어요? 저는 단지 다른 사람들의 마음이 저와 같지 않을까 걱정이 되는군요. 그러니 우선 큰마님께 가서 물어보세요."

"그렇기는 해도, 이병아는 아직 탈상도 다 지나지 않았어."

말을 마치자 반금련이 서문경의 하얀 비단 저고리를 풀어주는데 소매 안에서 물건 하나가 소리를 내면서 굴러 떨어졌다. 손에 집어들고 보니 묵직하면서도 크기가 손가락 굵기만 한 것인데 한참을 살펴보아도 무슨 물건인지 도무지 알 수 없었다.

원래는 남쪽에서 나는 물건이었으나

사람들에게 전해져서 경도에 있네.

몸체는 가늘고 작으나 안으로 빛은 영롱하네.

사람이 여기에 약간의 힘을 가하면

빙글 돌면서 매미 울음소리를 내네.

아름다운 여인의 마음을 헤아려

위풍당당하게 효험을 발한다네.

이름하여 금면[金面]으로 용감하게 앞장서서

전장에서의 공이 제일가는 면자령[勉子鈴]으로 그 이름을 떨치네.

原是番兵出産 逢人薦轉在京

身軀瘦小內玲瓏 得人輕借刀 展轉作蟬鳴

解使佳人心膽 慣能助腎威風

號稱金面勇先縫 戰降功第一 揚名勉子鈴

반금련이 그것을 한참 들여다보다가 묻는다.

"이게 도대체 무슨 물건이에요? 어째서 사람의 맥박이 모두 마비되는 것 같지요?"

서문경이 웃으면서 대꾸했다.

"이 물건은 당신도 모르는 것으로, 이름이 '면령[勉鈴]'이야. 남쪽의 면전국[勉甸國](오늘의 미얀마)에서 나는 물건이야. 좋은 것은 네댓 냥이나 나가지."

"이건 어디에 쓰는 거예요?"

"우선 이것을 여자의 그곳에 집어넣은 후에 일을 시작하면 그 맛을 말로 다 할 수가 없지."

"그럼 당신과 이병아는 놀아봤단 말이에요?"

이에 서문경은 어젯밤 일을 처음부터 끝까지 자세하게 얘기해주었다. 얘기를 다 듣고 난 반금련은 음심이 동해서 둘은 벌건 대낮에 문을 걸어 잠그고 옷을 벗어제치고는 침대에 올라 방아 찧는 놀이를 시작했다.

자진[子晉](피리를 잘 불던, 주[周] 영왕[靈王]의 태자)의 인연이 어찌된 일인가를 알지 못하는가? 피리 부는 법을 겨우 배워 어떻게 신선이 되었는지를.

그로부터 며칠이 지나 서문경은 거간꾼을 통해 이병아의 침상 뒤상자 안에 싸놓은 침향과 백랍과 후추 등을 모두 저울에 달아 합계은자 삼백팔십 냥에 팔아넘겼다. 그러자 이병아는 백팔십 냥만을 자기 생활비와 용돈으로 남겨두고 나머지는 모두 서문경에게 주어 집을 짓는 데 보태 쓰도록 했다. 서문경은 즉시 풍수 역관을 불러 이월초 여드레로 날짜를 택해 공사를 시작했다. 하인의 우두머리인 내소와 집 살림을 관장하는 분사에게 은자 오백 냥을 주어 기왓장·벽돌·나무·돌 등을 구입하는 것부터 운반 공사의 감독 일체를 맡아보도록 했다. 이중 분사라는 자는 이름이 분지전으로 비록 나이는 어리고 허풍기도 있으나 다방면에 재주가 있었다. 원래는 환관 주위에서 시중을 들던 하인이었는데 본분을 지키지 않고 깝죽대다가 쫓겨나 놀며 지냈다. 그러다 처음에는 남자들의 놀이 상대인 남색 노릇도 하다가 나중에는 대갓집 하인으로 있으면서 남의 집 유모를 꾀어서는 부인으로 삼았다. 그러면서 고물상도 하고 비파를 타거나 피리를 부는 등 못하는 것이 없었다. 서문경은 분지전의 재주를 알아보고 항상 분사에게 가게에서 물건을 달거나 흥정을 맡아보게 하고는 적당히 수고비를 주었다. 이렇듯 서문경 집의 대소사에는 분지전이 빠지는 법이 없었다. 당일 분지전과 내소를 시켜 인부들과 공사를 책임지고 감독하게 했다. 우선 화씨 집 쪽의 옛 건물을 헐고, 벽과 담을 부수고 기초를 쌓아 새로 작은 산을 만들고, 각종 정자와 놀이터를 만들고 하는데, 하루에 그칠 일이 아니므로 자세히 얘기할 필요가 없다 하겠다.

시간은 빨리도 흘러갔다. 서문경이 공사를 시작한 지 한 달여가 지나 어느덧 삼월 상순이 되어 화자허가 죽은 지 백 일이 다가오고 있었다. 이병아는 우선 서문경을 청해 여러 가지 일을 상의하면서 화자허의 위패도 불살라버리려 하며,

"집도 팔겠어요. 팔리지 않으면 나리께서 사람을 시켜 지키도록 하고요. 저를 하루라도 빨리 데려가주셔서, 이곳에서 밤마다 홀로 쓸쓸히 지내지 않도록 해주세요. 혼자 있자니 무서워 죽겠어요. 게다가 밤마다 여우와 너구리들이 난리를 쳐대니 더욱 두려워요. 그러니 나리께서는 제발 집에 돌아가셔서 큰마님께 가련한 제 생명을 구해달라고 말씀드려주세요. 나리를 따라갈 수만 있다면 저는 몇 째가 되든 상관치 않고, 나리를 섬겨 모시며 잠자리나 깔고 이불이나 갤 수 있다면 소원이 없겠어요."

하고 말을 하면서 눈물을 비 오듯 흘렸다.

"걱정하지 말아요. 내 일전에 집에 돌아가 큰마누라와 다섯째한테 이미 말을 해두었소. 단지 집이 다 지어지고 당신이 소복을 벗는 날을 기다려서 맞아들여도 늦지는 않을 거요."

"좋아요. 나리께서 기왕에 진심으로 저를 맞이할 마음이 있으시다면 우선 제가 지낼 집을 빨리 지어서 데려가주세요. 나리 댁에 가서

하루라도 살 수만 있다면 죽어도 여한이 없겠어요. 이곳에서는 하루가 일 년 같으니 말이에요.”

“내 당신 말을 다 알겠어.”

“집이 다 완성되지 않더라도, 제가 위패를 태워버리고 다섯째 언니가 있는 곳 이층에 당분간 머물다가 집이 다 지어지면 그곳으로 옮겨도 되잖아요. 그러니 나리께서 집에 돌아가 다섯째 언니께 말씀을 잘 해주세요. 저는 당신 말을 기다리고 있을 테니까요. 삼월 초열흘이 화자허의 백일이니 그날 제가 염불을 잘하고 위패를 불살라버리겠어요.”

서문경은 그러마 하고 응낙하고는 여인과 하룻밤을 잘 지낸 후에 다음 날 집으로 돌아와 이 같은 사정을 반금련에게 하나하나 자세히 전해주었다. 이 말을 듣고 나서 반금련이 말했다.

“좋고말고요! 저는 방 두 칸을 비워 이병아가 머무르도록 할 수 있어요. 다만 다른 사람들이 뭐라 할지 두려우니 나리께서 큰마님께 물어보세요. 저는 아무래도 상관없으니 큰마님이 뭐라시는지 보세요.”

이에 서문경이 곧장 오월랑의 방으로 가니 마침 머리를 빗고 있었다. 서문경은 월랑에게 이병아의 개가에 관한 일을 처음부터 끝까지 자세히 설명해주었다. 이를 다 듣고 나서 오월랑은 대꾸했다.

“나리께서는 이병아를 맞이해 들여서는 안 돼요. 우선 남편의 상이 다 끝나지 않았고, 둘째로 나리와 이병아의 남편은 당초 친구 사이였고, 셋째로 나리께서는 이병아와 짜고서 화자허의 집을 사고 화자허가 맡긴 많은 물건들을 거두어들였어요. 속담에도 ‘베틀은 빠르지 않지만, 북은 빠르다’는 말이 있잖아요. 소문이 그토록 빠르다는 것인데, 제가 사람들이 하는 말을 들어보니 그 집안의 화대라는 사람은 성질이 아주 나쁘다고 하더군요. 만약에 소문이라도 난다면 머리에 이를 갖다놓고 공연히 긁는 것이 아니겠어요. 제 말이 맞아요. 하지만 듣고 안 듣고는 나리 뜻대로 하세요."

오월랑의 말 몇 마디에 서문경은 입을 다물고 아무 말도 못했다. 대청으로 나와서 의자에 앉아 깊은 생각에 잠겼다. 이병아에게 제대로 대답해줄 수도 없고, 그렇다고 가보지 않을 수도 없었다. 한참 생각하다가 다시 반금련의 방으로 들어가니 반금련이 묻는다.

"그래, 큰마님이 뭐라고 하시던가요?"

서문경은 오월랑이 하던 말을 그대로 들려주었다. 그러자 반금련이 말한다.

"오월랑이 그렇게 말하는 데는 나름대로 이유가 있어요. 나리께서는 화자허네 집을 사고 또 화자허의 부인을 차지하려고 하는데, 당초에는 이병아의 남편과 친구로 사이가 매우 좋았잖아요. 제가 한 말씀 드린다면, 약간의 친분 관계라도 있기에 관가에서도 이상하게 여길 거라는 게지요."

"그건 별로 중요치 않아. 단지 두려운 것은 화대란 놈이 시비를 걸지도 모른다는 거야. 이병아가 탈상도 하지 않았는데 데려간다고 중간에서 트집을 잡고 달려든다면 어떻게 대응을 한다지? 이병아에게 뭐라고 대답해줘야 좋을지 모르겠군!"

"에이, 뭐가 어렵다고 그러세요? 오늘 대답을 해주기로 했나요? 아니면 내일 대답해주기로 했나요?"

"오늘 안으로 해달라고 했어."

"오늘 그곳에 가시거든 이병아에게 이렇게 말하세요. '내가 집에 돌아가 다섯째에게 당신 얘기를 했더니, 자기 집 이층에는 지금 많은 약재가 쌓여 있어서 당신의 살림살이를 가져가면 놓아둘 곳이 없다. 조금만 기다리면 당신을 위해 짓고 있는 집도 거의 다 지어질 테니 일꾼들을 재촉해 하루라도 빨리 마무리 공사와 칠 등 남은 공사를 마치도록 하겠다. 그때쯤이면 거의 탈상하게 되니 그때 가서 당신을 맞이하면 대충 준비도 되는 것이 아니겠는가. 억지로 다섯째가 사는 이층으로 옮겨오면 모든 것이 어수선한 데 어울려 있는 꼴로 그 모양새가 어떻겠는가?'라고 말씀하신다면 이병아도 틀림없이 알아들을 거예요."

서문경은 이 말을 듣고 대단히 기뻐하며 지체 없이 이병아의 집으로 달려갔다.

"나리께서 집에 돌아가셔서 말씀하신 일은 어떻게 됐어요?"

"다섯째 말이 조금만 기다렸다가 새집에 칠을 하고 마무리 공사를 하면 그때 이사해도 늦지 않을 거라고 하더군. 지금 다섯째의 이층에는 물건들이 어지럽게 쌓여 있어서 정신이 없을 지경이랍디다. 그런 곳에 당신이 이 물건들을 가지고 온다면 어디에 놓아두겠소? 그뿐만 아니라 한 가지 골치 아픈 일은 바로 당신의 큰시숙이오. 만약 큰시숙이 아직 탈상도 하지 않았는데 시집을 가느냐고 시비를 건다면 어찌해야 좋겠소?"

"큰시숙은 제 일에 상관할 수 없어요. 각기 저 알아서 먹고살고 있고, 조상의 재산도 정당하게 분배했다는 증명 서류도 있어 이미 관계는 다 정리되어 있어요. 어려서 처음 시집갈 적에는 부모의 말을 따라가지만 재가는 본인의 뜻에 따라가는 것이잖아요. 예부터 형수와 시숙은 내왕하는 것이 아니라 하잖아요. 큰시숙은 제 개인적인 일에 관여할 수 없어요. 더군다나 지금 생활이 어렵다고 해도 저를 돌아보지 않잖아요. 행여 쓸데없는 참견을 한다면 그 거지 같은 작자를 죽어도 편히 죽지 못하게 만들어버리겠어요. 그러니 나리께서는 안심하세요. 감히 저를 어떻게 하지는 못할 테니까요."

그러면서 다시 묻는다.

"지금 짓고 있는 집은 언제쯤이면 완성되지요?"

"내가 지금 인부들에게 일러 우선 당신이 머물 세 칸짜리 누각을 짓게 하고 있는데, 칠까지 마치려면 아마도 오월 초순은 되어야 할 게요."

"나리, 제발 좀 서둘러주세요. 그때까지 참고 기다릴 테니까요."

말을 마치고는 하녀를 불러 술상을 준비하게 하여 두 사람은 술을 마시며 밤을 지새워 놀았다. 이 일이 있고 나서 서문경이 사나흘이 멀다하고 찾아왔음은 더 말할 나위도 없다.

세월은 빨리도 흘러 두 달여가 지나니, 방 세 칸을 들인 이층 누각까지 거의 완성되었으나 단지 물건을 쌓아둘 광은 아직 기초 공사인 주춧돌도 쌓지 못한 상태였다.

어느덧 오월 단오절이 되니, 집집마다 문간에는 귀신을 쫓고 병에 걸리지 말게 해달라고 쑥을 꽂고 창가에는 온갖 부적을 걸어놓았다. 이날 이병아는 술자리를 준비하여 서문경을 건너오도록 청했다. 첫째는 단오절을 즐기기 위한 것이었고, 둘째는 자기의 혼례 문제를 상의하기 위함이었다. 둘이 상의한 결과 오월 보름을 택해 우선 중들을 불러 염불을 하고 위패를 태우기로 했다. 그런 다음에 서문경 쪽에서 적당한 날짜를 택해 부인으로 맞이하겠다고 했다. 그러면서 서문경이 이병아에게 묻는다.

"당신이 위패를 불사르는 날에 큰시숙과 셋째, 넷째들도 모두 부를 거요?"

"그들에게 모두 초대장을 보내기는 하겠지만, 오고 안 오고는 그들이 알아서 하겠지요."

이렇게 서로 결정을 보았다. 기다리던 오월 보름이 되자 부인은 보은사에서 스님 열두 명을 불러 집에서 염불을 한 후에 위패를 불살랐다. 그날 서문경은 은사 식 냥을 준비해 그날이 생일인 응백작에게 생일 선물로 주었다. 그리고 아침 일찍 대안에게 은자 닷 냥을 주어 닭이며 오리 고기며 술 등을 사오게 하여 저녁 무렵 이병아가 소복을 벗을 때쯤에 술자리를 준비하도록 해놓았다. 서문경은 하인 평안과 화동을 말 뒤에 거느리고 정오경에 응백작의 집으로 갔다. 그날 그곳에는 사희대, 축일념, 손천화, 오전은, 운리수, 상시절, 백뢰광과 최근에 새로 들어온 분지전과 응백작까지 열 명이 빠짐없이 모였다. 이들 외에도 나이 어린 가수 두 명이 있었다. 술을 다 따르고 각자 자리에 앉았을 때, 서문경이 가수들을 불러 알아보니 하나는 잘 아는 오은아의 동생인 오혜였다. 그리고 하나는 알지 못하는 자였는데 무릎을 꿇으면서 말한다.

"소인은 정애향의 오라비인 정봉이라고 합니다."

서문경은 자리에 앉아서 가수들에게 은자 두 냥씩을 상으로 주었다. 해가 서쪽으로 넘어갈 즈음에 대안이 말을 끌고 서문경을 모시러 왔다. 바로 술좌석으로 와서는 서문경의 귀에 대고 조용히,

"마님께서 나리를 조금 일찍 모시고 오랍니다."

하니, 서문경이 눈짓을 하고는 아래로 내려가려고 했다. 이에 응백작이 대안을 막고 묻는다.

"망할 놈의 개자식 같으니라구! 이리 와서 사실대로 말해라. 만약

사실대로 얘기하지 않는다면 네놈의 귀를 비틀어놓고 말 테다. 이 응
씨 아저씨의 생일이 일 년에 몇 번이나 있느냐? 그런데 벌건 대낮에
말을 끌고 와서는 너의 주인 나리를 모셔가 어디로 가려고 하느냐?
도대체 누가 너를 이곳으로 보냈느냐? 집안의 어느 마님께서 너를
보냈느냐? 아니면 기생 이계저가 시키더냐? 네가 말하지 않는다면
백 년이 지나도 네 주인 나리한테 네놈에게 토끼 같은 마누라를 얻어
주라고 말해주지 않을 테다.”

“아무도 소인에게 시킨 사람은 없어요. 소인은 그저 밤이 되어가
기에 나리께서도 돌아가실 것 같아 일찌감치 말을 가지고 왔을 뿐입
니다.”

응백작은 한 차례 혼을 냈으나 대안이 말하지 않는 것을 보고 다시,

“지금은 네놈이 말을 하지 않았지만, 나중에 내가 알아내서는 네
놈을 혼내주고 말 테다.”

하고는 큰 술잔에 술을 한 잔 따라 과자 반 접시와 함께 대안에게 주
어 아래채에 가서 먹고 있도록 했다.

잠시 후 서문경은 뒷간에 가는 척하고 밖으로 나와 옷을 갈아입고
대안을 구석진 곳으로 불러 물었다.

“오늘 화씨 집에는 누가 왔느냐?”

“화씨댁의 셋째 아저씨는 시골에 가셨고, 넷째 아저씨는 눈병이
나서 못 오셨어요. 단지 큰댁에서 부부가 와서 같이 제사를 지내고
음식을 먹고는 나리는 먼저 돌아가시고 부인만 남아 있었는데, 부인
이 돌아가려고 할 때 화씨댁 마님께서 방으로 불러서 은자 열 냥과
옷 두 벌을 주니 머리를 조아려 인사를 하더군요.”

“남자는 무슨 말을 하지 않았느냐?”

"한마디도 하지 않았어요. 단지 마님이 개가를 하신다면 그다음에 나리 댁에 한 번 다녀가시겠다고 하셨어요."

"정말로 그렇게 말하더냐?"

"제가 감히 거짓말을 아뢰겠습니까."

서문경은 이 말을 듣고 대단히 기뻐하며 다시 물었다.

"제사는 다 끝났느냐?"

"스님들도 벌써 돌아갔고, 위패도 다 태워버렸어요. 그래서 화씨 댁 마님께서 나리를 빨리 건너오시라고 청하신 거예요."

"잘 알았으니, 너는 밖에 말을 대기해놓고 있거라."

이에 대안이 막 밖으로 나가려고 하는데, 뜻밖에도 응백작이 안에서 이 말을 듣고 큰소리를 질러대니 대안이 놀라 나자빠졌다.

"망할 놈의 개자식 같으니라구! 네놈이 말하지 않았어도 내가 똑똑히 잘 들었다. 주인과 하인 놈이 한통속이 되어서는 잘들 놀아나는구나!"

이에 서문경이 당황하며 빌었다.

"귀신같은 놈! 제발 다른 사람들에게 소문을 퍼뜨리지 말아주게."

"그리 사정하니, 내 아무 말도 하지 않겠어요."

응백작은 자리에 돌아와 여차여차한 일들을 그곳에 모여 있는 사람들에게 한바탕 얘기했다. 그러면서 서문경을 끌어당기며 질책했다.

"형님, 당신이 사람이오? 이런 일이 있으면서 어찌 입을 다물고 우리 형제들에게 말을 하지 않을 수 있단 말이에요. 설사 화씨 쪽의 큰 양반이 무슨 소리를 한다고 하더라도 형님께서 저희에게 한마디 분부만 하신다면 저희가 잘 말해서 그 양반을 두려워하지 않아도 되잖아요. 만약 감히 시비를 건다면 우리들이 그놈의 팔목을 비틀어버리

겠어요. 정말로 이 혼담이 이루어지게 될 건진 모르겠군요. 그러니 형님이 우리에게 자세히 좀 말해주시구려. 평소에 친구로 지내온 것이 무엇 때문입니까? 형님께서 우리가 필요한 곳이 있다고 말씀만 하신다면 형제간의 정리를 생각해 물불을 안 가리고 모든 일을 기꺼이 도와드리겠습니다. 같은 날에 태어나지는 못했지만, 같은 날에 죽기로 서로 맹세하지 않았습니까! 동생들인 저희는 모두 이렇게 형님을 대하고 있는데 형님께서는 저희를 속이기만 하시고 바른말을 해주지 않으시는군요."

사희대가 이어서 말했다.

"형님께서 말씀해주지 않으시면 우리들은 내일부터 기생가의 이계저와 오은아 쪽에 쫙 소문을 퍼뜨려버릴 텐데, 그쪽에서 알면 별로 좋아하지 않을걸요."

서문경이 웃으면서 대꾸했다.

"여러분에게 사실대로 다 말하겠네. 혼사는 이미 결정이 되었다네."

응백작이,

"신부를 맞이하는 날은 아직 결정되지 않았지요?"

하자 사희대가 말한다.

"형님이 다음에 형수님을 맞이하면 우리가 가서 축하해드릴게요. 그때 형님께서는 노래 부르는 애들도 네 명쯤 부르고 우리들에게 축하주 한턱 톡톡히 내셔야 해요."

"그야 물론 말할 필요도 없지. 내 그때 여러 형제들을 불러 한턱을 단단히 내겠네."

축일념이,

"그때 가서 축하하며 마실 땐 마시더라도, 지금 우리들이 술 한 잔을 따라 우선 형님께 축하해드리는 것이 나을 것 같아."

하자 이에 응백작이 술주전자를 들고, 사희대가 잔을 들고, 축일념이 안주를 든 다음 나머지 사람들은 모두 무릎을 꿇었다. 그러고는 노래 부르던 아이들을 불러 무릎을 꿇리고 「열세 가락 노래로 즐거이 기쁜 날을 맞네[十三睦喜遇吉日]」라는 노래 한 곡조를 부르게 하고는 연달아 서너 잔의 술을 따라 서문경에게 권했다. 축일념이,

"형님, 그때 저희에게 한턱내실 때 이 정봉과 오혜가 없어서는 안 됩니다."

하고 미리 예약하자,

"너희 둘은 그때 반드시 오너라."

하니 정봉이 입을 가리고 말했다.

"소인들은 그날 반드시 먼저 가 대령하고 있겠습니다."

모두들 술을 따라 마시고는 각기 자리로 돌아가 앉아 다시 술을 마셨다. 날이 어두워지니, 서문경은 도저히 그대로 앉아 있을 수 없어 적당히 눈치를 보아 자리를 빠져나가려고 했다. 하지만 응백작이 붙잡고서 놓아주려 하지 않자 사희대가 말한다.

"응형님, 큰형님을 가도록 하세요. 괜히 일을 그르치게 하지 마시고요. 공연히 형수님이 수상하게 여기시잖아요."

이에 서문경은 재빨리 말을 타고 떠나갔다.

사자가에 도착해보니 이병아는 상복을 벗어버리고 머리도 풀어헤치고서 화려한 옷으로 갈아입은 모습이었다. 집 안에는 등촉을 휘황찬란하게 밝혀놓고, 탁자 위에 술과 안주를 준비해놓고 있었다. 이병아는 위쪽에 놓은 큰 의자에 서문경을 앉게 하고는 술 한 동이를 새

로 따서는 하녀에게 잔을 들게 하고 한 잔 가득 따라 서문경에게 올리면서 촛불처럼 하늘거리는 모습으로 머리를 조아려 네 번 절을 하면서,

"오늘 제 남편의 위패를 불살랐어요. 나리께서 저를 버리지 않으신다면 저는 나리를 받들어 모시면서 평생을 같이할까 합니다."
하고 말하고 예를 올렸다. 서문경도 자리에서 일어나 역시 술 한 잔을 따라 부인에게 주고 자리에 앉혔다. 그러면서 묻는다.

"오늘 화대 부부가 별말은 하지 않던가요?"

"제가 오후에 제사를 지낸 후에 방으로 불러 나리와의 혼례 얘기를 다 했어요. 화대는 연방 잘됐다고만 할 뿐 쓸데없는 말은 한마디도 하지 않았어요. 다만 혼례를 치른 후 사흘 지나서 화대의 부인이 우리 집에 축하 인사차 오겠다고 하더군요. 제가 화대 부인에게 은자 열 냥과 옷 두 벌을 주니 부부가 좋아 어찌할 줄을 모르더군요. 그래서 돌아갈 때에는 몇 번이나 감사하다는 말을 하고 갔어요."

"그렇게 말했다면 우리 집에 오가는 것을 용납하겠지만, 혹 한마디라도 허튼소리를 한다면 내 가만두지 않을 거요."

"그가 쓸데없이 소란을 피운다면 저도 가만두지 않겠어요."

이렇게 말하고 있을 때 풍노파가 주방에서 국과 음식 등을 차려서 내왔다. 이병아는 곧 친히 손을 깨끗이 씻고 파를 넣은 양고기 무침을 만들었다. 그리고 은 술잔에 남주[南酒](소흥[紹興]에서 나는 고량주의 일종)를 가득 따랐다. 그런 다음 수춘이 잔 두 개에 따르며 시중을 드니 이병아는 서문경을 상대해 술을 마셨다. 서문경이 반을 마시고 반을 남겨 이병아에게 주어 마시게 했다. 이렇듯 주거니 받거니 하면서 몇 잔을 마셨다. 실로 '나이는 정을 좇아 젊어지고 술은 분위

기 따라 늘어간다'고 하지 않던가.

이병아는 혼례일이 가까워지자 보통 때보다 더할 수 없이 기분이 좋아졌다. 얼굴 가득 웃음을 머금고는 서문경에게 말했다.

"아까 나리께서 응씨 집에서 술을 드시고 계실 적에 제가 얼마나 기다렸는지 몰라요. 그래서 나리께서 너무 취하면 어찌할까 걱정되어 대안을 시켜 빨리 모셔오도록 했는데, 그쪽에서 누가 눈치를 채지 않았는지 모르겠네요?"

"응가가 눈치를 채고 대안더러 사실대로 말하라고 윽박지르는 통에 한바탕 소동이 일어났지. 그러다가 여러 형제들이 나를 축하해준다고 노래 부르는 애를 시켜 노래를 부르며 자기들이 한턱을 냈어요. 그러고는 다시 돈을 내어 술을 더 마셨지. 내가 적당히 눈치를 보아 빠져나오려고 할 때 또다시 나를 가로막고 몇 마디 놀려대다가 겨우 놓아주었다오."

"당신을 놓아준 것을 보면 그래도 정취를 아는 사람들이군요."

서문경은 이병아가 술에 취해 비틀거리는 모습과 무엇을 갈구하는 듯한 눈빛을 보고는 참지 못하고 입을 맞추며 얼굴을 비벼댔다. 이병아는 서문경을 가슴에 끌어안고 애원했다.

"사랑하는 나리! 당신께서 저를 진심으로 맞이하시려거든 하루빨리 데려가주세요. 나리께서 오고 가기도 번거롭고, 제가 이곳에서 혼자 쓸쓸히 밤낮으로 당신을 애타게 기다리게 하지 마세요."

말을 마치자 둘은 엎치락뒤치락해가며 한 덩어리가 되어 나뒹굴었다. 그야말로 온 나라를 바쳐 사랑을 좇는 한무제같이, 운우의 정을 즐기는 초양왕과도 같이.

정이 진해지니 가슴이 더욱 조여오네.
기쁨에 겨워 어깨를 나란히 하고 껴안고서
한껏 은등불이나 바라보고 있노라니
모든 것이 꿈속인 듯 의심이 되누나.
情濃胸緊湊 款洽臂輕籠
媵把銀缸熙 猶疑是夢中

연못에 고인 물의 흔들림

우급사가 양제독을 탄핵하고,
이병아가 장죽산을 남편으로 맞이하다

서재에서 만났던 때를 기억하는지
운우의 정을 나눈 것을 아는 사람은 적으리.
밤이 깊어지니 봉황은 베개를 나란히 하고
은촛대의 등불을 돋우어 남은 빛을 발하게 하네.
지난 일을 생각하니 꿈인 듯 몽롱한데
오늘 밤에 다행히 사랑을 얻었네.
記得書齋乍會時 雲踪雨跡少人知
晩來鸞鳳棲雙枕 剔盡銀橙半吐輝
思往事 夢魂迷 今宵幸得效于飛

한편, 오월 스무날은 수부[帥府] 주수비의 생일로 이날 서문경은
은자 닷 냥과 손수건 두 장을 선물로 준비하여 의관을 정제하고 큰
백마를 타고 하인 네 명을 뒤따르게 하여 수부의 집으로 축하해주러
갔다. 가보니 그 자리에는 하제형, 장단련, 형천호, 하천호와 일반 무
관들이 술을 마시면서 음악을 연주하고 연극도 공연하고 있었는데,
단지 노래하는 아이들 네 명이 술을 따르고 있었다. 대안이 옷을 받

아들고 말을 돌려 집으로 돌아왔다가 해질 무렵에 다시 서문경을 모시러 갔다. 서쪽 거리 끝에서 풍노파와 마주쳐 묻는다.

"풍할머니, 어디 가세요?"

"마님이 나보고 나리를 좀 모셔오라고 했단다. 은 세공을 하는 사람이 가공을 다해서 오늘 가져왔기에 나리를 청해서 한번 보시게 하려고 해. 그리고 마님께서 나리께 하실 말씀도 있고."

"주인 나리께서는 오늘 주수비 어른 댁에서 술을 잡숫고 계세요. 제가 지금 모시러 가는 길이니, 할머니께서는 집으로 돌아가세요. 잠시 후에 제가 그리로 가서 나리께 말씀드릴게요."

"그렇게 말 좀 해주거라. 마님께서 기다리고 계시다고 말이다."

대안은 곧바로 주수비의 집으로 갔다. 여러 관리들이 한참 시끄럽게 떠들고 마셔대고 있었다. 대안은 서문경 앞으로 가서,

"소인이 말을 가지고 모시러 오다가 길 입구에서 풍할머니를 만났는데, 그 댁 마님이 시키시기를 은 세공장이가 은 장신구를 보내왔으니 나리께서 한번 오셔서 보시랍니다. 그리고 드릴 말씀도 있다고 하셨어요."

하니 서문경이 듣고 약간의 과자와 국, 밥을 주어 먹게 하고는 바로 자리에서 일어나려고 했다. 그렇지만 어디 주수비가 쉽게 놓아주겠는가? 문을 가로막고 큰 잔을 가져와 마시기를 권한다. 서문경이,

"어른께서 이렇게 권하시니 한 잔 마시겠습니다. 일이 좀 남아 있어 제가 끝까지 자리를 지킬 수 없으니 용서해주시기 바랍니다!"

하면서 단숨에 쭉 들이마시고는 주수비에게 작별하고 말에 올라 곧바로 이병아의 집으로 갔다. 부인이 차를 권하니, 서문경은 대안에게 말을 가지고 집으로 돌아가 내일 데리러 오라고 분부했다. 대안이 떠

나자 이병아는 영춘을 시켜 상자를 가져오게 해 그 안에서 머리 장식을 꺼내 서문경에게 보여주니, 누런 황금빛이 번쩍이는 것이 실로 대단한 장신구였다. 그렇게 물건을 본 후 가져다놓으라 이르고, 둘은 스무나흗날 예단을 보내고, 다음 달 초사흗날로 혼례를 정했다. 부인이 대단히 기뻐하며 술을 가져오게 해서는 서문경과 함께 마음을 열고 즐겁게 마시기 시작했다. 잠시 먹다가 하녀를 시켜 침상 위에 깨끗한 돗자리를 깔게 한 후, 두 사람은 얇은 비단 장막 안에서 향으로는 난과 사향을 피우고, 상아 가죽을 넣어 짠 이불을 깔게 하고 옷을 벗고 어깨를 나란히 한 채 다리를 포개어 앉아 술을 마시며 서로를 희롱했다. 이윽고 눈가에 춘색이 흐르고 음심이 충만하니 서문경과 이병아는 서로 껴안고 논 다음에 다시 술기운을 타고 침대 가에 걸터앉아서 부인을 돗자리에 비스듬히 눕혀 사랑의 행위를 펼치게 했다. 그 모습이 이러했다.

얇은 비단 장막 안에 난과 사향을 피우고
아름다운 여인이 가벼이 피리를 부네.
눈처럼 하얀 피부가 장막을 뚫고 나오니
혼백이 날아감을 금할 수가 없구나.
한 점 앵두 같은 작은 입에
두 손은 보드랍기 그지없어라.
낭군의 정이 동하는 것을 여인에게 알려주니
영서[靈犀]*의 맛이 좋음을 알지 못하겠는가.
紗帳香飄蘭麝 蛾眉輕把簫吹

---

* 본래 코뿔소로 뿔에 하얀 무늬가 있어 자극에 예민하다고 함. 여기에서는 남성의 성기를 가리킴

雲白玉體透簾幃 禁不住魂飛魄颺

一點櫻桃小口 兩隻手賽柔荑

才郎情動囑奴知 不覺靈犀味美

서문경은 취중에 짓궂게 물었다.

"당초 화자허가 살아 있을 때도 화자허와 이런 짓을 했겠지?"

"그이는 하루 종일 빈둥거리며 놀기만 했는데, 어디 제가 이런 짓을 하게 내버려두겠어요. 매일 밖에서 쓸데없는 짓거리만 하고 돌아다니다가 집에 돌아와도 한가하게 저를 가까이하지 않았어요. 더욱이 시아버지가 살아 계실 때는 서로 다른 방에서 잠을 잤지요. 제가 그이에게 심하게 욕을 하면서 모든 것을 사실대로 시아버지에게 말씀드렸다면 아마 죽도록 얻어맞았을 거예요. 화자허는 사람도 아니에요! 그런데 무슨 흥이 난다고 이런 일을 했겠어요. 생각만 해도 망신스러워 죽겠어요! 누가 저의 이러한 심정을 알아주겠어요? 마음을 헤아려준다면 바로 저에게는 약과 같은 거예요. 그러니 밤낮으로 저는 당신 생각뿐이랍니다."

둘은 이렇게 말을 하면서 다시 사랑의 놀이를 했다. 곁에서는 영춘이 작은 상자를 들고 시중을 들고 있었는데 그 안에는 각양각색의 맛있는 과일 씨, 닭, 거위, 고기 말린 것, 매화·해당화·국화꽃 모양의 떡 등이 들어 있었다. 그리고 작은 술주전자에는 향기 그윽한 술이 담겨 있었다. 황혼에 촛불을 켤 무렵부터 놀고 마시기를 시작해 거의 일경(저녁 일곱 시부터 아홉 시 사이)까지 그렇게 질펀하게 놀고 있었다. 그러고 있노라니 대문을 두들기는 소리가 나기에 풍노파를 시켜 대문을 열어보니 대안이 온 것이었다. 서문경이,

"내일 데리러 오라고 일렀는데, 이 늦은 밤에 웬일로 왔을까?"
하고는 방으로 들어오라 일렀다. 황급히 방문 앞으로 왔으나 서문경
과 부인이 함께 잠자리를 하고 있는 것을 보고서는 감히 안으로 들어
오지 못하고 주렴 밖에서 말했다.

"아씨와 새서방님이 이사를 오셨어요. 많은 이삿짐을 집으로 가지
고 말입니다. 그래서 큰마님께서 저보고 빨리 나리를 모시고 와서 무
슨 일인지 알아보고 조치를 취하도록 하시랍니다."

서문경은 이 말을 듣고 잠시 망설이다가,

"이렇게 늦게 도대체 무슨 연고일까? 우선 집에 돌아가서 좀 알아
봐야겠군."
하면서 급히 일어나니, 부인이 옷을 입혀주고 술을 한 잔 데워 마시
도록 권했다. 술을 받아 마시고는 바로 말을 타고 집으로 돌아왔다.
집에 돌아와 보니 대청에 불이 밝혀져 있고 딸과 사위도 모두 와 있
으며 많은 상자들과 침대 등 살림살이들이 쌓여 있었다. 서문경이 크
게 놀라서는,

"도대체 어찌된 일인가?"
하고 물으니, 사위인 진경제가 다리를 조아리고 울며 아뢰었다.

"얼마 전에 조정에서 우리 양대감(양제독을 지칭)께서 과도관[科道
官](감찰관)의 탄핵을 받았습니다. 성지[聖旨]가 있어 옥에 하옥되어
그 죄를 신문[訊問]받고 있습니다. 그 친인척뿐만 아니라 집안의 하인
들까지도 모두 죄를 물어 칼을 씌워 거리를 돌게 해 그 죄상을 세상에
알린 연후에 모두 변방으로 귀향을 보낸다 하옵니다. 어제 양대감 집
에서 잡무를 보는 하인이 밤새 달려와 이 같은 사실을 저의 부친께 알
려주니 부친께서 듣고 놀라셔서는 저에게 아내와 살림살이를 이끌고

잠시 이곳 처갓집으로 가서 피신하도록 했습니다. 그리고 부친께서는 바로 동경의 고모님 댁으로 소식을 들어보시려고 떠났습니다. 일이 잘 해결되면 은혜를 잊지 않고 잘 보답해드리겠습니다."

"아버님의 편지는 없는가?"

"여기 있습니다."

그러면서 소맷자락에서 편지를 꺼내 서문경에게 주니, 서문경이 받아 펼쳐본다.

편지에는 이렇게 쓰여 있다.

큰 덕이 있는 서문가에게 보냅니다. 다 적지 못하고 용건만 적습니다. 지난번에 북방의 오랑캐가 변방을 침입해 웅주[雄州] 지방을 유린했을 때, 병부상서인 왕보가 병사와 말을 보내지 않아 기회를 놓치는 바람에 조정의 양제독까지 연루되어 과도관에게 탄핵을 받는 엄중한 사태에까지 이르게 되었습니다. 황상께서 크게 진노하시어, 감옥에 감금시켜 삼법사[三法司](명·청 시대 중앙의 사법기구 세 개의 합칭으로 형부[刑部]·도찰원[都察院]·대리사[大理寺]를 일컬음)로 하여금 신문케 했습니다. 그 문하, 친족과 하인들까지 모두 규정에 따라 변방의 군졸로 보내도록 했습니다. 소생은 이 소식을 듣고 온 가족과 함께 크게 놀랐으나 마땅히 가 있을 곳이 없었습니다. 그래서 우선 자식과 따님은 간단한 살림도구를 가지고 잠시 친가에 가서 몸을 기탁하게 했습니다. 저는 즉시 상경하여 매부인 장세렴의 집에 머물면서 소식을 들어볼 생각입니다. 일이 잘 마무리되면 집으로 돌아가 지금 베풀어주신 은혜를 결코 잊지 않고 보답하겠습니다. 걱정되는 바는 현에 여러 가지 소문이 떠돌까 하는 것인지라, 제가 자식

편에 따로 은자 오백 냥을 보내드리니 수고스러우시더라도 필요한 곳에 적절히 써주시기 바랍니다. 베풀어주시는 은혜는 죽어도 잊지 않겠습니다.

등불 아래에서 몇 자 총총히 적습니다.

권생[眷生] 진홍[陳洪] 올림[頓首]

　서문경이 보고 나니 손발이 떨려왔다. 오월랑에게 음식을 준비해 딸과 사위를 대접하도록 했다. 그러고는 하인들에게 명해 큰 대청 앞에 있는 동편 방 세 칸을 청소하게 하고 그곳에 머물도록 했다. 옷상자와 간단한 살림 도구들은 모두 오월랑의 안채에 갖다 놓도록 했다. 진경제는 은자 오백 냥을 꺼내 서문경에게 주어 서문경이 인사를 하는 데 쓰도록 했다. 이에 서문경은 오주관을 오라 해서 은자 닷 냥을 주어 밤새 현청의 문서실에 있는 동경에서 내려온 공문서의 내용을 베껴오게 했다. 그 공문인 관보[官報]에는 정말로 무엇이 쓰여 있을까?

　병과급사중[兵科給事中](병부의 과오를 감찰하는 곳) 우문허중등[宇文虛中等]이 삼가 상서하나이다.

　간곡히 아뢰옵건대, 황상께서는 영단을 내리시어 나라를 그르치고 권력을 농락하는 간신배를 주살하시고, 국가의 근본인 군사를 일으켜 오랑캐로 인한 우환을 없애소서. 신이 듣건대 오랑캐로 인한 화는 예부터 있어온 것이옵니다. 주[周]의 험윤[玁狁]·한[漢]의 흉노[匈奴]·당[唐]의 돌궐[突厥]이 있었고, 오대[五代]에 이르러서는 거란[契丹]이 강성했습니다. 우리 송나라가 건국한 이래 요나라가 중국을 종횡으로 어지럽힌 것이 하루이틀이 아니옵니다. 그렇지만 안에 오랑캐가 없는데 밖으로 오랑캐의 우환이 싹트고 있다는 말은 들어보지 못했나이다. 속담에도 '서리가 내려야 집안의 쇠종이 소리를 내고, 비가 내려야 기둥의 기초가 윤택이 난다'고 했사옵니다. 다른 것에서 비슷한 것을 느끼는 것은 필연의 이치라 할 수 있습니다. 사람의 병으로 이와 같은 것을 비유한다면, 배와 마음의 병이 오래되어 원기가 안으로는 다 소진되고, 바람이 밖으로부터 들어와 사지[四肢]와 백해[百骸]가 병이 들지 않은 곳이 없사옵니다. 비록 편작[扁鵲](전국시대 유명한 의원)이 능히 치료할 수 있다고 하나 어찌 오래 둘 수 있겠습니까?

지금 천하의 정세야말로 바로 병자의 증세가 지극히 쇠약하고 약함이 극에 달한 것과 같사옵니다. 임금께서는 머리와 같고, 보필하는 신하는 배와 가슴과 같으며, 백관은 사지와 같다 하겠습니다. 폐하께서는 구중궁궐에 거하시고 문무백관들이 밑에서 각기 맡은 바 정무에 진력을 다해 원기가 안으로 충만하고 혈기가 밖으로 뻗치면 어찌 오랑캐의 우환이 이 지경에까지 이르겠사옵니까! 지금 오랑캐의 환란을 초래한 자는 숭정전[崇政殿] 대학사[大學士] 채경이라는 자로서, 본래 위인됨이 사악하고 간사하며 또한 후안무치로 염치를 모르는데, 참소하며 아첨하는 것을 일삼고 있습니다. 위로는 황제를 보필하여 올바르게 정치와 교화를 할 수 없고, 아래로는 어진 정치를 베풀어 백성들을 보호하고 사랑할 수 없사옵니다. 그러면서 공연히 녹을 탐하고, 총애를 받아 자리를 확고히 하기를 바랄 뿐이옵니다.

그뿐만 아니라 무리를 만들어 간사한 생각을 품고, 황상의 총명함을 가리고 황상을 속이며 선한 무리들을 중상모략하고 있사옵니다. 그로 인해 충신이 흩어지고 사해 백성의 마음이 싸늘해졌습니다. 그러나 채경은 붉은 관복을 입고서 무리를 모으고 있습니다. 최근에는 하황[河湟](황하와 황수[湟水] 유역의 땅)의 협상도 실패하고 요[遼]를 칠 것을 주장하다 결국 고을 세 개(황주[湟州]·선주[鄯州]·곽주[廓州])를 떼어주었으며, 곽약사[郭藥師]의 반란(본래 요의 장수로 송에 투항했으나 후에 다시 금[金]에 항복하고 금군을 인도하여 송을 공격함) 평정에도 실패했습니다. 결국 금나라 오랑캐가 동맹을 배반하고 이를 빙자해 중원에 침입하기에 이르렀습니다. 이 모두가 나라를 그르친 큰 잘못으로 모두가 채경이 그 맡은 바 소임을 제대로 하지 못한 까닭이옵니다.

또한 병부상서 왕보도 관직을 탐하는 무뢰한으로서 행실은 마치 배우와도 같습니다. 채경의 덕을 보아 추천되어 정부의 관원으로 등용됐고, 오래지 않아 잘못되어 병권을 장악했습니다. 일을 함에 있어 오직 자신의 평안함만을 추구하며, 하나도 발전적인 것을 도모하지 않습니다. 얼마 전에 장수[將帥] 장달이 태원에서 패했다는 소식을 듣고는 당황해 어찌할 줄을 몰라 했습니다. 지금 오랑캐가 중국의 안까지 침범하니, 처자를 이끌고 남쪽으로 내려가 자신의 안위만을 도모하고 있습니다. 나라를 그르치게 한 죄는 마땅히 주살해야 될 것이옵니다. 양전[楊戩]은 본래 명문 귀족의 후예로, 조상의 덕으로 벼슬길에 올라 병권을 다스리며 함부로 변방을 정벌하려 하고 있습니다. 큰 간사함이 충성을 하는 것 같으나 비겁함이 비길 데가 없습니다.

이 간신 세 명은 서로 무리를 지어 안팎을 덮고 속이는, 폐하의 뱃속에 자리 잡고 있는 벌레들이옵니다. 수년 이래로 재난을 부르고 이변을 만들고, 근본을 잃고 원기를 상하며, 부역이 과중하고 세금이 과하니 백성들이 뿔뿔이 흩어졌사옵니다. 사방에서 도적이 일어나고 오랑캐가 자주 침범하고 있습니다. 천하의 풍요로움이 다하고 국가의 기강이 이미 해이해진 지 오래이옵니다. 채경 등의 죄상은 머리카락을 뽑아 헤아린다 해도 부족할 지경이옵니다. 신 등은 죄를 탄핵하는 간직[諫職]에 있는 관원들이옵니다. 신들이 간신 무리들이 국가를 그르치는 것을 보고 그것을 황제께 간하지 않는다면, 위로는 임금과 어버이의 은혜에 대한 배반이고, 아래로는 평생 배운 바를 저버리는 것이 되옵니다.

엎드려 바라옵건대, 현명하신 영단을 내리시어 장차 채경 등의 무리들로 악한 행위에 가담한 자들은 옥에 가두어 벌을 내리시거나, 혹은 극형에 처하시어 국법의 위엄을 보이시거나, 혹은 관례에 따라 목에 칼을 씌워 거리를 돌게 하거나, 황량한 변방으로 보내 오랑캐 등 온갖 못된 무리들의 침입을 막게 하소서. 이렇게 하신다면 하늘의 뜻도 돌아오고, 백성의 마음도 즐거워질 것이며, 국법도 바르게 되고, 오랑캐에 대한 걱정도 사라지게 될 것입니다.

이로써 천하가 행복해지며, 신하와 백성의 행복이 될 것이옵니다!

그리고 성지[聖旨]에 쓰여 있기를 다음과 같았다.

채경은 잠시 보정[輔政]에 머물도록 하고, 왕보와 왕진은 삼법사로 보내 신문을 해 명백히 답하게 할 것.
이를 반드시 준수할 것!

계속하여 삼법사가 신문한 결과를 보니 이와 같았다.

무리를 지어 악행을 저지른 왕보·왕진은 병부상서의 직책을 다하지 않고 오랑캐가 나라 깊숙이 쳐들어오게 하여 백성을 괴로움에 빠지게 하고 군사를 잃고 장수도 잃었으며 국토를 빼앗기게 했으니 법에 따라 마땅히 참수해야 한다. 밑에서 나쁜 일을 한 노복 및 집안의 친척 무리들, 즉 동승[董升]·노호[盧虎]·양성[楊盛]·방선[龐宣]·한종인[韓宗仁]·진홍[陳洪]·황옥[黃玉]·가렴[賈廉]·유성[劉盛]·조홍도[趙弘道] 등은 모두 그 이름이 드러난 범인들이니 신문한 후에 한 달 동안 칼을 씌워놓았다가, 기간이 다 되면 변방으로 보내 군사로 복무케 하라.

서문경은 이 문서를 보지 않았다면 몰라도, 보고 나니 귓가에 바람소리가 나는 듯하고 혼이 흩어져 어디론지 날아가버리니, 그야말로 오장육부가 놀라서 상하고, 삼모칠공[三毛七孔]이 기겁을 해 무너지는 격이었다. 그리하여 급히 금은보화를 챙겨 짐을 꾸리게 했다. 하인 내왕과 내보를 방으로 불러들여 살며시 일렀다.

"여차여차하니 시급히 말을 몰아 주야를 가리지 말고 동경으로 가서 소식을 알아보거라. 사돈인 진씨 댁에는 들를 필요가 없다. 무슨 좋지 않은 소식이 있거든 적당히 손을 쓰고 지체하지 말고 바로 돌아와 소식을 알리거라."

라고 당부하고 두 사람에게 여비 스무 냥을 주어 오경(새벽 세 시부터 다섯 시 사이)쯤에 인부를 사서 동경으로 출발하게 했다.

그날 밤 서문경은 한숨도 자지 못했다. 다음 날 일찍 내소와 분사를 불러 화원 공사를 중단하도록 분부하고 모든 인부들도 잠시 돌려보내 더는 공사를 하지 않았다. 늘 대문을 굳게 걸어 잠그고 집안사람들도 일이 없으면 밖으로 나가지 않았다. 밖에서 사람이 불러도 특별한 일이 아니면 함부로 열어주지 않았다. 서문경은 방에 틀어박힌 채 왔다 갔다 할 뿐이었다. 근심과 걱정이 늘어만 가는 것이 마치 뜨거운 땅의 지네처럼 속이 바싹바싹 타고 있었다. 그러노라니 이병아를 새 부인으로 맞는 일 따위는 까마득한 일로 저 멀리 구름 밖으로 내동댕이쳐져 있었다. 오월랑은 서문경이 날마다 방 안에서 인상을 찌푸린 채 수심이 가득해 있는 것을 보고 말했다.

"사돈인 진씨 집안의 일은 진씨 집안의 일, 모든 사람의 원통한 일에는 원인이 있고 빚에는 임자가 있다고 하잖아요. 그런데 당신께서는 공연히 걱정을 하고 계세요?"

"당신네 부인들이 뭘 안다고? 사돈인 진씨댁과 우리는 친척이야. 딸과 사위 두 애물단지가 짐을 꾸려 우리 집에 와서 머물고 있지 않은가? 이것은 큰일이야. 평소에도 주위 사람들이 우리를 얼마나 못마땅하게 여기고 있었던가. 속담에도 '베틀은 빠르지 않지만 북은 빠르다. 양을 때리니 말이 놀란다'라고 하잖아. 만약 어떤 놈이 까발려서 나무를 뽑고 뿌리를 파헤치는 식으로 한다면, 당신이나 온 집안이 온전치 못하게 돼."

문을 잠그고 집 안에 앉아 있으나, 재앙은 필시 하늘로부터 내려오는구나!

서문경은 집 안에 틀어박혀 아무 말도 하지 않았다.

한편 이병아는 하루 이틀을 기다려봤지만, 아무 동정이 없자 연달아 풍노파를 두 번 보내봤으나 대문이 굳게 잠긴 채 철통과 같아 천하장사인 번쾌라 할지라도 뚫고 들어가지 못할 정도였다. 오랫동안 기다렸지만 사람 하나 나오는 것을 보지 못했으니 도무지 무슨 영문인지 알 수가 없었다.

어느덧 스무나흗날이 되어, 이병아는 풍노파를 시켜 머리 장식품을 가지고 서문경에게 가서 말씀을 드리도록 했다. 풍노파는 문간에서 불러봤으나 문이 열리지 않아 맞은편 처마 밑으로 가서 누군가가 나오기를 기다렸다. 얼마 후에 대안이 나와 말에 먹이를 주다가 풍노파를 보고 묻는다.

"풍할머니께서 이곳에 어쩐 일로 오셨지요?"

"우리 마님께서 나더러 머리 장신구를 갖다드리라고 해서 왔지. 그런데 어째 아무런 동정이 없지? 나리께 좀 다녀가시란다고 말씀 좀 전해다오."

"우리집 나리께서는 날마다 바쁜 일이 있어 틈이 없으세요. 그러니 할머니께서 머리 장신구들을 가지고 돌아가세요. 제가 말을 먹이고 들어가서 나리께 잘 말씀드릴게요."

"착하기도 해라, 내가 여기에서 기다리고 있을 테니 네가 이 물건들을 가지고 들어가서 나리께 말씀을 드려다오. 마님께서 나를 여간 탓하는 게 아냐."

이에 대안은 말을 한옆으로 매어놓고 안으로 들어갔다. 잠시 뒤에 나와,

"나리께 말씀을 드렸더니 머리 장신구들을 모두 거두어놓으셨어요. 그리고 마님께는 며칠 안에 나리께서 그곳으로 가서 자세한 말씀을 해주시겠다고 전하시랍니다."

하자 이에 풍노파는 곧 돌아가 이병아에게 이 같은 사실을 전해주었다. 부인은 또 며칠을 기다렸다.

어느덧 오월이 다 지나가고 유월 초순이 되었다. 부인은 아침저녁으로 눈이 빠지게 기다렸으나 소식이 없었다. 꿈은 깨어지고 마음은 피곤하니 혼인할 날은 멀기만 했다.

눈썹을 그리는 것도 게으르고
얼굴에 분을 바르는 것도 부끄럽구나.
가슴 가득히 깊은 한이 쌓이고
마음과 정신이 모두 초췌해지네.
懶把娥眉掃 羞將粉臉勻
滿懷幽恨積 憔悴玉精神

이병아는 매일 서문경이 오기를 학수고대하고 기다렸으나 오질 않으니 먹는 것도 제대로 먹지 못해 정신이 나간 채 얼이 빠져 있었다. 저녁에 홀로 베개를 베고 누웠으나 잠이 오지 않아 몸을 뒤척이고 있노라니, 홀연히 밖에서 문을 두드리는 소리가 나며 서문경이 온 것 같았다. 부인은 문을 열고 미소로 맞이해 손을 잡고 안으로 들어와 약속을 어긴 연유를 묻고, 각기 마음속에 맺혀 있는 말들을 하소연했다. 그러면서 둘은 꼭 껴안고 밤새 노닐다가 닭이 울어 날이 밝아오니 서문경은 급히 몸을 빼 돌아갔다. 부인이 대경실색하면서 큰 소리를 질렀으나 정신은 이미 나가 있었다. 당황한 풍노파가 급히 안으로 들어왔다.

"서문경 그가 방금 나갔는데, 할멈은 문을 잘 잠갔어요?"

"마님께서 생각을 너무 깊이 하시다가 정신이 나갔군요. 어디 나리가 오셨어요? 그림자도 보이지 않는데."

그로부터 부인은 꿈에 헛것을 보기 시작해 밤마다 여우 등 허깨비가 사람으로 둔갑해 나타나 그 정기를 다 빼앗아 가버리니 갈수록 얼굴이 마르고 식욕도 사라져 결국에는 자리에 누워 일어나지를 못했다. 풍노파가 부인에게 말해 큰거리에 있는 장죽산[蔣竹山]이라는 의원에게 진찰을 받아보기를 권했다. 그 사람은 나이가 어려 채 서른이 되지 않았고, 오 척이 안 되는 자그마한 키에 사람이 경솔하고, 지극히 허풍을 잘 떠는 위인이었다.

집에 불려와서 방에 들어가 보니, 부인이 검은 머리를 풀어헤치고 이불을 끌어안고 침대에 누워 있는 것이 근심과 걱정에 가득 찬 모습이었다. 장죽산이 차를 마시고 나니 하녀가 진맥을 할 수 있게 작은 방석을 팔 밑에 놓았다. 장죽산은 바로 침대 곁으로 가서 진맥을 하다 부인이 지극히 아름다운 것을 보고 말한다.

"소인이 병의 원인을 진맥해보건대, 심장의 맥이 무척이나 빠른 것이 손목까지도 물결치듯이 나타나고, 또한 음맥을 막고 있는 것이 엄지손가락 마디인 어제[魚際]에까지 뻗쳐 있습니다. 이러한 것은 주로 육욕칠정[六慾七情](육욕은 색욕[色慾][색], 형모욕[形貌慾][미모], 위의자태욕[威儀姿態慾][애교], 언어음성욕[言語音聲慾][말소리], 세활욕[細活慾][이성의 부드러운 살결], 인상욕[人相慾][사랑스러운 인상]에 대한 탐욕, 칠정은 희[喜], 로[怒], 애[愛], 구[懼], 애[哀], 오[惡], 욕[欲])으로 인해 생기는 것입니다. 음양이 서로 다투고 추워졌다 갑자기 더워졌다 하는 것이 아마도 마음에 맺혀 있는 것이 풀리지 않아 뜻대로 되지 않은 듯싶습니다. 학질과 비슷한 듯하나 학질은 아니고, 오한이 나는 것 같으나 오한도 아닙니다. 낮에는 나른하고 피곤해 눕기만 하고 맥이 풀리고, 밤에는 몸에서 혼이 빠져나가 꿈에 귀신이 보이기도 하지요. 빨리 치료하지 않는다면, 오래지 않아 그 증세가 뼛속까지 스며들어 마침내는 죽음에까지도 이를 수 있습니다. 정말 안됐군요! 정말 안됐어요!”

이병아가 답했다.

“죄송스럽지만 선생께서 좋은 약을 지어 치료해주신다면, 후히 사례하겠습니다.”

“소인이 어찌 소홀히 하겠습니까! 부인께서 제 약을 드신다면 필히 옥체가 완쾌될 것입니다.”

장죽산이 말을 마치고 일어나니, 이병아는 풍노파에게 닷 냥을 주어 장죽산을 따라가서 약을 지어오게 했다. 부인이 밤에 약을 먹고는 잠을 잘 자니 무서워 놀라는 일도 없어졌다. 게다가 점점 식욕도 되찾아서 식사도 잘 하고, 머리를 빗고 일어나 다니기도 했다. 그러다 며칠이 지나 정신이 완전히 회복됐다. 하루는 술과 안주를 준비하고, 은자도 석 냥을 준비해 풍노파를 시켜 장죽산을 초청해 감사의 뜻을 전하려고 했다.

이 장죽산이라는 자는 부인을 진찰할 때부터 엉뚱한 생각을 품고 있던 것이 하루이틀이 아니었다. 이에 초대를 받자 즉시 의관을 정제하고는 바로 달려갔다. 객실로 들어가니 부인이 곱게 화장하고 밖으로 나오며 감사의 인사를 했다. 차를 마신 후 방으로 들어가니 안에는 이미 술과 안주가 준비되어 있고 사향이 그윽하게 피워져 있었다. 하녀인 수춘이 쟁반에 은자 석 냥을 받쳐들고 기다리고 있었다. 부인이 옥잔을 들어 인사를 한다.

"지난번에 제 몸이 좋지 않았을 때 좋은 약을 지어주시어 그것을 복용하고 그 효과를 봤습니다. 그래서 오늘 별것 아닌 술을 준비해 선생님께 감사의 말씀을 전하려고 해요."

"소인이 마땅히 해야 할 일인데, 어찌 이리 신경을 쓰십니까?"

그러면서 은자 석 냥을 보고는 말한다.

"이것을 제가 어찌 감히 받을 수 있겠습니까?"

"적은 성의로 별것 아니니 거두어주세요."

장죽산은 한참을 사양하다가 비로소 받아두었다. 이병아는 술을 따르고 자리에 앉았다. 술이 몇 잔 돈 후에 장죽산이 곁눈질로 부인을 바라보니 화장한 모습이 너무도 아름다워 넋을 잃을 지경이었다. 그래서 우선 말로 수작을 부려보았다.

"감히 묻겠는데 부인께서는 몇 살이나 되셨는지요?"

"저는 이제 막 스물넷이 됐어요."

"부인같이 이렇게 어여쁘시고, 깊은 규방에서 부족함 없이 지내시는 분이 어찌 지난번과 같은 우울증에 걸리셨는지요?"

이병아가 듣고서는 미소를 지으며 말한다.

"솔직히 말씀을 드린다면, 지아비가 세상을 뜨고 집안에 쓸쓸히 홀로 지내다 보니, 이것저것 근심걱정도 많이 생겨 어찌 병인들 생기지 않겠어요?"

"주인께서 돌아가신 지는 얼마나 됐는지요?"

"남편은 지난해 동짓달에 병을 얻어 돌아가셨어요. 벌써 여덟 달이 지났군요."

"누가 지어준 약을 먹었지요?"

"큰거리에 있는 호선생의 약을 드셨어요."

"동쪽 거리의 유태감 집에 살고 있는 엉터리 호씨 말인가요? 호씨는 우리와 같은 태의원[太醫院](황실의 전문의) 출신도 아닌데 어디 맥이나 짚을 줄 알겠어요? 부인께서는 어찌 호선생을 불렀습니까?"

"단지 이웃 사람들이 호선생을 권하기에 불렀어요. 역시나 남편의 명이 그것뿐인 모양으로 호선생의 탓은 아니에요."

"그러면 자녀는 있습니까?"

"없어요."

"정말 안됐군요! 부인과 같이 이렇게 젊고 아름다우신 분이 홀로 지내시며 자녀도 없으시다니. 그렇다면 왜 다른 길을 찾지 않으시죠? 홀로 이렇게 외롭게 지내시니 어찌 병이 생기지 않겠어요?"

"그렇지 않아도 최근에 혼담이 있어, 조만간 시집을 가기로 되어 있어요."

"죄송하지만, 어떤 사람에게 가기로 되어 있습니까?"

"바로 현청 앞에서 생약 가게를 하는 서문 나리입니다."

"어쩌나! 어쩌나! 부인께서는 하필이면 서문 나리에게 시집을 가십니까? 제가 항상 그 집에 진찰을 하러 가기 때문에 그 집 사정을 잘 알고 있지요. 서문 나리는 현청에 출입하면서 소송을 떠맡아 해주거나, 사채놀이를 하기도 하고, 집안에서는 예사로 사람을 팔기도 한답니다. 집안에 하녀는 그만두고 마누라만 대여섯이나 있지요. 부인들을 사정없이 다루어서 조금이라도 마음에 들지 않으면 바로 매파를 불러 팔아버리지요. 바로 여자 때리기의 선수이고, 부녀자 괴롭히는 데 명수랍니다. 부인께서 제게 일찍 말씀해주셨기에 망정이지, 그렇지 않고 그 집에 들어갔다면 그야말로 불을 보고 달려드는 날벌레 꼴과 같이 이러지도 저러지도 못했을 겁니다. 그때는 후회해도 이미 늦은 겁니다. 하물며 최근에 나리의 친척 쪽에 일이 생겨 나리의 집 안까지도 연루되어 집 안에 틀어박혀 꼼짝 않고 있다고 합니다. 집을 짓던 것도 중간에 다 그만뒀지요. 동경에서 이쪽 현으로 체포 영장이 와 있는 모양입니다. 나중에 집을 지어봤자 아마도 관에서 몰수하고 말 거예요. 그런데 함부로 그 집으로 시집가서 어쩌려고 그러십니까?"

이병아는 장죽산의 말을 듣고 입을 다물고 아무 말도 하지 못했다. 하물며 많은 물건을 서문경의 집에 맡겨놓았지 않았는가! 잠시 생각하다 속으로,

'어쩐지 몇 번을 불러도 오지 않더니, 집안에 그런 일이 있었구나!'

그러면서 장죽산의 말이 시원시원하고 겸손하고 공손한 것을 보고는 속으로 마음이 끌렸다. 그러나 겉으로는 내색하지 않고 속으로 생각하기를,

'내가 다음에 시집을 간다면 이 사람도 괜찮겠는데, 부인이 있는지 모르겠군.'

그래서,

"친절히 알려주셔서 대단히 감사합니다. 만약 선생이 아시는 분 중에 마땅한 혼처가 있으면 중매를 한번 서주세요. 저는 이것저것 따지지 않고 기꺼이 따르겠어요."

하니 장죽산이 이 기회를 놓치지 않고 묻는다.

"어떤 사람을 원하는지 모르겠군요? 소인이 잘 들은 연후에 좋은 데가 있으면 와서 말씀드리죠."

"어떤 사람이건 따지지 않겠어요. 단지 선생님 같은 분이라면 더욱 좋구요."

제17화 연못에 고인 물의 흔들림

장죽산이 이 말을 듣지 않았으면 모르지만 이 말을 듣고서는 기뻐서 어쩔 바를 몰랐다. 그래서 바로 의자에서 내려와 바닥에 두 무릎을 꿇고서는 말했다.

"부인께 솔직히 말하자면 저도 아내를 잃고 아직 후처를 구하지 못해 홀아비로 오랫동안 지내고 있으며 자식도 없습니다. 만약 부인께서 저를 불쌍히 여겨 부부의 인연을 맺어준다면, 평생의 소원을 이루는 것입니다. 결초보은을 하듯 그 은혜를 결코 잊지 않겠습니다!"

이병아가 웃으면서 장죽산의 손을 잡고 말했다.

"자, 어서 일어나세요. 저는 아직 선생이 언제 홀아비가 되었는지, 나이가 몇인지도 전혀 모르고 있잖아요. 그러니 중매인을 보내 예의를 갖추도록 하세요."

장죽산이 다시 무릎을 꿇고 간청했다.

"저는 스물아홉으로, 정월 스무이렛날 묘시생입니다. 불행히도 작년에 상처를 했고, 집도 가난해서 변변치 못한 이 몸 하나뿐입니다. 지금 천금보다 더 귀한 부인의 승낙을 받았는데 어찌 중매꾼의 말이 필요하겠습니까?"

이병아가 이 말을 듣고 웃으면서,

"당신이 돈이 없으면, 우리 집에 풍노파가 있으니 데려다가 증인으로 삼으면 굳이 당신이 납폐[納幣](청혼할 때 신부 쪽에 보내는 예물)를 보낼 필요가 없지요. 그러니 좋은 날을 택해 당신이 들어와 이 집의 데릴사위가 되는 것이 어떻겠어요?"

하자, 이에 죽산은 연방 고개를 조아려 인사를 했다.

"부인은 소인에게 부모와도 같은 존재입니다. 전생의 인연이고 삼세의 크나큰 행운입니다!"

이렇게 둘은 방에서 술을 마시면서 혼사를 성립시켰다. 이에 장죽산은 저녁 늦게까지 술을 마시다가 집으로 돌아갔고, 부인이 그곳에 남아 풍노파와 상의를 했다.

"서문 나리의 집에는 이리저러한 일들이 일어난 모양인데 상황이 매우 어렵게 될 것 같아. 게다가 우리 집에는 사람도 전혀 없으니 병이라도 난다면 어디 목숨이나 제대로 건지겠어. 가만히 생각해보니 이 선생을 집으로 들어오게 해 데릴사위로 맞이하고 싶은데 괜찮겠지?"

다음 날 풍노파를 시켜 편지를 보내 유월 열여드렛날이 대길일이라 그날을 혼례일로 택해, 장죽산을 신랑으로 맞이하고 부부가 되었다. 사흘이 지나 이병아는 장죽산에게 은자 삼백 냥을 마련해주어, 앞채를 헐고 두 칸짜리 새 가게를 여니 그 모습이 아주 새로웠다. 처음에 다른 사람의 병을 보러 갈 적에는 걸어다녔으나, 후에는 나귀 한 필을 사서 타고 다니면서 거리에서 거드름을 피우곤 했다.

연못에 고인 물은 전혀 물결이 없다가도
봄바람이 부니 흔들려 움직이네.
一窪死水全無浪 也有春風擺動時

도리가 오니 춘풍이 웃네

내보는 동경에 가 일을 보고,
진경제가 화원 공사를 감독하다

인생이 뱀처럼 독한 것을 한탄하네
누가 알리, 천안[天眼]* 수레와 같이 도는 것을
지난해 동쪽 이웃의 물건을 취하더니
오늘은 북쪽의 집으로 돌려주네.
불의로 모은 재물은 순식간에 사라지고
뜻밖에 생긴 논밭에는 물이 넘쳐 모래가 된다.
오늘 간교함으로 살아가는 수단을 삼는다면
바로 아침 구름과 저녁노을 같은 것이라네.
堪嘆人生毒似蛇 誰知天眼轉如車
去年妄取東鄰物 今日還歸北舍家
無義錢財湯潑雪 倘來田地水推沙
若將奸狡爲活計 恰似朝雲與暮霞

얘기를 두 갈래로 나누어 하자.

---

* 불교에서 말하는 오안[五眼](육[肉]·천[天]·혜[慧]·법[法]·불[佛]) 중의 하나로 능히 원근과 상하, 미래 등을 볼 수 있다고 함

장죽산이 이병아의 집에 데릴사위로 들어간 일은 잠시 접어두기로 한다.

한편 서문경의 명을 받은 내보와 내왕은 동경으로 출발했다. 두 사람은 아침에는 교외의 한적한 길을 걷고 저녁에는 번잡한 도시를 걸으면서 배고프면 먹고 목이 마르면 물을 마시며 밤에도 쉬지 않고 걸어, 마침내 동경에 도착해 만수성[萬壽城] 문으로 들어가 객점을 정해 휴식을 취했다. 다음 날 소식을 듣기 위해 거리로 나가보았으나 지나는 사람들의 말은 대부분 항간에 떠도는 풍문이었다. 소문인즉 병부상서 왕대감을 어제 신문했는데 그 죄상이 명백히 드러나 성지가 내려지기를, 입추가 지나 바로 처형한다는 것이었다. 다만 양제독의 친척 등이 아직 다 잡히지 않아 확실한 것을 정하지 못하고 있다는 것이다. 그러나 조만간 양제독의 차례가 될 거라는 얘기들이었다.

이에 내보 등 두 사람은 예물을 챙겨들고 급히 채경의 집으로 달려갔다. 옛날에 일이 있을 때 몇 번 와본 적이 있기에 길을 잘 알고 있었다. 용덕가[龍德街]의 패루[牌樓](경축용 아치) 아래 서서 태사부[太師府]의 소식을 탐문했다. 잠시 후 푸른 옷을 입은 하인이 황급히 태사부에서 나오더니 동쪽으로 갔다. 내보가 보니 양제독 집안에서 양제독을 따라다니면서 일을 하던 양간판이라는 자임을 알고 불러 세워 몇 마디 사정을 알아보려다가, 주인이 그런 분부는 하지 않았기에 아무 말도 하지 않고 그냥 가도록 내버려두었다. 한참 지나 두 사람은 문 앞으로 가서 문지기에게 말을 건넸다.

"말씀 좀 여쭙겠는데, 태사께서는 댁에 계신지요?"

"대감마님은 지금 안 계시오. 조정에 일이 있어 아직 돌아오지 않으셨는데, 그것은 왜 묻는 게요?"

내보가 다시 물었다.

"그렇다면 적[翟]집사를 좀 불러주시겠습니까? 제가 뵙고 긴히 드릴 말씀이 있습니다."

"적집사도 집에 안 계시오. 대감마님과 함께 나가셨어요."

이 말을 듣고 내보가 속으로 생각하기를,

'그래! 이놈이 내게 사실대로 밀해주지 않는 것을 보면 필시 뭔가를 바라고 있는 게야.'

하고는 소맷자락에서 은자 한 냥을 꺼내 문지기에게 주었다. 문지기는 돈을 받아 넣자마자 묻는다.

"당신은 태사 대감을 만나려고 하오, 아니면 젊은 학사 대감을 만나려고 하오? 태사 대감을 뵈려 하면 대집사인 적겸[翟謙]께 말해야 하고, 젊은 대감은 바로 소집사인 고안[高安]께 알려야 하는 등 각기 맡은 소임이 다르다오. 더욱이 태사 대감께서는 아직 집에 돌아오지 않으셨고 젊은 대감께서만 집에 계시니, 무슨 일이 있는지 내가 고집사를 오시도록 해서 대감을 뵙게 해주겠소. 그게 다 매일반이라오."

이에 내보가 애틋하게 말하기를,

"저는 양제독 대감 댁에서 온 사람으로, 긴히 뵙고 드릴 말씀이 있습니다."

하자 문지기가 듣고는 지체하지 않고 안으로 들어갔다. 오래지 않아 고안이 나오는 게 보였다. 내보는 황급히 인사를 하며 은자 열 냥을 건네주면서 말했다.

"소인은 양제독 대감의 친척으로, 방금 나간 양간판과 같이 와 대감마님을 뵙고 소식을 들으려 하다가, 제가 식사를 하고 한 걸음 늦게 와보니 생각지도 않게 양간판이 먼저 와 뵙는 바람에 같이하지 못했습니다."

고안은 은자를 받아 넣으면서,

"양간판도 좀 전에 돌아갔지. 태사 대감께서는 아직 조정에서 돌아오지 않으셨네. 잠시만 기다리고 있게나, 내 우선 학사 대감을 만나게 해줄 테니."

하고는 내보를 데리고 두 번째 대청 곁에 있는 출입문을 지나 안으로 들어갔다. 남향으로 넓은 방이 세 칸 있었는데, 대청에는 짙푸른 난간이 있고, 남청색 바탕에 금박의 큰 글자로 황제가 친히 써서 하사한 '학사금당[學士琴堂]'이란 주홍빛 편액이 걸려 있었다. 원래 채경의 아들 채유[蔡攸]도 황제의 총애를 받는 신하로 현재 상화전학사[祥和殿學士] 겸 예부상서와 제점태일궁사[提點太一宮使](태일궁이라는 도관[道觀]을 주관하는 관명)까지도 겸하고 있었다. 고안이 먼저 안으로 들어가서 고한 연후에 밖에서 기다리고 있던 내보를 안으로 들어오라 부르니, 내보는 들어가 대청 아래 무릎을 꿇었다. 대청 위에는 붉은 주렴이 드리워져 있고, 채유는 가벼운 평상복 차림으로 당상에 앉아 있었다. 내보를 보고 물어보았다.

"어디에서 왔느냐?"

"소인은 양제독 대감의 친척인 진홍의 하인으로, 부중[府中]의 양간판과 함께 와 뵙고 소식을 여쭤보려고 했습니다. 그런데 뜻밖에도 양간판이 먼저 와 뵙고 소인은 뒤에 와 뵙게 됐습니다."

내보는 품속에서 예물 목록을 꺼내 위로 건네주었다. 채유가 받아 보니 위에 '백미 오백 석[白米五百石](은자 오백 냥의 속어)'이라고 쓰여 있었다. 이에 내보를 가까이 불러 말했다.

"채대감께서도 탄핵을 받고 있는 몸이라 모든 일을 삼가고 계신

다. 조정의 일과 어제의 삼법사 심리건도 모두 우상[右相]인 이대감
께서 관장하고 계셔. 양대감의 일은 어제 안으로부터 소식이 있었는
데 성상께서 크게 은혜를 베푸시어 따로 처분이 있을 거라더군. 그
밑에 있는 사람들도 조사를 철저히 한 후에 그 죄를 묻겠다는 거야.
그러니 너는 이대감 댁으로 가서 말하는 게 좋을 게야."

이에 내보는 머리를 조아리며 말했다.

"소인은 이대감 댁을 알지 못합니다. 부디 대감마님께서 불쌍히
여기시고 양대감을 보시어 제발 잘 부탁드립니다."

"천한교[天漢橋]까지 가면 북쪽으로 약간 높은 곳에 큰 문이 있는
곳이 있는데, 가서 우상인 자정전대학사[資政殿大學士] 겸 예부상서
로 이름이 방언[邦彦]인 이대감 댁이 어디냐고 물으면 누구나 다 알
고 있다. 그래, 내 여기에서 사람을 보내 너와 함께 가도록 하마."

채유는 즉시 서기[書記]에게 명을 내려 편지 한 통을 쓰게 한 후에
날인을 하고 집사 고안을 시켜 이대감 집에 가서 여차여차 말하라고
분부했다. 고안은 대답을 하고 내보와 함께 대문으로 나와서는 내왕
을 불러 선물을 가지고 용덕가[龍德街]를 지나 곧바로 천한교의 이
방언 대감 집 문 앞에 이르렀다. 마침 이대감은 막 조정에서 돌아와
있었는데, 큰 붉은 주름이 잡힌 사모관대에 관복을 입은 채로 한 높
은 관리가 왔다가 가마를 타고 가는 것을 배웅하고 안으로 들어갔다.
대청으로 들어가자 문지기가 고한다.

"학사 채대감께서 집사를 보내 뵙고자 합니다."

우선 고안을 불러 몇 마디 얘기를 나누고 나서, 내보와 내왕을 안
으로 불러들이니, 두 사람은 들어가 대청 아래 무릎을 꿇었다. 고안
이 곁에서 채유가 써준 편지와 함께 예물 목록을 건네자 이에 내보가

대청 아래에서 예물을 올렸다. 방언이 보고,

"너희 채대감의 체면도 있고, 또한 양대감과 친척이라 하는데 내가 어찌 이 예물을 받을 수 있겠는가? 게다가 너희 양대감은 어제 성상의 마음이 바뀌어서 이미 아무 일 없이 처리가 됐지. 단지 수하들은 과도관[科道官]의 탄핵이 심해서 몇 명은 신문을 하기로 되어 있다."

하고는 서기에게 명을 내려 어제 삼법사[三法司](법을 맡아 다스리던 세 관아)에서 보내온 문서를 가져오게 해 거기에 쓰여 있는 몇 명의 이름을 보게 했다.

> 왕보 수하의 서판관[書辨官](문서 담당관) 동승·하인 왕렴·우두머리 황옥, 양전 수하의 못된 서판관 노호·간판[幹辨] 양성부·한종인·조흥도·우두머리 유성·친척 진홍·서문경·호사 등은 모두 사냥할 때 주인의 명을 충실히 따르는 매와 개 같은 무리들로서, 주인의 위세를 빌려 못된 행위를 일삼는 자들입니다. 관리를 매수하고 권세에 기탁해 양민을 못살게 합니다. 탐욕하고 잔인하기가 비할 데가 없으며 그 폐해가 산처럼 쌓였습니다. 백성들은 이마를 찌푸리고, 거리와 고을은 그로 인해 시끄럽습니다! 칙명을 받은 삼법사께 바라옵건대 장차 이들을 황량한 변방으로 보내 오랑캐의 침입을 막도록 하거나, 혹은 형벌에 처하여 나라의 법을 바르게 하소서. 하루라도 이들을 세상에 남겨놓아서는 안 됩니다!

내보가 이를 보고서는 너무 놀라 연방 고개를 조아리며 말했다.

"소인은 바로 서문경의 하인입니다. 엎드려 바라옵건대 자비를 베푸시어 목숨만은 살려주십시오!"

곁에 있던 고안도 내보를 위해 무릎을 꿇고 간청했다. 이방언이 보니 오백 냥으로 단지 이름 하나를 사는 것이니 어찌 체면을 봐주지 않을 수 있겠는가. 즉시 좌우에 명해 책상을 가져오라 하여 바로 붓을 들어 문서상의 서문경의 이름을 가렴[賈廉]으로 고쳐 썼다. 그러고는 한편으로 선물을 받아 넣었다. 이방인은 내보 등을 내보낸 후 채학사에게 보내는 답신을 써서 주고 고안·내보·내왕에게 은자 쉰 냥씩을 상으로 주었다. 내보 등은 돌아오는 길에 고안에게 작별을 고하고는 객점으로 돌아와 짐을 정리하고 숙박비를 치른 후 밤낮으로 달려 청하현으로 돌아왔다. 돌아와 서문경에게 동경에서 있었던 일을 처음부터 끝까지 자세히 전해주었다. 서문경이 듣고 나니 마치 온몸에 찬물을 끼얹은 기분이기에 오월랑에게 말했다.

"일찍 사람을 시켜 손을 썼기에 망정이지, 그렇지 않았다면 어찌될 뻔했겠어!"

사실 이번에 서문경의 목숨은 지는 해와 같이 서산으로 떨어지다가 가까스로 동녘으로 다시 솟아오르는 것과도 같은 위태로운 지경이었던 것이다. 마치 들고 있던 무거운 돌을 땅에 내려놓은 듯 후련한 기분이었다. 이삼 일이 지나 대문도 활짝 열고 화원 공사도 다시 시작했다. 점차 거리에도 나다니기 시작했는데, 하루는 대안이 말을 타고 사자가를 지나다가 이병아 집 앞에 커다란 생약 가게가 열렸고 안에 많은 생약 재료가 쌓여 있는 것을 보았다. 붉게 칠한 작은 계산대에 옻칠한 간판이며 모든 것이 꽤나 북적대 보였다. 돌아와 서문경에게 이 같은 사실을 전했으나 아직 장죽산을 데릴사위로 맞이한 사실은 알지 못했다. 그래서 단지,

"마님께서 아마 새로운 지배인과 생약 가게를 여신 것 같아요."
하니 서문경은 이를 듣고 반신반의했다.

칠월 중순경 어느 날, 가을바람이 살랑대고 이슬이 차가워지는 무렵이었다. 서문경은 말을 타고 가다가 응백작과 사희대와 마주쳤다. 그래서 두 사람을 불러 세우고는 말에서 내려 서로 반갑게 인사를 나누었다.

"형님, 오랫동안 뵙지 못했네요? 저희가 몇 번 댁으로 찾아갔으나 대문도 굳게 잠겨 있고, 함부로 불러보지도 못해 요 며칠 꽤 답답했었지요. 도대체 형님 댁에 무슨 일이 있었어요? 어떻게 형수님은 맞이하셨구요? 저희들을 불러 술도 한잔 내시지 않다니."

"썩 좋은 일이 아니라서. 사돈인 진씨댁에 일이 좀 생겨 며칠 골치를 썩였지. 그래서 혼사는 후일로 연기했어."

백작이 부추기기를,

"저희는 형님께서 얼마나 놀라셨는지는 잘 모르겠어요. 그렇지만 오늘 형님을 뵈었으니 어찌 그냥 헤어질 수 있겠어요? 형님과 함께 오은아 기생집으로 가서 술 몇 잔 마시면서 형님 기분을 풀어드릴게요."

이렇게 말하고는 다짜고짜 서문경을 끌고 기생집으로 향했다. 대안과 평안은 말을 끌고 그 뒤를 따랐다.

돌아가려 하나 단지 붉은 해가 짧은 것이 걱정되네.
임을 생각하노라니 말이 느리게 가는 것이 한스럽네.
세상의 재물, 미인, 술집의 술
누가 이 세 가지에 빠지지 않겠는가!

歸去只愁紅日短 思鄕猶恨馬行遲

世財紅粉歌樓酒 誰爲三般事不迷

이날 서문경은 두 사람에 이끌려 오은아의 집에 가서 하루 종일 술을 마셨다. 저녁 무렵 거나하게 취해서 겨우 풀려나 말을 재촉해 집으로 돌아오는 길이었는데, 동쪽 거리의 입구 모퉁이에서, 남쪽에서 황급히 걸어오고 있는 풍노파를 만났다. 서문경은 고삐를 잡아 말을 멈추게 하고 묻는다.

"자네 어디 가나?"

"마님이 저더러 성 밖 절에서 열린 어람회[魚籃會](즉 '우란분회[盂蘭盆會]'로 본래 불교의 목련존자[目蓮尊子]가 지옥에서 어머니를 구할 때의 고난을 기리는 법회로 음력 7월 15일에 행함)에 가서 돌아가신 나리께 분향을 하고 오라 하셔서 이제 막 하고 돌아오는 길이에요."

서문경이 술김에 다시 물었다.

"마님은 요사이 잘 계신가? 내 조만간 얘기하러 들르지."

"이제 와서 안부는 물어 무엇하시게요? 다 된 밥과 같았던 혼사를 다른 사람이 솥째 가지고 가도록 내버렸잖아요."

서문경이 듣고 깜짝 놀라 묻는다.

"설마 다른 사람에게 시집을 간 건 아니겠지?"

"마님께서 제게 머리 장신구를 주며 나리댁에 몇 번을 보냈으나, 그때마다 나리는 뵙지도 못하고 대문은 굳게 잠겨 있었어요. 그래서 나리댁 아랫사람들에게 부탁해 나리께 빨리 좀 다녀가주십사 말씀을 올려달라고 했지만, 나리께서는 알은체도 하지 않으셨지요. 그런데 지금에 와서 다른 사람에게 시집간 것을 두고 무슨 할 말이 있으세요?"

"그래, 누구한테 갔어?"

풍노파는 이병아가 밤마다 여우에게 홀려 시달리다 마침내 병에 걸려 시름시름 앓아 죽을 지경에 이르게 되었는데, 우연찮게 큰거리에 있는 장죽산을 불러 진찰을 받고 약을 먹고 나서 몸이 좋아졌으며, 그러한 인연으로 어찌어찌하다가 장죽산을 집으로 맞아들여 부부가 되었고, 부인이 은자 삼백 냥을 해주어 생약 가게를 열어준 일 등등을 처음부터 끝까지 자세히 얘기해주었다. 서문경이 이를 듣지 못했으면 몰라도 듣고 나니 화가 머리끝까지 치솟아 말 위에서 발만 동동 구르며,

"이런 고얀 일이! 이병아가 다른 사람에게 시집을 갔다면 내 화도 내지 않겠어. 그런데 어쩌자고 그런 병신 머저리 같은 놈에게 갔단 말이야! 그놈이 무슨 재주가 있다고?"

하고 소리치고 말을 달려 곧장 집으로 돌아왔다. 말에서 내려 곁문으로 들어가 보니 오월랑과 맹옥루, 반금련이 서문경의 큰딸과 더불어 바깥 대청 마당 달빛 아래에서 줄넘기 놀이를 하고 있었다. 서문경이 돌아오는 것을 보고 오월랑과 맹옥루 그리고 큰딸은 모두 안으로 들어갔다. 금련만 들어가지 않고 뜰에 있는 정자 기둥에 기대어 신발을 고쳐 신고 있었다. 서문경은 술 취한 김에 욕을 해댔다.

"음탕한 계집들이 그래 할일 없이 소리나 지르며 줄넘기를 하고 있어?"

그러면서 반금련 쪽으로 다가가 발로 몇 번 걷어차고는 안으로 들어갔다. 곧장 오월랑의 방으로 가서 옷을 벗는 것이 아니라, 사랑채 곁방인 서재로 들어가 요를 깔고 거기에서 잠을 잤다.

계집종을 때리고 하인들을 혼내는 것이, 뭔가 심사가 뒤틀린 일이 있는 모양이었다. 여러 부인들이 한곳에 서서 심히 두려워 떨었으나 도대체 무슨 영문인지 알지 못했다. 오월랑은 반금련을 몹시 원망하면서 말했다.

"자네는 나리께서 술에 취해 들어오는 것을 보지 않았나. 그러면 두세 걸음 옆으로 피했으면 될 것을, 그 앞에서 깔깔거리며 신발을 고쳐 신고 하니, 오히려 나리한테서 한 떼의 메뚜기 떼 같다고 모두가 욕을 먹지!"

맹옥루가 한탄했다.

"제가 욕먹는 것은 그렇다고 치더라도, 큰형님에게까지도 음탕한 계집이라고 욕을 하시다니요? 정말이지 뭘 몰라도 한참 모르시는 것 같아요!"

반금련이 이어서 말했다.

"이 집에서는 내가 제일 만만한가 봐요. 세 사람이 그곳에 있었는데 나만 걷어차다니. 누구만 이렇게 업신여김을 당하고 있어야 하나?"

오월랑이 이 말을 듣고 발끈 화를 냈다.

"그럼 사전에 나도 걷어차라고 말해주지 그랬어? 자네가 당하지 않으면 누가 당하겠어? 정말이지 몰라도 한참 모르는 것하고는! 내가 말을 안 하고 있으니, 주둥아리를 놀려서 말이면 다 말인 줄 아는 모양이지!"

반금련은 오월랑이 화가 난 것을 보고 얼른 화제를 돌렸다.

"큰형님, 제 말은 그런 뜻이 아니에요. 나리가 어디에서 무슨 언짢은 일이 있었는지 모르지만, 저에게 화풀이를 하지 뭐예요. 눈을 크게 부라리며 저를 때려죽이겠다고 그러시는 거예요!"

"그러기에 누가 자네더러 나리를 놀리라고 그랬나? 나리가 자네를 때리지 못하면 개도 때리지 못할 걸세."

맹옥루가 말리면서,

"큰형님, 그러지 마시고 하인을 불러 물어보면 오늘 누구의 집에서 술을 마셨고, 아침에 잘 나갔다가 무엇 때문에 집에 돌아와 그토록 기분이 나쁜지를 알 수 있을 거예요."

하자 바로 대안을 불러 사실을 물었다. 이에 오월랑이 욕을 하며 말하기를,

"이 나쁜 자식아! 네놈이 사실대로 말하지 않으면 큰하인을 시켜 묶어놓고 너와 평안 두 놈에게 곤장 열 대씩을 때리겠다."

하자 대안이,

"제발 때리지 마세요. 소인이 사실대로 다 말씀드릴게요. 나리께서는 오늘 응씨 아저씨와 함께 오은아의 기생집에서 술을 드셨어요. 일찍 술자리를 끝내고 돌아오는 길에 동쪽 거리 입구에서 풍노파를 만났어요. 풍노파가 말하기를 화씨댁 마님께서 나리를 기다려도 오지 않자, 큰거리에 있는 장죽산에게 시집을 갔노라고 말씀드렸지요. 그 말을 듣고 나리께서는 돌아오시는 길 내내 화가 잔뜩 나 계셨어요."

라고 했다. 이를 들은 오월랑이 비꼬았다.

"염치도 없는 음탕한 여자를 믿다니. 음탕한 여자가 다른 남자에게 시집간 것이 배알이 꼴려 집에 와서 화풀이를 해댄 거야!"

대안이 말했다.

"화씨댁 마님이 장죽산에게 시집을 간 것이 아니라, 장죽산이 데

216

릴사위로 들어온 거예요. 또한 마님이 자금을 대주어 크고 번지르르한 생약 가게도 열어줬어요. 제가 집에 돌아와 나리께 말씀을 드렸지만 믿지 않으셨지요."

맹옥루가 말을 받았다.

"따지고 보면 남편이 죽은 지 얼마 되지도 않았고, 상도 채 끝나지 않았는데 다른 데로 시집을 가다니 될 법이나 한 일인가!"

오월랑이 답했다.

"시간으로 따진다면 어찌 된다 안 된다 할 수 있겠는가? 남편의 상이 채 끝나기도 전에 개가한 사람이 어디 한둘이겠어? 하루 종일 사내와 술에 취해 자고, 술에 취해 뒹굴어대는 그 음탕한 여자가 무슨 정절 따위를 지키겠어?"

사람들아, 내 말 좀 들어보소! 오월랑의 이 말은 하나의 몽둥이로 두 사람을 때린 것이라네. 맹옥루와 반금련은 모두 개가를 한 사람들인데 남편의 상이 채 끝나기도 전에 시집을 온 것. 그러니 둘은 이 말을 듣고 부끄러워하며 각자 방으로 돌아갈 수밖에.

열에 여덟아홉은 뜻대로 되지 않고, 말을 해도 좋은 것은 두세 가지뿐이라네.

서문경은 그날 앞채에 있는 사랑채에서 잠을 잤다. 이튿날 아침 사위인 진경제에게 분사와 함께 화원의 공사를 책임지고 관리하도록 맡겼다. 그리고 내소를 대문 문지기로 바꿔주었다. 서문경의 딸은 낮에는 안채에서 오월랑을 비롯한 다른 부인들과 함께 술을 마시고 놀다가 저녁에는 앞채에 있는 곁방으로 돌아가곤 했다. 진경제는 매일 화원에서 공사일을 관리하면서 부르지 않으면 거의 안채로 들어오지 않았다. 음식도 모두 하인들이 안에서 내다 주었다. 이 때문에 서문경의 부인들조차도 경제를 한 번도 본 적이 없을 정도였다.

하루는 서문경이 제형소[提刑所] 하천호를 전송하기 위해 출타했다. 오월랑은 진경제가 그곳으로 이사를 와 머물면서 줄곧 공사를 감독하느라 심히 고생하고 있으나 진경제의 노고에 변변히 술 한 잔도 대접 못한 것 같아 맹옥루와 이교아에게 말했다.

"대접을 하자니 내가 공연한 일에 나선다고 할 것 같고, 안 하자니 또 도리가 아닌 듯하네. 남의 집 귀한 자식이 우리 집에 머물면서 일찍 일어나고 늦게 자면서 온갖 고생을 하며 우리 집 일을 돌봐주고 있는데, 그 누구도 마음을 헤아려 위로해주질 않으니 어쩌겠나?"

맹옥루가,

"큰형님, 형님이 집안을 꾸려 나가시는데, 형님께서 신경쓰지 않으면 누가 신경을 쓰겠어요?"

하자, 오월랑은 곧 주방에 분부하여 술과 안주를 잘 준비하라 하고 오후에 진경제를 안으로 불러 식사를 하도록 했다. 이에 진경제는 공사의 감독을 분사에게 당부하고 안채로 들어와 오월랑에게 인사를 올리고 나서 한옆에 앉았다. 소옥이 차를 내와 마시고 있노라니, 탁자를 놓고 음식과 술을 가져왔다. 오월랑이 말하기를,

"사위께서 매일 공사를 감독하느라 고생이 많아요. 한번 불러 대접을 한다면서도 어디 통 틈이 있어야지요. 오늘은 장인께서도 집에 안 계시고 특별한 일도 없으니, 이렇게 변변치 않은 술이나마 한잔 대접하며 위로해드리려고 해요."

하자 진경제가 말한다.

"아버님과 어머님께서 보살펴주고 계신데 제가 무슨 고생이 있겠

습니까? 그런데 이렇게 신경을 써주시다니요!"

오월랑이 술을 따라 건네주니 진경제는 가까이 다가가 앉았다. 이
윽고 요리가 올라왔다. 오월랑은 함께 술을 한 잔 마셨다. 그러고는
소옥을 불러,

"큰아씨도 여기로 나오시라고 해라."

하고 일렀다. 소옥이 바로 갔다 와서는,

"아씨께서는 볼일을 마치는 대로 바로 나오시겠답니다."

하고 전했다. 잠시 그러고 있으려니 방 안에서 마작을 하는 소리가
들려왔다. 진경제가 묻는다.

"누가 마작을 하고 있지요?"

"큰아씨와 계집종인 옥소가 하고 있는 거예요."

"저렇게 사리 분간을 못한답니다! 어머니께서 부르시는데도 오지
않고 방에서 마작이나 하고 있다니."

얼마 되지 않아 딸이 주렴을 걷고 밖으로 나와 남편과 마주보고
앉아서 술을 마셨다. 오월랑이,

"사위도 마작을 할 줄 아시나요?"

하고 물으니 곁에 있던 딸이 대신 대답했다.

"조금은 할 줄 알아요."

그때까지 오월랑은 진경제가 그저 착하고 성실한 사위로 고지식
한 사람이라고 여기고 있었으나, 사실 진경제는 시사가부[詩詞歌賦]
나 쌍륙·장기·바둑·글자 알아맞히기 등 못하는 게 없었고 모르는 것
이 없었다.

「서강에 뜬 달[西江月]」이라는 시가 있어 이를 알리나니,

어려서부터 귀엽고 영리하여

풍류 낭만은 거짓이라네.

화려한 것 입기를 좋아하고

쌍륙과 장기에 뛰어나네.

비파와 생황과 쟁, 피리 등 악기도 잘 다루고

말 타고 사랑도 하는데

단지 들어보지 못한 일은

아름다운 여인과 사랑에 빠지는 것이라네.

自幼乖滑伶俐 風流博浪牢成

愛穿鴨綠出爐銀 雙陸象棋幇襯

琵琶笙簒蕭管 彈丸走馬員情

只有一件不堪聞 見了佳人是命

오월랑이 바로 제안했다.

"기왕에 마작을 할 줄 안다니 우리 같이 가서 해볼까요?"

"장모님이나 이 사람과 하세요, 저는 잘 못합니다."

"다 한집안 식구들인데, 무슨 걱정이 있어요?"

월랑은 말을 하면서 방으로 들어갔다. 가보니 맹옥루가 침대 위에 붉은 방석을 깔고 패를 보고 있다가 진경제가 들어오는 것을 보고서는 몸을 일으켜 나가려고 했다. 오월랑이,

"사위는 남이 아니니, 서로 인사나 해요."

하면서 진경제를 보고 말한다.

"여기는 셋째 마님이에요."

이에 진경제가 황급히 몸을 숙여 인사하니, 맹옥루도 인사를 했다.

오월랑은 맹옥루와 딸과 더불어 마작을 하고 진경제는 그 곁에서 구경을 했다. 한 판을 하자 딸이 져서 떨어져나가고 진경제가 끼어들었다. 맹옥루가 천지분[天地分]을 잡고, 진경제가 한점부도두[恨點不到頭]라는 패를 잡았다. 또한 오월랑은 사홍침[四紅沈]을 잡았으나 팔불취[八不就]기에 쌍삼[雙三]으로 쌍요[雙幺]를 맞출 수 없어 아무리해도 색두[色頭](골패[骨牌] 중 배투[配套]의 화색점수[花色點數])를 만들어낼 수 없었다. 이때 반금련이 발을 걷어 올리면서 안으로 들어오는데, 은실 머리 장식에 선인장의 생화를 꽂고, 옥처럼 아름다운 모습으로 미소를 지으며 말했다.

"누구신가 했더니, 사위께서 와 계셨군요."

당황한 진경제가 급히 머리를 돌려 한 번 쳐다보고는 심장이 두근거리고 눈이 아찔한 것이 정신을 못 차릴 지경이었으니, 그 심정이 이러했다. '오백 년 원수를 오늘 아침에야 만나고, 삼십 년 사랑을 하루에 만나네.'

오월랑이 말한다.

"여기는 다섯째예요. 인사드리도록 해요."

진경제가 서둘러 앞으로 나가 깊숙이 인사를 하니, 반금련도 답례를 한다. 오월랑이 바로,

"다섯째 동생, 이리 와서 좀 봐요. 작은 병아리가 늙은 오리를 이기는 것을."

하니 반금련은 앞으로 다가가 온돌 가장자리에 앉으면서 한 손으로는 흰 비단 부채를 부치며 곁에서 오월랑에게 훈수를 둔다.

"큰형님, 이 패는 그렇게 내면 안 돼요. 쌍삼을 맞추면 천부동화패[天不同和牌]가 되어 사위와 셋째 형님을 이길 수 있잖아요."

이렇게 사람들이 정신없이 마작을 하며 놀고 있는데 대안이 모전 보자기를 안고 들어오면서 말했다.

"나리께서 돌아오십니다."

오월랑은 급히 소옥을 시켜 진경제를 쪽문을 통해 밖으로 내보냈다. 서문경은 말에서 내려 안으로 들어가 우선 앞채로 나가 공사가 어느 정도 됐는지 살펴본 후 반금련의 방으로 건너갔다. 반금련은 황급히 맞이해 옷을 받아 걸고 말했다.

"오늘 전송은 빨리 끝내고 돌아오셨군요."

"제형소 하천호가 새로 만든 요새의 신임으로 승진해서 가기에 위소의 친구들과 성 밖까지 전송하고 돌아오는 길이야. 초청장을 보내왔으니 가지 않을 수도 없고 해서 갔다 왔지."

"술은 드신 것 같지 않은데, 애들을 시켜서 술을 가져오도록 하겠어요."

이윽고 탁자를 내와 술과 안주를 차려놓았다. 술을 마시는 도중, 나중에 화원의 공사 중 상량을 할 때에는 친구들 몇 명이 과일과 술을 가지고 와서 축하를 해줄 테니 그때 주방에 일러 술과 안주를 잘 준비해 대접해야 한다고 말했다. 얘기를 나누노라니 날이 어두워졌다. 춘매는 불을 켜놓고 방으로 돌아가고, 두 사람은 같이 잠자리에 들었다. 서문경은 아침 일찍 일어나 전송을 나갔다 왔기에 피곤해서인지 몇 잔 안 마셨는데도 바로 취해버려 침대에 눕자마자 코를 우레와 같이 골면서 깨지 않았다.

때는 바야흐로 칠월 스무날의 무더운 날씨인지라 밤이 되어도 여전히 더워, 반금련은 잠을 이루지 못하고 있었다. 홀연 휘장 안에 모기 몇 마리의 소리가 들려 알몸으로 일어나 촛불을 잡고 휘장 안의 모기를 비추면서 하나하나 태워 죽였다. 머리를 돌려 서문경을 바라보니 침상에 누워 어찌나 곤히 자는지 흔들어도 눈을 뜨지 않았다. 그러다 사타구니에 남자의 물건이 받침대를 두른 채 축 늘어져 있는 것을 보고는 자기도 모르는 사이에 음심이 일어났다. 이에 촛대를 내려놓고 섬섬옥수로 잠시 만지작거리고 놀다가 몸을 웅크리고 입으로 그것을 빨았다. 몇 번을 그렇게 빠노라니 서문경이 깨어나,

"이런 음탕한 계집 같으니라고! 서방이 곤히 자고 있는데 달달 볶아 깨우다니."

하고 일어나 침상 모서리에 앉으면서 반금련에게 그것을 깊숙이 빨도록 했다. 그리고 자기는 그러한 모습을 즐기며 감상을 한다.

괴이하게 여인의 숨소리가 무거운데, 깊은 밤에 몰래 자색 피리를 불고 있네. 모기에 빗대어 둘의 행위를 묘사한 「발걸음도 가벼이 가네[踏沙行]」라는 사가 있으니,

나는 그의 가벼운 몸을 사랑한다네.
가늘고 유연한 허리
가는 곳마다 소리가 나네.
황혼 무렵 사람들이 붉은 사립문을 닫지 않았을 때에
몰래 휘장 안으로 들어간다네.
향기로운 피부에 잠시 머물고
고운 살갗에 달라붙어
입을 대면 곳곳마다 붉게 빨린 자국이
귓가에 머물며 온갖 소리를 만들어내니
깊은 밤에도 사람들로 하여금 잠 못 들게 하누나.

我愛他身體輕盈 楚腰膩細

行行一泒笙歌沸 黃昏人未掩朱扉

潛身撞入紗廚內 款傍香肌

輕憐玉體 嘴到處臙脂記

耳邊廂 造就百般聲 夜深不肯教人睡

금련이 이렇게 거의 밥 한 끼 먹을 정도의 시간을 가지고 놀고 있었는데, 서문경이 갑자기 무슨 생각이 났는지 춘매를 불러 술을 따르라 하고는 침상 앞에 술병을 들고 서 있게 했다. 그리고 촛불을 침대 뒤 판자 위로 옮기고 반금련을 말처럼 앞에 엎드리게 하고서 자신은 '격산취화[隔山取火]'라는 자세로 뒤에서 삽입을 하면서 반금련으로 하여금 움직이게 하여 그 위에서 술을 마시며 즐겼다. 금련이 욕을 하면서 말했다.

"이런 날강도 같으니! 어디에서 이런 새로운 것을 배워와서 쑥스럽고 창피하게 계집종 보는 앞에서 하다니!"

"내 말해줄게. 나와 병아는 언제나 이렇게 즐겼지. 그 집 하녀 영춘에게 술병을 들고 곁에서 따르라고 하면서 했는데, 정말로 재미있거든."

"어이가 없어 욕도 안 나오는군요. 무슨 병아인지 무슨 년인지 도대체 그 음탕한 계집이 무엇을 어쨌다는 거예요? 나는 잘 대해주려고 했는데 좋은 결과가 없잖아요. 그 음탕한 년은 기다리지도 않고 다른 사내에게 시집을 가버렸잖아요. 지난번 당신이 술을 마시고 집으로 돌아오셨을 때 우리들 세 사람이 마당에서 줄넘기를 하고 있는데, 유독 나한테만 분풀이를 하며 걸어차고 하는 바람에 나는 또 애

꽂게 다른 사람들과 싸움을 해서 욕만 먹고. 생각해보니 저는 속기만
한 것 같아요!"

"당신이 누구와 싸움을 했어?"

"그날 나리께서 돌아오셨을 때, 큰마님과 저는 별로 기분이 좋지
않았어요. 제가 당신 앞에서 말대꾸를 한다면서 저한테 아무것도 모
르는 계집이라고 욕을 하시잖아요. 생각해보니 하마를 길러 물병을
얻는다고, 제가 왜 도리어 사람들한테 욕이나 먹고 있는 거죠?"

"나도 화가 나지 않는 게 아냐. 그날 응형 등에게 이끌려 오은아 집
에 가서 술을 마시고 밖으로 나와 길에서 우연히 풍노파를 만났는데
일이 이러저러하게 됐다고 말해주지 않겠어. 그래 화가 나서 눈알이
튀어나올 지경이었지. 다른 사람에게 시집을 갔다면 또 모르겠어. 그
런데 그 반토막 병신 같은 태의놈한테 가다니, 도대체 그 화자허는
그런 놈은 물어뜯지도 않고 무엇을 하는 겐지? 그놈을 불러들여서는
밑천을 주어 내 눈앞에다가 새로 가게를 열게 해 여봐란듯이 장사를
하고 있다니?"

"당신은 무슨 낯이 있어 아직도 그런 말을 하고 계세요! 제가 당초
에 뭐라고 말했어요? 밥도 먼저 지은 사람이 먼저 먹는 거라고 했지
요. 당신은 내 말은 듣지 않고 형님하고만 상의하면서 언제나 형님
말만 믿더니 꼴좋게 됐어요! 당신이 잘못해놓고 누구를 원망하겠어
요?"

서문경은 반금련의 말을 듣고 울화가 치밀어 얼굴까지 시뻘게져
서 소리쳤다.

"당신은 월랑이 뭐라 하든, 그 현숙하지 못한 음탕한 것이 하는 대
로 내버려둬. 내 다음부터는 월랑을 상대도 하지 않을 테니."

사람들아, 내 말 좀 들어보소. 예부터 남을 비방하고 헐뜯는 일은 비록 군신, 부자, 형제간에도 피할 수가 없는데 하물며 친구 간에는 어떠하겠는가? 오월랑과 같은 현숙한 부인을 본부인으로 두고 있으면서, 서문경은 반금련이 베개 밑에서 속삭이는 소리에 넘어가 오월랑과 반목하고 미워하게 되는구나. 그러니 참으로 말과 행동은 신중해야 되지 않겠는가!

그 후로 서문경과 오월랑은 사이가 틀어져 맞대면해도 말을 하지 않았다. 오월랑은 서문경이 누구 방으로 가든, 늦게 들어오든 일찍 나가든 관여하지 않고 묻지도 않았다. 혹시라도 서문경이 방에 들어와 물건을 찾으면 하녀를 시켜 응대하고 전혀 상대해주지 않으니 두 사람 모두 갈수록 마음이 식어갔다.

앞 수레가 뒤집히니
뒤 수레도 역시 뒤집히네.
분명히 평탄한 길을 가르쳐주었는데
바른말을 거짓으로 잘못 알아듣네.
前車倒了千千輛 後車倒了亦如然
分明指與平川路 錯把忠言當惡言

반금련은 서문경이 오월랑과 사이가 틀어지면서 자기 말만 듣자 자신의 뜻대로 됐다고 여겼다. 그리하여 날마다 정성을 다해 치장하고 총애를 독차지하려고 했다. 그러면서도 한편으론 지난번에 우연히 한 번 보았던 사위 진경제가 어리면서도 귀엽고 영리해 보여 경제를 꾀어볼 마음을 가지고 있었다. 단지 서문경이 두려워 감히 시도하지 못하고 있을 뿐이었다. 다만 서문경이 밖에 나가기를 기다려 집에 없으면 바로 하녀를 시켜 진경제를 방으로 불러들여 차를 대접하고 함께 바둑을 두곤 했다.

하루는 서문경이 새로 짓는 집에 상량을 하니 친구들이 문가에 붉은 띠를 둘러 집안에 좋은 일이 있음을 알리고, 과자 등을 가지고 와서 축하해주었다. 이에 서문경은 집을 짓느라 고생한 인부들에게 각기 상금을 주어 노고를 치하했다. 대청에서 손님들을 접대해 정오까지 놀고 마시다가 사람들은 흩어져 돌아갔다. 서문경은 일꾼들이 그릇 치우는 것을 보고 안채로 들어가 잠을 잤다. 그때 진경제는 반금련의 방으로 와서 차를 한 잔 달라고 졸랐다. 마침 반금련은 침상에서 비파를 타고 있다가 말한다.

"앞에서 상량을 하고 술들을 많이 마셨을 텐데, 사위님께서는 마시지 않고 뭐하셨지요? 그러고는 제 방에 와서 차를 달라고 하는 게지요?"

"솔직히 말씀드린다면, 새벽부터 일어나 이것저것 하다 보니 어디 먹을 정신이 있어야지요."

"나리는 어디에 계신가요?"

"아버님은 안채에 주무시러 가셨어요."

"아무것도 잡수시지 못했다니, 춘매를 시켜 과일과 떡을 좀 내오도록 해서 사위님 드시도록 할게요."

그리하여 진경제는 그곳에서 작은 탁자를 놓고 간단한 음식 네 접시와 과자 등을 먹었다. 그러다가 금련이 비파 타는 것을 보고 장난으로 묻는다.

"다섯째 어머님, 지금 타는 것은 무슨 곡인가요? 어째 저를 위해 한 곡 불러주지 않으시죠?"

반금련이 웃으며,

"에구머니나, 나는 사위님 애인도 아닌데 왜 제가 사위님을 위해 노래를 불러드리죠? 나리께서 일어나기를 기다렸다가 일러바치겠어요."

하니 진경제는 히죽히죽 웃으며 급히 일어나 무릎을 꿇고 애걸했다.

"저를 제발 불쌍히 여겨주세요. 다시는 그러지 않을게요."

이 말을 듣고 부인이 깔깔대며 웃었다. 이 일이 있고 나서 둘은 나날이 가까워졌다. 차를 함께 마시거나 식사를 같이 하기도 하며, 방으로 함부로 들어가기도 하고, 농담을 하거나 어깨를 툭툭 치며 거리낌 없이 행동했다.

오월랑은 자식 삼아서 이 불성실한 사위를 집안에 두고 있는 터라, 이러한 집안의 일은 전혀 알지 못했다. 그러한즉, 꽃을 모아 꿀을 만드는 것은 누구를 위한 고생인지를 알지 못하겠네!

한탄스럽구나! 서문경이 깨닫지 못하는 것이
도리[桃李]*가 오니 춘풍이 웃네.
큰 비단 이부자리에 도적을 감춰 재우고
세 차례 진수성찬으로 호랑이를 키우네.
물건을 아끼며 부부 사이가 좋기를 도모하나
재물을 탐해 매번 장인을 속이네.
한 가지 더욱 큰 일은
방에 들어가 남녀 간의 일을 벌이는 것이라네.

---

* 복숭아나무와 오얏나무. 미인의 고운 얼굴이나 모습을 뜻하기도 함

堪嘆西門慮未通 惹將桃李笑春風
滿床錦被藏賊睡 三頓珍羞養大蟲
愛物只圖夫婦好 貪財常把丈人坑
還有一件堪誇事 穿房入屋弄乾坤

동쪽에는 해, 서쪽에는 비

초리사가 장죽산에게 공갈을 치고,
이병아가 서문경에게 마음을 전하다

꽃은 가난한 곳에도 피고
달은 산과 강 곳곳을 밝게 비추네.
세상에서 단지 사람의 마음이 나쁠 뿐
모든 일을 통해 여전히 하늘의 뜻이 사람을 일깨우니
어리석은 귀머거리 벙어리 집은 부유해지나
영리하고 총명한 자는 오히려 가난해지네.
타고난 사주팔자로 모든 것이 결정되니
생각건대 운명이지 사람 뜻이 아니라네.
花開不擇貧家地 月照山河處處明
世間只有人心歹 百事還敎天養人
癡聾痼啞家豪富 伶俐聰明卻受貧
年月日時該載定 算來由命不由人

서문경의 집안에 새로운 화원과 집을 짓는 공사가 반년 남짓 걸려
장식과 칠 등이 모두 끝나니 전후의 모습이 몰라보게 새로워졌다. 새
로 집을 지은 것을 축하해 며칠을 즐겁게 먹고 마시며 놀았는데, 그

애기는 접어두자.

팔월 초순의 어느 날, 하제형이 생일을 맞이해 새로 산 별장에서 잔치를 벌이면서 노래하는 사람 네 명과 악사 한 무리, 집기를 부리는 광대들을 불렀다. 서문경은 패시[牌時](오전 열 시경)에 의관을 잘 차려입고 하인 네 명을 거느리고서 말을 타고 집을 나섰다. 오월랑은 집에 있으면서 술과 안주, 과자와 과일을 차려 이교아·맹옥루·딸·반금련 등과 함께 새로 만든 화원의 문을 열고 경치를 구경하니, 안에 있는 꽃과 나무, 정자들이 한눈에 볼 수 없을 정도로 대단하게 꾸며져 있었다. 그 모습이 이랬다.

정면에는 높이가 한 장 오 척의 붉은 칠을 한, 효의[孝義]의 상징인 나무 기둥. 담의 길이는 이십 판[板](여덟 자 혹은 열 자) 정도로 진흙을 잘 다져 쌓아올렸다. 안으로 들어서면 문루[門樓](대문 위의 다락집)가 하나 있고 사방에는 대사[臺榭](망루)가 몇 개 있다. 인공으로 만든 산과 자연적인 물, 녹색 대나무와 푸른 소나무, 높으면서도 뾰족하지 않은 것을 대[臺]라 하고, 높으면서 험하지 않은 것을 사[榭]라 한다.

따져보면 사철마다 보고 즐길 것이 있고, 가볼 만한 곳이 있다. 봄에는 연유당[燕遊堂]에 가서 즐기니 전나무와 측백나무가 생생한 모습을 다투고, 여름에는 임계관[臨溪館]에 가서 즐기니 연꽃이 아름다운 색을 다투고, 가을에는 첩취루[疊翠樓]에서 감상을 하니 노란 국화가 서리를 맞이하고, 겨울에는 장춘각[藏春閣]에서 즐기니 하얀 매화가 눈 속에 피도록 심어져 있다.

방금 지나온 좁다란 오솔길엔 온갖 꽃들이 심어져 있어라. 바람에 흔들린 버드나무가 여인을 가벼이 스치고, 비 맞은 해당화가 얼굴을 내보인다. 연유당 앞에는 금등화[金燈花]가 핀 듯 안 핀 듯 있고, 장춘각 뒤에는 살구꽃이 반쯤 피어 있다. 평야교[平野橋] 동쪽에는 몇송이 매화가 피려 하고, 와운정[臥雲亭] 주위에는 자형[紫荊]꽃이 아직 피어나지 않고 있다. 연못가의 산에는 금전화[金錢花]가 피기 시작하고, 정자의 난간 주변에는 어린 죽순이 나오기 시작한다. 제비가 지저귀며 주렴 사이를 날고, 꾀꼬리가 꾀꼴대며 푸른 나무 그늘에 머문다. 동굴에도 빛이 통하는 작은 창이 있고, 물가에 정자도 있네. 목향[木香]의 차양과 겨우살이풀의 선반이 서로 연결되어 있고, 천엽도[千葉桃](도화명)와 삼춘류[三春柳]가 짝을 이루네. 또한 자정향[紫丁香]·옥마앵[玉馬櫻](마앵화, 합환[合歡]의 속명)·금작등[金雀藤](금작화)·황자미[黃刺薇](황장미)·향말리[香茉莉]·서선화[瑞仙花] 등도 있었다.

권붕[捲棚](양옆으로만 벽이 있고 앞뒤로는 벽이 없는 집)의 앞뒤에는 소나무 울타리에 대나무길, 꾸불꾸불한 물이 연못에 이어졌고, 파초와 종려가 비추이고, 해바라기와 석류도 있구나. 수초 속에서 물고기가 노닐다가 사람을 보고 놀라고, 나비가 꽃 사이에서 짝을 이루어 춤을 춘다. 이것이 바로 작약이 보살의 얼굴을 드러내 보이고, 여지[荔枝]는 귀왕[鬼王]의 머리를 내미는 것이라네.

正面丈五正高 心紅漆綽屑 周圍二十板 砧炭乳口泥牆

當先一座門樓 四下幾多臺榭

假山眞水 翠竹蒼松 高而不尖謂之臺 巍而不峻謂之榭

論四時賞玩 各有去處 春賞燕游堂 檜栢爭鮮

夏賞臨溪館 荷蓮鬪彩 秋賞疊翠樓 黃菊迎霜

冬賞藏春閣 白梅積雪

剛見那嬌花籠淺徑 嫩柳拂雕欄

弄風楊柳縱蛾眉 帶雨海棠陪嫩臉

燕游堂前 金燈花似開不開

藏春閣後 白銀杏半放下放

平野橋東 幾朵粉梅開卸

臥雲亭上 數株紫荊未吐

湖山側 縷綻金錢 寶檻邊 初生石筆

翩翩紫燕穿簾幕 嚦嚦黃鶯度翠陰

也有那月窗雪洞 也有那水閣風亭

木香柵與茶蘼架相連 千葉桃與三春柳作對

也有那紫丁香 玉馬櫻 金雀藤 黃刺薇 香茉莉 瑞仙花

捲棚前後 松牆竹徑 曲水萬池 映階蕉棕 向日葵榴

游魚藻內驚人 粉蝶花問對舞

正是 芍藥展開菩薩面 荔枝擎出鬼王頭

오월랑은 여러 부인들을 거느리고 손을 잡고서 오솔길을 걷거나, 잔디를 뜨면서 향기로운 요 같은 그 위에 앉아보기도 했다. 난간에서 경치를 바라보거나 붉은 콩을 금붕어에게 던져주는 사람도 있고, 난간에서 고개를 숙이고 꽃을 바라보거나, 웃으며 비단 손수건으로 나비를 놀래주는 사람도 있었다. 오월랑은 와운정이라는 가장 높은 정자에 올라가 맹옥루, 이교아와 함께 바둑을 두었다.

반금련은 서문경의 딸과 손설아와 꽃놀이를 하는 누각에서 아래를 구경했다. 바라보니 누각 앞에는 모란이 피어 있고, 작약밭이며 해당화와 장미와 목향이 늘어져 담을 이루고 있었으며, 또한 추위에도 잘 견딘다는 군자[君子] 대나무에, 눈도 두려워하지 않는다는 대부[大夫] 소나무도 있으니, 정말로 사시사철 언제나 꽃이 피고 일 년 내내 봄이 이어지는 풍경이었다. 아무리 봐도 부족함이 없고 여유가 있었다.

이윽고 술이 준비되어 오월랑이 상석에 자리를 잡고, 이교아가 그 맞은편에, 양편으로 맹옥루·손설아·반금련·서문경의 딸이 각기 자리를 잡고 앉았다. 오월랑이,

"내가 진서방을 부르는 것을 잊었군."

하면서 소옥에게 말한다.

"안에 가서 사위님을 모셔오너라."

오래지 않아 진경제가 비단으로 만든 감색 모자를 쓰고, 얇은 자색 비단 심의[深衣](신분이 높은 사람들이 입던 웃옷)를 입고, 바닥이 하얀 까만 장화를 신고 와서 앞으로 나와 인사를 하고는 자기 부인 곁에 앉았다. 잔을 주거니 받거니 하면서 한참 마신 뒤 오월랑은 이교아와 딸과 함께 다시 바둑을 두었다. 손설아와 맹옥루는 누각으로 올라가서 꽃구경을 했다. 반금련만이 홀로 산 앞 연못가를 거닐면서 비단 부채로 나비들을 때리며 놀고 있었다. 이것을 보고 진경제가 몰래 금련의 뒤로 가서 장난을 쳤다.

"다섯째 어머니, 그렇게 해서는 나비가 안 잡히니 제가 대신 잡아드릴게요. 이 나비들이 올라갔다 내려왔다 하고 있잖아요. 마음이 안정되지 않아서 그래요."

이에 반금련이 고개를 돌려 눈을 흘기면서 말했다.

"죽으려고 환장을 했군. 사람들이 들으면 어쩌려고!"

진경제는 싱글벙글 웃으며 와락 달려들어 반금련을 껴안고 입술을 맞추었다. 이에 반금련이 손으로 밀어젖혀 넘어뜨렸다. 이러한 광경을 맹옥루가 멀리 꽃놀이하는 누각에서 보고 소리쳤다.

　"다섯째 동생, 이리 와서 나와 얘기나 해요."

　이에 반금련은 진경제를 남겨두고 누각으로 올라갔다. 원래 두 마리의 나비는 잡히지만 않았으면 부부의 인연을 맺었을 텐데 단지 입맞춤만으로 끝나고 만 것이다. '미친 벌과 미친 나비가 때로는 배꽃으로 날아들어 어찌할 줄 모르네' 격이었다.

　진경제는 반금련이 가버리자 아무 말 없이 방으로 돌아왔으나 마음이 심히 울적했다. 그래서 「계수나무 가지 꺾으며[折桂令]」라는 노래를 흥얼거리며 애타는 마음을 달랬다.

　내가 보았을 때 그이는 꽃가지를 비스듬히 꽂고

　붉은 입술에는 연지를 칠한 듯 안 한 듯

　전에 만나고 오늘 또 만나니

　마음이 있는 듯 없는 듯!

　줄 듯하면서도 허락지 않고

　거절할 듯하면서도 거절하지 않네.

　언제 만날 약속을 하고

　언제나 만날꼬?

　만나지 않으면 그이가 나를 생각하고

　만나면 내가 그를 생각한다네.

　我見他斜戴花枝 朱唇上不抹胭脂 似抹胭脂

　前日相逢 今日相逢 似有情實 未有情實

欲見許 何曾見許 似推辭 本是不推辭

約在何時 會在何時

不相逢 他又相思 旣相逢 我又相思

오월랑 등이 화원에서 술을 마시고 노는 얘기는 잠시 접어둔다.

한편 서문경은 성 밖 하제형의 별장에 가서 술을 마시고 돌아오는 길에 기생집이 많이 있는 남와자 거리를 지나치게 되었다. 옛날부터 거기서 놀았기에 그곳 건달들과 불량배들을 대부분 알고 있었다. 송나라 때는 이러한 불량배들을 '도자[搗子]'라 했지만 지금은 속칭 '광곤[光棍]'이라고 불렀다. 그들 중 두 사람을 만났으니, 하나는 초리사[草裡蛇](풀 속의 뱀)라 불리는 노화[魯華]라는 자이며 다른 하나는 과가서[過街鼠](길거리의 쥐) 장승이라는 자로 평소에도 서문경의 도움을 받으면서 지내는 좀도둑 패거리였다. 서문경은 그 둘이 거기에서 투전을 하는 것을 보고 말고삐를 늦추고 다가가 말을 걸었다. 두 사람은 급히 앞으로 와서 반쯤 무릎을 꿇고 인사를 했다.

"나리, 어디를 다녀오십니까?"

"오늘은 마침 제형소의 생일이라 성 밖 별장에 가서 술 한잔 하고 오는 길이야. 내 마침 골치 아픈 일이 있어 자네들에게 부탁을 하고 싶은데 좀 도와주겠나?"

둘은 입을 모았다.

"나리께선 무슨 말씀을 그렇게 하십니까. 저희들은 평소 나리의 신세만 지고 지내고 있습니다. 소인들이 쓰일 데가 있다면 설령 끓는 물이든 불속이든 만 번을 죽는다 한들 사양하겠습니까!"

"기왕에 자네들이 그렇게 말해주니, 내일 우리 집으로 찾아오면 내 자네들에게 부탁을 함세."

"내일까지 기다릴 게 뭐 있습니까. 지금 이 자리에서 말씀해주시면 됩니다. 도대체 무슨 일입니까?"

이에 서문경은 두 사람의 귀에 입을 대고 소곤거리며 장죽산이 이병아를 잡아채간 얘기를 자세히 한 후에,

"자네들이 나 대신 화풀이 좀 해줬으면 해!"

그러면서 말 위에서 옷자락을 걷어올려 돈주머니를 뒤져보니 아직은 부스러기 너덧 냥 정도가 남아 있기에 모두 쏟아 주면서 말했다.

"이것 가져다가 술이나 한잔하게. 나 대신 잘 처리해주기만 한다면 후에 다시 사례하겠네."

이에 노화는 극구 사양하면서 말했다.

"소인들은 평소 나리의 신세를 지고 지내왔습니다. 나리께서 저희더러 동해의 깊은 바다에 가서 창룡 머리에 달린 뿔을 뽑아오라든가, 서쪽의 화산[華山]에 가서 호랑이 입 속의 이빨을 빼오라 한다면 선뜻 응할 수가 없지만 이런 사소한 일이라면 무엇이 어렵다고 하겠습니까! 그러니 돈은 죽어도 받을 수가 없습니다!"

"자네들이 받지 않겠다면 나도 부탁하지 않겠네!"

서문경은 대안에게 은자를 챙기게 하고는 말에 채찍질을 하며 가려고 했다. 그러자 장승이 급히 가로막으면서 말했다.

"노화야, 너는 나리의 성품을 몰라서 그러냐. 네가 받지 않으면 우리가 나리의 부탁을 거절하는 것과 같지를 않느냐!"

그리고 한편으로 은자를 받으면서 땅바닥에 무릎을 꿇고 머리를 조아려 말했다.

"나리께서는 댁에 돌아가 편히 쉬고 계세요. 이삼 일 내에 적당히

손을 봐서 나리께서 한바탕 웃으시게 만들어드릴 테니까요."

그러면서 다시 머리를 조아렸다.

"단지 바라옵건대 나리께서 저를 제형소 하나리께 추천해 심부름 꾼으로 써주신다면 그것으로 족합니다."

"그건 아무것도 아니니, 내 잘 말해주겠네!"

사람들아, 내 말 좀 들어보소. 후에 서문경은 과연 장승을 하제형 수비부에 천거해서 심부름꾼으로 만들어주었다네.

이것은 뒤의 일이니 여기서는 언급하지 않겠다. 두 불량배는 은자 가 생기자 예전대로 노름을 하러 갔다.

서문경이 말을 타고 집으로 돌아오니 이미 해가 저문 뒤였다. 오 월랑 등은 서문경이 돌아왔다는 말을 듣고는 모두 안채로 들어갔고, 반금련만이 남아서 식기 치우는 것을 보고 있었다. 서문경은 안채로 들어가지 않고 그대로 화원으로 나와 반금련이 정자에서 식기들을 정리하는 것을 보고 물었다.

"내가 없을 때 여기서 뭐하고 있었지?"

반금련이 웃으며 답했다.

"우리는 오늘 따님과 함께 화원의 문을 열고 구경했어요. 그런데 나리께서 이렇게 일찍 돌아오실 줄 누가 알았겠어요?"

"오늘은 하대인이 신경을 써서 별장에 노래 부르는 아이 네 명과 잔재주를 부리는 광대도 네 명이나 불렀는데, 손님은 단지 다섯 명만 청했어. 나는 길이 먼 게 걱정돼서 일찍 돌아왔지."

금련이 옷을 벗겨주며 다시 묻는다.

"술을 드신 것 같지 않으니, 하녀에게 술을 준비시킬게요."

서문경은 춘매에게,

"다른 음식들은 다 거두어가고 과일 몇 접시만 남겨두거라. 그리고 포도주를 한 병 따라오고."

하고 분부하고 위쪽 의자에 앉았다. 그리고 반금련을 바라보니 오색 주름이 잡힌 비단 홑저고리에, 붉은 비단으로 가장자리를 주름잡고 수를 놓은 비단 치마를 입고, 굽이 높은 구름 모양이 수 놓여 있는 신을 신고 있었다. 머리에는 은실의 장신구를 쓰고 양 머리를 틀어 올린 데다 매화 모양의 비녀를 다시 꽂고, 귀밑머리에는 꽃 모양을 한 핀을 여러 개 꽂고 있었다. 붉게 빛나면서도 촉촉하게 젖은 듯한 입술과 윤이 흐르는 하얀 얼굴을 보자 자기도 모르게 색정이 일어나 두 손을 잡아끌어 품에 껴안고서 입을 맞추었다. 잠시 뒤에 춘매가 술을 가져오니 두 사람은 잔 하나에 술을 따라 마셨다. 마시다가 서로 혀를 빨고 하니 그 소리가 사방에 울려퍼졌다. 부인은 치마를 걷고 무릎에 올라앉아 술을 머금어 서문경의 입에 옮겨준다. 그러고는 섬섬 옥수로 탁자 위 연밥이 박혀 있는 송이를 집어 먹여준다.

"떫고 맛이 없는데 왜 이런 것을 먹이냐?"

"귀여운 아가야, 그렇게 투정하면 못써요. 어머니가 집어주는 것을 먹지 않다니."

반금련은 이렇게 말하고는 입에서 호두를 깨물어 서문경의 입속에 넣어주었다. 이에 서문경도 여인의 가슴을 만지려고 하니, 부인은 옷깃의 쇠장식을 풀어 입에 물고서 비단 저고리를 활짝 열어젖혔다. 그러노라니 티 하나 없는 옥과 같으면서 향기롭고 팽팽한 젖가슴이 드러났다. 서문경은 기다렸다는 듯이 손으로 어루만지고 문지르고 입으로 빨면서 한참을 서로 시시덕거리며 즐겼다. 서문경은 즐거운 김에 금련에게 말했다.

"내 당신한테 해줄 얘기가 있어. 머지않아 재미있는 일이 벌어질 거야. 장죽산 그놈이 생약 가게를 열었다는 것은 당신도 알고 있겠지. 일간 그놈 얼굴을 죽사발로 만들어놓을 거야."

"어찌하시려고요?"

이에 서문경은 오늘 성문 밖에서 우연히 노화와 장승을 만난 일을 자세히 말해주었다. 금련이 웃으며,

"정말 당신은 구제 불능이군요. 도대체 앞으로 얼마나 더 죄를 지을지…."

그러면서 다시 말했다.

"장죽산은 우리 집에 늘 진찰하러 오는 사람 아닌가요? 제가 보기에 얌전하고 예절도 바른 것 같던데. 사람을 봐도 제대로 고개도 쳐들지 않아요. 불쌍해 보이던데, 당신은 도대체 어쩌려고 하세요!"

"당신은 사람을 볼 줄 몰라. 고개도 들지 않는다고 했지? 그놈은 당신 발만 보고 있었던 거야."

"아이 징그러워라, 남의 마누라 발을 봐서 무엇을 하겠어요?"

"당신은 아직도 모르는군! 얼마 전에 어떤 사람이 장태의에게 병을 좀 봐달라고 부탁했지. 그때 장죽산은 거리에서 생선 한 마리를 사서 손에 들고 있었어. 그 사람의 부탁을 받자 '집에 생선을 갖다놓고 와서 봐드릴게요' 하니, 그 사람이 '집안에 급한 환자가 있으니 지금 먼저 가서 좀 봐주시지요!' 했지. 이에 장죽산은 그 사람을 따라 바로 그 집으로 갔지. 병자는 이층에 있어 이층으로 안내했는데, 생각지도 않게 병자가 여자였던 게야. 하얀 피부에 단정한 용모였는데 방으로 들어가 손을 뻗어 맥을 짚어봤지. 그런데 이놈이 손으로 맥을 짚다가 생선이 생각난 거야. 생선을 발 갈고리에 걸어놓은 채 왔기

때문인지 그러다 맥 짚는 일을 깜박 잊고는 묻기를 '부인 밑에 고양이(묘[猫]는 중국 발음으로 '마오'인데 털 모[毛]와 동음)가 있습니까?'라고 한 것을 뜻밖에도 남편이 옆방에서 듣고서 그놈 머리채를 휘어잡고 죽도록 두들겨 팼어. 약값은 고사하고 옷까지 갈기갈기 찢겨 겨우 도망을 쳤다는 거야."

"가련도 해라, 저는 선비인 장죽산이 그런 짓을 했다고는 믿을 수가 없어요."

"겉모습만 보면 실수를 하지. 겉으로는 점잖은 체하지만 속은 얼마나 교활한지 몰라!"

둘은 잠시 웃으며 떠들다가 술은 그만 마시고 자리를 정리하고 방으로 돌아가 쉬었다.

한편 이병아가 장죽산을 남편으로 맞아들인 지 어느덧 두 달이 지났다. 처음에 장죽산은 부인의 환심을 사기 위해 춘약을 만들기도 하고, 성문 앞에서 경동인사[景東人事](속명 각선생[角先生])으로 인공 남성 음경)나 미녀상사투[美女相思套]와 같은 갖가지 음기[淫器]류를 사와서 병아의 마음을 움직여보려고 노력했다. 그렇지만 이병아는 일찍이 서문경의 손안에서 광풍노도와도 같은 경험을 다 해본 터라 남편이 하는 짓이 마음에 들지 않고 점차 미워하는 마음까지 생겼다. 이에 부인은 음기들을 모조리 돌로 때려부순 뒤 내버렸다. 그러면서,

"당신은 본래 뱀장어처럼 허리에 힘이 없으니 쓸데없이 이런 물건들을 사와서 나를 놀려대는 거야! 당신을 쓸 만한 고기로 알았는데 알고 보니 전혀 쓸모가 없는 물건이야! 이런 빛 좋은 개살구 같으니! 수치도 모르는 놈!"

하고 마구 욕을 퍼부었다. 장죽산은 한밤중에 부인에게 쫓겨나 바깥채 가게로 가서 잠을 잤다. 이렇게 이병아는 장죽산을 밖으로 내쫓고 오로지 서문경만 생각하며 남편은 방으로 들어오지 못하게 했다. 그러고는 매일 시끄럽게 굴면서 돈 계산을 하거나 금전출납까지 일일이 간섭했다.

이날도 장죽산은 한바탕 야단을 맞고서 가게로 나와 계산대에 앉아 있었다. 그때 사내 두 사람이 들어오는데, 거나하게 취해서 비틀거리며 눈알을 이리저리 굴리면서 의자에 걸터앉았다. 먼저 한 사람이 묻기를,

"이 가게에 구황[狗黃]이 있나?"

하자 죽산이 웃으며,

"농담하지 마시고, 우황[牛黃]이면 몰라도 어디 구황이 있겠어요?"

하고 대답했다.

"구황이 없으면 빙회[氷灰]라도 있으면 가지고 와서 좀 보여줘, 내 두어 냥 살 터이니."

"생약 가게에는 남해의 페르시아국에서 난 빙편[氷片](용뇌향수지[龍腦香樹脂]의 가공품)만 있을 뿐 빙회라는 것은 없습니다."

그러자 다른 한 명이 말한다.

"그한테 그만 물어. 보아하니 가게를 연 지 얼마 안 된 것 같은데 어디 그런 약재가 있겠어? 그러니 서문 나리의 가게로 사러 가자구!"

그러자 먼저 사내가 다시 말했다.

"잠깐 이리 와! 우린 이 사람과 진지한 얘기를 해야 하잖아! 장형, 당신 시치미를 떼면 안 돼! 삼 년 전 부인이 죽었을 적에 이 노형한테

서 은자 서른 냥을 빌려간 일이 있는데, 본전에 이자까지 합치면 그게 엄청나단 말씀이야. 그래서 오늘은 그걸 좀 돌려받으려고 왔지. 본래는 내가 들어서자마자 내놓으라고 하려다 당신이 이 집에 데릴사위격으로 들어와 처음으로 가게를 열었기에 정신이 없어 과거의 일들을 다 잊어버렸을까 해서 우리가 조금 음덕을 베풀어준 거야. 그래서 일부러 쓸데없는 얘기를 꺼내 그린 부채가 있음을 인정하게 하려 한 것인데, 인정이 안 된다 해도 이 사람 은자는 좀 돌려줘야겠어!"

죽산은 이 말을 듣고 눈이 휘둥그레져서 말한다.

"나는 결코 저 사람한테 돈을 빌린 적이 없는데."

"당신이 빌리지 않았다면 어떻게 돌려달라고 하겠어? 옛말에도 파리도 틈새가 없으면 알을 까지 못한다고 하잖아. 공연히 쓸데없는 소리 하지 말아!"

"나는 당신네들 성도 이름도 모르고 평소에 서로 알지도 못하는데, 내가 언제 당신네한테 돈을 빌렸다고 돌려달라고 그러는 게요?"

"장형, 당신이 틀렸어! 자고로 벼슬아치가 되면 가난을 면하고, 빌린 사람이 게을러 갚지 않으면 부자가 될 수 없다고 하잖아. 생각해보라구, 당신이 처음에 자리를 잡지 못하고 방울을 흔들며 고약을 팔러 다닐 때 이 노형이 힘써 도와주어 오늘날 이 정도까지 된 거 아냐?"

그러자 다른 사람이,

"내가 바로 성이 노인 노화라는 사람이야. 당신은 일전에 내게서 은자 서른 냥을 꾸어가 죽은 부인의 장례를 치렀지. 그게 이자까지 합쳐 마흔여덟 냥이 되니 모두 갚도록 해."

하자 죽산이 당황하여,

"내가 언제 당신에게 돈을 빌렸다고 그러십니까? 정말 빌렸다면 문서나 증인이라도 있을 게 아니오?"

하니 장승이 말하기를,

 "내가 바로 증인이다."

하고 소매 안에서 문서를 꺼내 장죽산에게 보였다. 그것을 본 죽산은 화가 나서 얼굴이 납덩이처럼 창백해지며 욕을 했다.

 "때려죽일 개자식 같으니라구, 어디서 놀아먹던 건달들이야? 나한테 와서 공갈 협박을 하려 하다니!"

 노화가 이 말을 듣고 몹시 화가 나서 계산대 너머로 한 주먹을 날려 죽산의 얼굴을 후려치며 코를 반쯤 비뚤어지게 해놓고, 한편으로는 선반 위의 약들을 길에 내팽개쳐 버렸다. 죽산이 큰소리로 욕을 하며,

 "이 도둑놈의 자식들아! 왜 내 물건을 다 빼앗아가려고 하느냐?"

하면서 천복을 불러 도움을 청했으나, 천복도 노화에게 걸어차여 한구석으로 내동댕이쳐지고 말았으니 다시 나설 용기를 내지 못했다. 장승이 죽산을 계산대 밖으로 끌고 나오면서 노화의 손을 가로막으며 소리쳤다.

 "노형, 오랫동안 봐주었으니 다시 이삼 일 더 여유를 주어 돈을 마련해 갚을 수 있게 해주지. 장형, 어때?"

 "내가 언제 저 사람에게 돈을 빌렸단 말이오? 설사 빌렸다고 해도 조용히 말로 할 것이지, 왜 이런 야단을 친단 말이오?"

 장승이 대꾸했다.

 "장형, 쓴맛을 보고서야 깨달은 모양이지! 면상을 한 대 얻어맞고서야 제대로 나오니 말이야. 당신이 진즉 이렇게 나왔으면 내가 노형에게 부탁해 이자도 좀 감해주고 돈도 두세 번에 나누어서 갚을 수

있도록 해줬을 텐데. 그런데 어째서 그리 강경하게 부인하는 거야? 돈을 빌려주고 받지 않을 사람이 그 어디에 있겠는가!"

죽산이 듣고,

"기가 막혀 죽겠군. 나와 함께 관가에 가서 따져봅시다! 도대체 누가 돈을 빌렸다는 거요?"

하자 이에 장승이 다시 말한다.

"또 성질을 부리는군!"

미처 말릴 겨를도 없이 노화가 주먹을 날려 올려붙이니 죽산은 하늘을 보고 벌렁 넘어져 하마터면 하수구로 빠질 뻔했다. 머리카락도 다 흩어지고, 두건도 흙투성이가 되었다. 죽산이 '나 살려' 하고 큰소리를 지르며 일어나니, 보갑들이 달려와 모두 한 줄에 묶었다.

이병아가 밖에서 나는 시끄러운 소리를 방에서 듣고 주렴 아래까지 와서 밖의 동정을 살펴봤다. 보갑이 장죽산을 오랏줄에 묶어 끌고 가는 것을 보고는 화가 몹시 났다. 그래서 풍노파를 불러 집 앞쪽에 매단 간판과 입간판 등을 모두 떼어내게 했다. 거리에 흩어진 약재는 사람들이 죄다 집어가버렸기에 부인은 바로 문을 걸어 잠그고 집 안에 들어앉아 있었다.

누군가가 재빠르게 이와 같은 사실을 서문경에게 모두 알려주었다. 이에 서문경은 보갑에게 사람을 보내 죄인들을 내일 아침 일찍 제형원[提刑院]으로 보내도록 하고, 한편으로는 편지를 보내 하대인에게도 말을 잘 해놓았다. 다음 날 아침 죄인들이 끌려 나오자 하제형은 등청해 보갑들이 작성해 올린 사건 개요서를 보고 죽산을 불러 물었다.

"네가 장죽산이냐? 어찌하여 노화의 돈을 빌리고서 갚지 않고 오히려 상대방을 비방하고 헐뜯는단 말이냐? 정말로 괘씸한 놈이구나!"

"소인은 이 사람을 전혀 모르고, 결코 돈을 빌린 적이 없습니다. 소인이 이치를 따져 말을 해도 오히려 때리고 걷어차고 야단을 한 뒤에 소인의 물건까지 다 때려부수고 빼앗으려고 했습니다."

하제형이 노화를 향해 말한다.

"너도 할 말이 있느냐?"

"이 사람은 원래 저한테서 돈을 빌려 부인의 장례를 치렀습니다. 그러고 나서 삼 년이 지났는데도 질질 끌기만 하고 아직까지 갚지 않고 있습니다. 소인은 최근에 이 사람이 다른 집에 데릴사위로 들어가 크게 장사를 한다는 말을 듣고 찾아가서 돈을 돌려줄 것을 말했으나, 이 사람은 도리어 마구 욕을 하면서 소인이 자기 물건을 빼앗으려 한다고 하고 있습니다. 이 사람이 돈을 빌리면서 써준 차용 증서가 여기 있고, 또 여기 장승이 바로 증인입니다. 부디 나리께서 사정을 제대로 헤아려주시기 바라옵니다!"

노화는 품속에서 증서를 꺼내 바쳤고, 하제형이 펼쳐보니 이처럼 쓰여 있다.

돈을 빌린 장죽산은 본 고을의 의사로, 처가 죽었는데 장례를 치를 돈이 없어 장승을 증인으로 삼아 노씨로부터 백은[白銀] 서른 냥을 월이자 삼 푼으로 차용함. 일 년을 기한으로 하여 원금과 이자를 모두 갚기로 함. 만약 돈이 부족할 때에는 집안의 값나가는 물건으로 충당하기로 함. 후일 증거가 없으면 곤란하므로 이 차용 증서를 작성해 증거로 삼음.

하제형이 이를 보고는 책상을 치며 크게 화를 내면서,

"이런 죽일 놈이 있나. 여기 증인과 증서가 있는데, 아직도 이렇게 시치미를 떼고 있다니! 보아하니 글깨나 아는 체하면서 돈을 떼어먹을 심산이로구나!"

하고는 좌우에 명했다.

"큰 곤장으로 저놈이 바른말을 할 때까지 내리쳐라!"

이에 포졸 서넛이 불문곡직하고 죽산을 땅바닥에 엎어놓고 커다란 곤장으로 서른 대를 내리치니, 살갗이 갈라지고 살점이 드러나 선혈이 낭자했다. 그런 연후에 하제형은 관원 두 사람에게 영장을 가지고 장죽산을 집으로 데리고 가서 노화에게 은자 서른 냥을 갚게 하든지, 그렇지 못할 시에는 다시 관청으로 끌고 와 감옥에 집어넣으라 했다.

장죽산은 얻어맞은 다리를 질질 끌면서 집으로 돌아와 구슬피 울면서 이병아에게 사정 설명을 한 후에 노화에게 줄 돈을 내달라고 애걸복걸했다. 그러나 부인은 남편 얼굴에 침을 뱉으며 욕을 해댔다.

"염치도 없는 병신 같은 놈! 네가 언제 조금이라도 내 손에 돈을 건네준 적이 있기나 해? 그런데 나한테 돈을 달라고 하다니. 내 일찍이 네놈이 목이 달아날 정도로 빚이 있는 줄 알았다면 내 눈이 멀었다 할지라도 너같이 별 볼일 없는 얼간이한테는 시집가지 않았을 거야!"

포졸 넷은 부인이 집 안에서 이렇게 욕하는 소리를 듣고서는 연방 재촉하며 소리쳤다.

"장죽산에게 돈이 없는 모양이니, 공연히 뜸들이며 기다릴 필요 없이 어서 관청으로 돌아가 보고합시다."

이에 죽산은 밖으로 나와 관원들을 달래면서 잠시 기다려달라고 애걸하고, 다시 안으로 들어가 부인에게 통사정을 했다. 그래도 들어주지 않자 땅바닥에 털썩 무릎을 꿇고 울면서 애원한다.

"제발 한 번 음덕을 쌓는 셈 치고, 사방에 있는 절에 은자 서른 냥을 시주했다고 여겨줘요! 돈을 주지 않으면 이번에 끌려가서 얻어터진 이 볼기로 그 매를 어떻게 견디어낼 수 있겠소? 바로 죽어버리고말 거요!"

부인이 할 수 없이 새하얀 은자 서른 냥을 주니 관원들이 그것을노화에게 주고 노화가 증서를 찢어버리자 일이 비로소 마무리됐다.

노화와 장승은 은자 서른 냥을 받자 곧바로 서문경의 집으로 가서보고했다. 서문경이 두 사람을 사랑채로 안내해 술과 음식을 대접하니 둘은 사건의 전말을 상세하게 말해주었다. 서문경은 대단히 기뻐하면서 말했다.

"두 사람이 나 대신 화풀이를 해주었으니, 그것으로 족하네."

이에 노화가 은자 서른 냥을 서문경에게 건네주니, 서문경이 어찌그것을 받겠는가? 오히려,

"자네들이 가져다 술이나 사 마시도록 하게. 내 고마움의 표시일세. 후일에 또다시 신세질 일이 있을 테니."

하자 두 사람은 몸을 굽혀 수없이 고맙다고 인사한 후 은자를 들고다시 노름을 하러 갔다. 오호라, 세상에는 가슴 가득히 착한 것을 내리누르고 선량한 뜻을 속이는 마음만 있구나.

한편 장죽산은 제형원에 돈을 건네주고 집으로 돌아왔으나 부인이 어찌 장죽산을 머물게 하겠는가? 이병아는 냉정하게 말했다.

"당신과는 이제 남남이야. 내가 몹쓸 병에 걸려서 그 서른 냥으로

당신에게 약을 지어먹은 셈 칠 테니까, 그러니 빨리 내 집에서 떠나. 더 미루다가는 이 집마저도 당신 빚을 갚다가 거덜이 나겠어!"

장죽산은 이제 그곳에 머물 수 없음을 알고 울면서 양다리의 통증을 참아가면서 자기가 거처할 방을 찾아 나섰다. 부인은 자기가 돈을 대주어 산 물건은 그대로 남겨두고, 장죽산이 원래 갖고 있던 약재·약연[藥碾](약을 부숴 가루로 만드는 데 쓰는 기구)·약사[藥篩](약을 거르는 데 쓰는 체)·옷상자는 즉시 가져가라고 재촉하고는 둘은 갈라서 버렸다. 장죽산이 떠날 때 부인은 풍노파를 시켜 물 한 대야를 떠와 대문 밖으로 뿌리게 하며 말했다.

"원수가 눈앞에서 떠나버렸으니 시원하구나!"

그날 장죽산을 집에서 내쫓은 후에 부인은 오로지 서문경만을 그리며 지냈다. 더욱이 서문경 집안이 무사히 일을 잘 치러 넘겼다는 소문을 듣고는 후회가 막심했다. 날마다 밥을 먹든 차를 마시든 제대로 맛을 알지 못하고 화장을 하기도 귀찮아하며 오로지 문에 기대 눈이 빠지도록 기다려봤지만 끝내 서문경의 모습은 보이지 않았다.

베갯머리 속삭임은 아직도 남아 있는데
지금은 사랑도 다 식었어라.
방 안에 사람은 보이지 않고
말없이 있노라니 마음만 울적하네.
枕上言猶在 于今恩愛淪
房中人不見 無語自消魂

이병아가 이렇듯 애가 타게 서문경을 그리워하는 일은 잠시 접어두자.

어느 날 대안이 말을 타고 문 앞을 지나다 보니 이병아 집의 대문도 잠겨 있고 가게도 닫힌 채 쥐 죽은 듯이 고요해 돌아와 이 사실을 서문경에게 알렸다. 이에 서문경이,

"생각건대 틀림없이 그 반토막 병신 같은 자식이 호되게 매를 맞아 방에 앓아누워 있어서일 거야. 적어도 보름 정도는 지나야 겨우 밖에 나와 장사를 할 수 있을 테니."

하고는 결국 이 일은 내버려두었다.

시간이 지나 팔월 보름은 오월랑의 생일로, 집에 많은 여자 손님들이 찾아와 대청에 자리를 잡고 앉았다. 그때까지도 서문경은 오월랑과 말도 나누지 않는 불편한 사이여서 이계저의 기생집에 머물며 대안에게 분부하기를,

"빨리 말을 끌고 돌아갔다가 저녁에 데리러 오너라."

하고는 응백작과 사희대 두 사람을 불러 쌍륙을 하며 놀았다. 그날은 마침 계경도 집에 있어 자매 둘이서 곁에서 음식과 술을 권하며 즐겼다. 그렇게 얼마를 있다가 정원으로 나가 투호[投壺](항아리에 화살을 던져 넣어 진 쪽이 벌주를 마시는 놀이)를 하며 놀았다. 저녁 무렵에 대안이 말을 끌고 서문경을 맞이하러 왔다. 이때 서문경은 안채 뒷간에서 볼일을 보다가 대안이 오는 것을 보고 물었다.

"집에 별일은 없지?"

"아무 일도 없어요. 대청에 계시던 여자 손님들도 모두 돌아가시고 뒷정리도 다 됐어요. 단지 오대구 마님과 젊은 마님만 남아서 큰마님이 안채로 모시고 들어가셨어요. 오늘 사자가에 있는 화씨댁 마님께서 풍노파를 시켜 큰마님께 생일 선물을 보내셨는데, 과일 네 접

시와 장수를 기원하는 복숭아와 국수 한 접시씩, 그리고 옷감 한 필과 큰마님이 신으실 신발을 지어 보내셨어요. 그래서 큰마님께서 풍노파에게 은자 한 전을 주시면서 나리께서 집에 안 계셔서 초대하지 않았다고 말씀하셨어요."

서문경은 대안의 얼굴이 불그스레한 것을 보고 물어보았다.

"너는 어디에서 술을 마시고 왔느냐?"

"방금 전에 화씨댁 마님께서 풍노파를 시켜 저를 부르셔서 갔는데, 제게 술을 주시기에 마시지 못한다고 했으나 억지로 권하셔서 마지못해 두어 잔 마셨더니 얼굴이 이렇게 빨개졌어요. 지금 화씨댁 마님은 여간 후회하고 계신 게 아니에요. 저를 보시더니 하염없이 눈물을 흘리시는 거예요. 지난번에 제가 말씀드렸지만 나리께서 믿지 않으셨죠. 그날 제형소에서 나오자 장죽산을 내쫓아버렸대요. 마님은 몹시 후회하시면서 아직도 나리께 시집오고 싶은 마음을 갖고 계세요. 전에 비해 무척이나 여위셨어요. 그러면서 소인에게 부탁하기를 제발 나리께 잘 말씀드려 나리를 꼭 모시고 와달라며, 나리께 드릴 말씀이 있다고 하셨어요. 나리께서 가시기 뭣하시면 제가 대신 가서 말씀드릴게요."

"음탕한 도둑년 같으니라구! 다른 놈한테 시집갔으면 그만이지 다시 내게 달라붙어 무얼 어쩌겠다는 거야? 그렇지만 나는 갈 틈이 없으니 네가 가서 전해라. 무슨 납폐니 뭐니 다 필요 없이 적당한 날을 택해 그 음탕한 년을 메어오겠다고 말이다."

"잘 알겠습니다. 그쪽에서 제 회답을 기다리고 있어요! 평안과 화동을 시켜 나리를 모시도록 하겠습니다."

"알았으니 너는 가보거라."

이에 대안은 계저의 집을 나와 이병아의 집으로 가서 이런 소식을 전해주었다. 부인은 대단히 기뻐하며,

"고맙기도 해라! 오늘 수고스럽게 나리께 말씀드려 내 소원을 이루어주었구나."

하고는 친히 손을 씻고 부엌으로 들어가 음식을 만들어 대안을 대접했다. 그러면서 말하기를,

"내 집에는 사람이 없으니, 와서 천복을 도와 짐을 옮기는 것을 감독해줘."

하였다. 그리하여 짐꾼 대여섯 명을 고용해 사오 일에 걸쳐 짐을 옮겼다. 서문경은 오월랑에게도 말하지 않고 모든 짐을 새로 지은 완화루[翫花樓]에 쌓아두게 했다. 팔월 스무날을 택해 큰 가마 한 채와 붉은 비단 한 필과 등롱 네 쌍을 대안·평안·화동·내흥에게 들려 가마를 따르게 하고 정오가 조금 지나 부인을 맞아오게 했다. 이병아는 하녀 둘을 먼저 보내고 풍노파가 안내해 갔다 오기를 기다렸다가 가마에 올랐다. 집은 풍노파와 천복이 남아 지키게 했다.

서문경은 이날 아무 데도 가지 않고 새로 지은 집 안에서 평상복과 두건 차림으로 이병아가 오기를 기다렸다. 부인이 탄 가마가 집 앞에 도착하여 한참을 기다렸으나 아무도 맞이해주는 사람이 없었다. 맹옥루는 안채로 들어가 오월랑에게 말했다.

"큰형님, 형님은 이 집안의 주인이세요. 지금 그 사람이 문 앞에 와 있는데, 형님이 나가서 맞아들이지 않으신다면 나리께서 또 화를 내지 않겠어요? 나리께선 새로 지은 집에 계시고, 가마는 이미 문 앞에 당도한 지 오래됐으나 아무도 나가보지 않고 있으니, 어찌 들어올 수 있겠어요?"

오월랑은 밖에 나가 맞아들이려 했지만 화가 나서 마음이 가라앉지 않았다. 그렇다고 나가지 않고 버티면 서문경이 다시 성질을 부릴 것이 두려웠다. 그래서 잠시 생각을 한 후 가볍게 걸음을 옮기며 치맛자락을 잡고 문밖으로 맞이하러 나가니, 그제야 이병아는 보병[寶瓶](신부가 시집올 때 가마에 넣어오는 병으로 그 안에 금은보화, 과일, 오곡 등을 넣음)을 안고 곧바로 새로 지은 집으로 들어갔다. 영춘과 수춘 두 하녀가 일찌감치 방에 잠자리를 준비하고 서문경이 밤에 들기를 기다렸다. 그렇지만 서문경은 예전 일이 괘씸해 이병아의 방에 들지 않았다. 이튿날 이병아를 불러내 안채 오월랑의 방에서 인사를 시킨 후 순서를 여섯째 마님으로 정했다. 그러고는 사흘간 큰 잔치를 벌여 사람들을 부르고 친척들을 초대해 술과 음식을 대접하면서도 이병아의 방에는 들지 않았다. 첫날밤은 반금련의 방에서 잠을 잤다. 이에 반금련이 물었다.

"그 사람은 새색시인데, 어쩌자고 첫날부터 독수공방하게 하세요?"

"당신은 잘 모르지만 그 음탕한 계집은 색을 여간 밝히는 게 아냐. 그래 이삼 일간 좀 기다리게 하고서 천천히 가보려고 해."

사흘째 되는 날 손님들도 모두 돌아갔으나 서문경은 여전히 이병아의 방에 들지 않고, 안채에 있는 맹옥루의 방에 가서 잤다. 이병아는 서문경이 사흘 밤이나 방에 들어오지 않자, 한밤중에 두 하녀가 잠들었을 때 한바탕 통곡을 하고는 침대에 올라가 전족을 하는 데 쓰는 천을 풀어 대들보에 목을 매달아 자살하려 했다.

부부의 인연을 맺기도 전에 원앙 베개는 차가워지고

원혼은 먼저 구중 황천에 가 있네.
連理未諧鴛帳底 冤魂先到九重泉

　두 하녀가 한숨 자고 깨어나 보니 등불이 희미해져 있어 일어나 심지를 돋우다가 보니 부인이 침대 위에 목을 매단 채 늘어져 있었다. 이에 깜짝 놀라 어쩔 줄 몰라 하며 옆방으로 달려가 춘매에게,
　"우리 마님께서 목을 매달았어요!"
하고 소리치니, 금련이 황망히 일어나 상황을 살피러 달려갔다. 가보니 부인은 붉은색 신부 옷을 입은 채 침대 위에 축 늘어져 있었다. 급히 춘매와 함께 끈을 자르고 내렸다. 한참 몸을 주무르니 침을 흘리며 겨우 정신이 돌아왔다. 곧 춘매를 시켜 안채에 가서 서문 나리를 모셔오라고 일렀다. 이때 서문경은 마침 맹옥루의 방에서 술을 마시며 아직 잠자리에 들지 않고 있었다. 그전부터 맹옥루는 서문경에게 권하고 있었다.
　"당신이 그 사람을 맞아들여 놓고서 사흘씩이나 계속 방에 들어가지 않으시니 마음이 어떻겠어요? 마치 우리가 이번 일에 앙심을 품고 처음부터 하룻밤도 나리를 양보하지 않는 것 같으니 말이에요."
　"사흘이 지나면 갈 거야. 당신은 모르겠지만 그 음탕한 년은 찻잔 속의 것을 마시면서 냄비 속에 있는 것을 보고 있어. 생각할수록 화가 난단 말이야! 나는 그년의 남편이 죽고 나서 지금까지 잘 대해주었는데, 내겐 아무 말도 하지 않았어. 결국 장죽산 놈을 남편으로 삼았을 때는 내가 그놈만 못했을 터인데, 이제 어째서 날 다시 찾아온 거야?"
　"나리께서도 화가 나겠지만, 그 사람도 속은 거예요."

이렇게 얘기하고 있을 때 갑자기 문을 두드리는 소리가 들렸다. 맹옥루가 난향을 시켜 물으니,

"춘매가 나리를 모시러 왔어요. 여섯째 마님께서 방 안에서 목을 매셨대요!"

하자 놀라 당황한 맹옥루가 서문경을 재촉해 밖으로 나오며,

"제가 방에 들어가시라고 그렇게 말씀드려도 듣지 않으시더니, 마침내 이런 일이 벌어지고 말았군요."

하면서 등롱을 밝히고 바깥채로 상황을 살피러 갔다. 잠시 뒤에 오월랑과 이교아도 이 소식을 듣고 모두 이병아의 방으로 갔다. 반금련이 이병아를 껴안고 있는 것을 보고 묻는다.

"다섯째 동생, 생강탕은 먹었어?"

"제가 끓어내리고는 바로 먹었어요."

이병아는 계속 흐느껴 울다가 마침내 소리내어 울기 시작했다. 이를 보고 오월랑을 비롯한 부인들은 비로소 안심하고, 잘 위로해 재운 후에 각자 방으로 돌아갔다.

다음 날 점심때쯤 이병아는 겨우 죽을 조금 떠먹었다.

몸은 새벽녘 산 위에 걸린 달이요
목숨은 한밤중 꺼져가는 등잔불이어라.
身如五鼓啣山月 命似三更油盡燈

서문경은 이교아 등 부인들에게 당부했다.

"너희들은 절대로 저 음탕한 계집이 죽는 시늉을 해서 사람을 놀래는 것을 믿어서는 안 돼. 곁에 둘 수 없는 년이야. 내가 저녁에 그년

방에 들어가서 이 두 눈으로 친히 그년이 목을 매는 것을 본다면 믿겠지만, 그렇지 않으면 채찍으로 갈겨주고 말 테다! 음탕한 계집 같으니라구, 나를 뭘로 알고 까불고 있어!"

사람들은 이 말을 듣고 모두 이병아를 대신해 양손에 땀을 쥐었다. 이윽고 밤이 되자 서문경은 소맷자락에 채찍을 넣고 이병아의 방으로 들어갔다. 옥루와 금련은 춘매에게 일러 문을 닫으라 하고 아무도 방에 들어가지 못하게 했다. 그러고는 쪽문 밖에 서서 가만히 엿보며 방 안에서 무슨 일이 벌어지고 있는지를 살폈다.

서문경은 부인이 침대에서 가슴에 얼굴을 파묻고 울면서 자기가 들어오는데도 일어나지 않자 기분이 썩 좋지 않았다. 먼저 두 하녀를 빈방으로 쫓아 내보내고, 서문경은 의자에 앉으며 이병아를 손가락질하며 야단을 쳤다.

"이 음탕한 년! 넌 부끄러운 짓을 해놓고, 어찌 꼭 내 집에 들어와 목을 매단단 말이냐? 네년이 그 반토막 난쟁이를 따라갔으면 그만이지, 누가 네년더러 오라고 했느냐? 나는 아직까지 남을 모함한 일이 없는데, 너는 왜 질질 짜고 야단이냐? 난 여태껏 사람이 목을 매다는 것을 본 적이 없는데, 오늘 네년이 목매다는 것을 좀 보여줘야겠다!"

서문경은 밧줄을 이병아 앞에 던지면서 목을 매달아보라고 했다. 이를 보니 부인은 장죽산의 말이 생각났다. 서문경은 마누라를 두들겨패는 데 으뜸이고, 부인네들을 괴롭히는 데는 명수라고 하던 말이. 그래 속으로,

'내 전생에 무슨 죄를 지었단 말인가? 오늘날 눈을 크게 뜨고서 불구덩이 속으로 빠지다니.'

하고 생각하니 더욱더 슬퍼져 목놓아 울기 시작했다. 이를 보고 서문

경은 더욱 화가 나서 이병아에게 침대에서 내려와 옷을 벗고 무릎을 꿇으라고 했다. 부인이 우물쭈물하면서 벗지 않자 서문경이 침대 아래로 끌어내려 소매 안에서 채찍을 꺼내 몇 차례 후려갈기니, 이병아는 그제야 위아래 옷을 모두 벗고 벌벌 떨면서 땅바닥에 무릎을 꿇는다. 서문경은 의자에 앉아 자초지종을 물어보았다.

"내가 말했을 거야, 잠시만 기다리라고, 집안에 일이 있다고 말이야. 그런데 왜 내 말대로 하지 않고 뭐가 급해서 장죽산 그런 놈한테 시집을 갔어? 네년이 다른 놈에게 시집갔다면 이렇게 화가 나지도 않아! 그 난쟁이 같은 놈이 뭐 볼 게 있다고? 그런데 네년은 그놈을 남편으로 맞아 장사 밑천까지 대주어 가게를 열게 했어. 그것도 바로 내 가게 앞에 말이야. 내 장사를 망칠 생각이었지!"

"다 말씀드리겠어요, 후회해도 소용이 없으니. 나리께서 가신 후에 다시 오시지 않자 저는 나리를 그리다 마음에 병이 생기고 말았어요. 뒤편 교황친의 뜰에 언제나 여우가 있어 밤이 되면 나리의 모습으로 변해 저의 넋을 홀리다가 새벽녘 닭이 울 때쯤 가버리곤 했어요. 나리께서는 믿지 못하겠지만 풍노파와 두 하녀에게 물어보시면 곧 알 수 있어요. 나중에 제 병은 더욱 악화되어 거의 죽을 지경에 이르렀답니다. 그제야 장죽산을 불러 진찰을 받아보게 된 것이지요. 그랬더니 그놈이 그릇 속에서 밀가루를 반죽하듯이 저를 감쪽같이 속였던 거예요. 나리께선 집안에 일이 생겨 동경으로 올라가셨다고요. 그래서 저는 부득이 그런 길을 택한 거예요. 그러나 누가 알았겠어요? 글쎄 그놈이 빚투성이인지라 사람들에게 죽도록 얻어맞고, 그 때문에 사람들이 고소까지 했어요. 그래서 저는 조용히 참고 은자 몇 냥을 주고는 즉시 내쫓아버렸어요."

"듣자 하니 너는 그놈을 시켜 고소장을 쓰길, 내가 너의 물건을 가로챘다고 했다던데, 어째서 이제 와 내 집으로 들어온 게냐!"

"당신께서는 없는 말을 하시는군요. 제가 그런 말을 했다면 이 몸은 썩어 문드러지고 말 거예요!"

"그리했다고 해도 나는 너를 두려워하지 않아. 네년은 돈이 많아 남자를 빨리 갈아치울 수 있겠지만, 내 손아귀에 들어온 이상 그런 일은 용납 못해! 내 솔직히 말해주지. 전번에 장죽산을 두들겨팬 두 명도 실은 내가 이리저리 하라고 시켜서 한 일이야. 약간 계략만 쓰면 그놈을 갈 데 없는 알거지로 만들어줄 수 있어. 그뿐만 아니라 계략만 조금 쓰면 너도 관가에 끌려가게 만들어 모든 것을 다 빼앗아버릴 수도 있어!"

"저도 나리께서 시킨 일이라는 것을 알았어요. 그래도 나리께선 저를 불쌍히 여기셨군요. 만약 사람이 없는 곳으로 쫓겨났으면 저는 죽고 말았을 거예요!"

말을 하다 보니, 서문경은 노여움이 점점 풀어졌다.

"이 화냥년아, 이리 와봐. 내 물어볼 것이 있는데, 나와 장죽산 그놈 중에 누가 더 힘이 좋더냐?"

"그놈을 어찌 나리께 비할 수나 있겠어요. 나리는 하늘, 그놈은 돌멩이에 불과해요. 나리는 삼십삼천[三十三天] 위에 계시고 그놈은 구십구지[九十九地] 아래에 있답니다. 나리께서는 의리를 중히 여기시고 재물은 가벼이 보시고 목소리도 좋고 말씀도 잘하십니다. 게다가 의복도 훌륭해 어느 모로 보나 모든 사람들을 압도하는 분이세요. 나리께서 매일 드시는 진귀한 음식도 그놈은 여태껏 본 적이 없어요! 그런 놈이 무엇을 가지고 나리와 비교할 수 있겠어요? 나리는 제 병을 고쳐주는 약과 같은 분이에요. 나리의 손끝이 한번 스치고 지나간 연후에 저는 매일 밤낮을 오로지 나리만을 생각하고 지내왔답니다."

이 말을 듣고 서문경은 기뻐 어찌할 줄을 몰라 채찍을 던져버리고 여자를 일으켜 옷을 입히고는 품에 꼭 껴안으며,

"귀여운 것, 네 말이 맞아. 그놈은 분명히 접시를 보고 하늘만큼 크다고 할 거야!"

하고는 춘매를 불렀다.

"탁자를 준비하고 안채로 가서 빨리 술과 안주를 내오너라."

동쪽은 해가 떠오르는데, 서쪽에는 비가 내리네.
말로는 정이 없다고 하지만 오히려 정이 넘치네.
東邊日頭西邊雨 道是無情却有情

양 머리를 걸고 개고기를 팔다니

맹옥루가 오월랑을 달래고,
서문경은 여춘원에서 난동을 부리다

사람은 일흔까지 살 수 있는데
어찌 밤낮으로 노심초사 신경을 쓰나.
세상사 끝에는 후회만 남고
화려함도 눈앞을 지나가면 진실이 아닌데.
가난함과 부귀는 하늘의 뜻
영화를 얻고 잃는 것은 한순간의 티끌.
차라리 가슴을 열고 즐김만 못하니
귀밑머리에 흰머리 생기지 않도록 하여라.
在世爲人保七旬 何勞日夜弄精神
世事到頭終有悔 浮華過眼恐非眞
貧窮富貴天之命 得失榮華隙里塵
不如且放開懷樂 莫使蒼然兩鬢侵

　한편 서문경은 이병아의 애틋한 마음과 부드러운 말에 쌓인 노여움이 풀려 기쁨으로 변하니, 이병아를 일으켜 세워 옷을 입히고 껴안고는 떨어질 줄을 몰랐다. 그러면서 춘매를 방으로 불러 탁자를 내려놓고 안채로 들어가 술과 안주를 내오게 했다.

이때 반금련과 맹옥루는 서문경이 이병아의 방으로 들어가자 쪽문 앞에 서서 안에서 일어나는 일에 귀를 기울이고 있었다. 부인의 방은 문이 닫혀 있고, 춘매만이 뜰에서 기다리고 있을 뿐이었다. 금련과 옥루가 문틈으로 안을 들여다보니, 방 안에는 촛불만 보이고 말소리는 거의 들리지 않는다. 금련이 말했다.

"우리는 고작 저 춘매 계집애보다도 못하군요. 저 애는 잘 듣고 있을 텐데."

춘매도 창 아래에서 잠시 엿듣고 있었다. 춘매가 건너오니 금련은 살며시 방 안의 동정이 어떠하냐고 물었다. 이에 춘매가 두 사람에게 알려주기를,

"나리께서 옷을 벗고 무릎을 꿇으라고 말씀하셨는데, 마님이 옷을 벗지 않았어요. 그래서 나리께서 화가 나서 채찍으로 몇 대 때리셨어요."

하자 이에 금련이 다시 물었다.

"때리자 옷을 벗던?"

"나리께서 화난 것을 보고는 당황해하면서 옷을 벗고 바닥에 무릎을 꿇었어요. 지금 나리께서 여러 가지를 묻고 계세요!"

맹옥루는 서문경이 들을까봐 두려워,

"다섯째 동생, 우리 저쪽으로 가요."

하고 금련을 서쪽 쪽문 앞으로 끌고 가서 서 있었다.

그때는 팔월 스무날로 달이 막 떠오르고 있었다. 어둠 속에 서서 금련은 수박씨를 까먹으면서 옥루와 얘기를 나누며 춘매가 나오면 얘기를 들어보려고 기다리고 있었다. 반금련이 맹옥루에게 말했다.

"형님, 맛있는 과자라도 좀 먹을 수 있을까 해서 꼭 오고 싶었는데, 막상 와보니 아무런 동정도 없고 곧바로 몸에 몇 차례 매를 가한 것뿐이잖아요. 우리의 저 매정한 어른은 고분고분해도 야단이고, 자기 맘에 안 들어도 야단이잖아요. 생각해보면 요전에 나도 저 하녀들에게서 쓸데없는 말을 듣고 들볶는 바람에 제가 얼마나 신경을 썼고, 또 나리께 혼나 얼마나 울었는지 몰라요! 형님은 여기 온 지 꽤 되었는데도 아직 그분 성질을 다 모르시는군요."

두 사람이 이렇게 얘기를 하고 있는데, 조금 있다가 쪽문 열리는 소리가 나면서 춘매가 나와 곧장 안채로 들어가려고 했다. 이를 보고 금련이 어둠 속에서 불러 세워 물었다.

"얘야, 어디 가니?"

춘매는 웃으며 그냥 안으로 들어가려고 했다. 이에 반금련이 다시,

"이상한 계집애네. 이리 와봐, 내 뭣 좀 물어볼 게 있으니까. 어딜 그리 급히 가는 게야?"

하자 춘매가 겨우 걸음을 멈추고 답했다.

"여차여차해서 여섯째 마님이 울면서 나리께 여러 가지 말씀을 드렸어요. 그러자 나리께서는 기뻐하시면서 여섯째 마님을 안아 일으켜서 옷을 입혀주시고는 저더러 탁자를 준비하라고 하셔서, 지금 안으로 들어가 술과 안주를 가져오려고요."

금련이 이 말을 듣고 옥루를 향해 말했다.

"염치도 없는 것 같으니라구! 처음에는 날벼락을 치고 큰비라도 내릴 듯 두들겨놓겠다고 난리를 치더니, 막상 별것도 아니잖아요. 설마 그럴 줄은 몰랐어요. 틀림없이 술을 가져오게 해 이병아에게 따르게 할 거예요! 요 계집애야, 이병아 방에 하녀가 없어서 네가 술을 가

지러 가는 게냐? 안에 들어가면 그 설아 여편네가 또 소리를 지르고 야단일 텐데, 나는 들어주지 못하겠어!"

"나리께서 시키신 일이니 제가 하는 거예요."

춘매가 생글생글 웃으며 안으로 들어가자 금련이 투덜댔다.

"별난 계집애야, 내가 일을 시키면 죽어라고 게으름을 피우다가도 어찌된 일인지 나리가 시키는 일이라면 물불을 가리지 않고 하는데 그것도 어찌나 빠르게 하는지! 이병아에게도 하녀가 둘이나 있는데 자기가 대신 가다니. 마치 무 장수가 소금 장수 뒤를 따라가는 것처럼, 자기 일도 아닌데 기를 쓰고 참견하려 하고 있잖아요!"

옥루도 맞장구쳤다.

"누가 아니래! 내가 데리고 있는 큰하녀 난향도 내가 일을 시키면 어떻게든 안 할 궁리만 하면서도 나리가 하찮은 일이라도 시키면 말이 떨어지기가 무섭게 바로 해버린다니까!"

이렇게 말하고 있을 때 옥소가 안에서 급히 달려왔다.

"셋째 마님께선 아직 여기 계셨군요. 제가 모시러 왔어요."

옥루가,

"고얀 것, 깜짝 놀랐잖아!"

하고 물었다.

"네 마님께서는 네가 여기 온 걸 알고 계시냐?"

"저는 마님께서 잠드신 것을 보고 이쪽이 궁금해서 나와봤어요. 방금 전에 춘매가 안채로 술과 과일을 가지러 가는 것을 봤는데요."

그러면서 묻는다.

"나리께서 마님 방에 들어가셔서 어찌하셨어요?"

금련이 다가와,

"그 사람 방으로 들어가 보렴. 남녀가 머리를 맞대고서 나란히 사랑 얘기를 나누고 있으니."

하자 옥소가 다시 옥루에게 물었다. 옥루가 하나하나 자세히 말해주니, 옥소가 다시 묻는다.

"셋째 마님, 정말로 나리께서 옷을 벗게 하고 무릎을 꿇리고는 말 채찍으로 내리치셨나요?"

"나리는 여섯째가 무릎을 꿇지 않자 때리신 거야."

"옷을 입은 채로 때리신 건가요? 아니면 옷을 벗기고 때리신 건가요? 마님의 새하얀 피부가 어떻게 견뎌낼 수 있었을까?"

옥루가 웃으며 말했다.

"이상한 계집애네! 공연히 남 걱정을 하고 있다니!"

이때, 춘매와 소옥이 술과 음식을 가지고 나왔다. 춘매는 술을, 소옥은 찬합을 들고 바로 이병아의 방으로 가려 하자 금련이 말했다.

"엉큼한 계집애 같으니라구, 무슨 일인지 모르겠으나 이런 일을 할 적에는 꼭 생쥐처럼 잘도 하고 있단 말이야! 하여간 빨리 갖다 주고, 그곳 하녀애들한테 시중들라 해라. 넌 그런 일은 하지 않아도 돼, 내 너에게 시킬 일이 있으니 말이다!"

이에 춘매는 웃으며 소옥과 함께 안으로 들어가 탁자 위에 술과 음식을 차려놓고는 곧 밖으로 나왔다. 영춘과 수춘이 방 안에서 시중을 들었다. 옥루와 금련은 하녀들에게 몇 마디 더 물어보려 했다. 이에 옥소가,

"셋째 마님, 안채로 가시지요."

하고 둘이서 함께 갔다. 금련은 춘매에게 쪽문을 닫게 하고는 방에 돌아와 혼자 잠자리에 들었다. 애석하게도 오늘 밤에 달이 둥글지만,

푸른 빛 가까운 곳에는 다른 사람의 얼굴이 있는 격이었다.

한편 서문경과 이병아는 서로 좋아 어쩔 줄 몰라 하며 밤늦게까지 술을 마시면서 얘기를 나누다가 비취색 이불을 펴고 원앙을 수놓은 베개를 베고 나란히 잠자리에 들었다. 촛불도 아련히 빛나는 가운데 거울 속의 난봉[鸞鳳]은 마주 울부짖고, 향기가 자욱한 가운데 나비가 꽃 사이에서 춤을 추는 듯했다.

오늘밤은 촛대의 불빛이 빛나니, 서로의 만남이 꿈인가 두렵구나.

시가 있어 이를 알리나니,

얇게 눈썹을 그리고 빗을 비스듬히 꽂고
쓸데없는 아양도 떨지 않고
깊숙한 방 안에서 은밀하게
여인의 마음을 은근히 유혹하네.
서로를 사랑하며 다정히 껴안으니
신선의 세상에나 있을 법, 인간 세상에는 없을 성싶네.
서로를 그리는 곡조가 끝나면
아름다운 사랑의 정은 끝없이 이어지리.
淡畵眉兒斜揷梳 不忻拈弄倩工夫
雲窓霧閣深深許 惹性蘭心款款呼
相憐愛 倩人扶 神仙標格世間無
從今罷卻相思調 美滿恩情錦不如

두 사람은 이튿날 조반 때까지 잠을 잤다. 이병아는 막 일어나 거울을 보고 머리를 빗는 참이었다. 그러노라니 영춘이 안에서 음식을 내왔는데, 작은 접시 세 개에 담긴 달게 절인 오이와 가지, 채소 볶음, 통째로 삶은 비둘기 요리 한 접시, 부추를 넣어 만든 흰 떡, 식초를 넣어 삶은 배추, 훈제 돼지고기 한 접시, 준치 한 접시 그리고 은주발 두 개에 담긴 희고 부드러운 질 좋은 멥쌀밥에 상아 젓가락 두 쌍이었다. 부인이 먼저 입을 헹구고는 서문경을 마주하여 반쯤 먹다가 영춘을 불러,

"어제 먹다 남겨놓은 은술병의 금화주[金華酒]를 데워오너라."

하고 일렀다. 술을 내오니 서문경을 상대로 두 잔씩 마신 후에 비로소 세수를 하고 화장을 했다. 그러고는 상자를 열어 정교한 머리 장식과 의복을 서문경에게 보여주었다. 또 서양 진주 백 개를 꺼내 서문경에게 주니 이것은 원래 옛날에 양중서의 집에서 가지고 나온 것이었다. 그 밖에 금빛 바탕에 검붉은 보석을 박은 모자 장식품도 꺼내 보여주었는데, 이것은 죽은 시아버지의 것이었다. 저울에 달아보면 무게가 넉 돈 여덟 푼이나 나갔다. 이병아는 이것을 서문경에게 주며 은세공장이에게 가지고 가서 귀고리를 만들어달라고 했다. 또 한 금실로 만든 덧머리를 꺼내 보이니, 무게가 아홉 냥이 나가는 것이었다. 이병아는 서문경에게 물어보았다.

"안채의 마님들은 이런 덧머리를 가지고 있나요?"

"은으로 만든 덧머리는 두세 개씩 갖고 있으나, 이런 덧머리는 만든 적이 없어."

"그럼 저 혼자 이런 걸 할 수는 없으니 당신이 저 대신 은세공집에 가져가 녹여서 봉황이 아홉 마리 달린 금머리핀을 만들어주세요. 봉황 입에는 각각 진주 하나씩을 물려주시고요. 그리고 남는 것으로는 큰마님께서 앞에 꽂고 있는 옥관음[玉觀音]에 연못 모양을 곁들인

장신구를 만들어주세요."

서문경은 물건을 받아 넣고 세수를 하고 머리를 빗은 다음 옷을 입고 문을 나섰다. 이병아가 다시 부탁했다.

"저쪽 집에는 아무도 없으니 당신이 한번 건너가 보시고 사람에게 맡겨 지키도록 해주세요. 그 대신 천복을 이리로 보내주셔서 제가 데리고 일을 좀 시키도록 해주시면 좋겠어요. 또 풍노파도 나이가 들어 일을 제대로 못하니 혼자 거기에 두는 게 안심이 안 돼요!"

"당신 말뜻을 알겠어."

서문경은 덧머리와 모자 장식품을 소매 속에 잘 넣고 문을 나서 곧장 밖으로 나가려고 했다. 그런데 뜻밖에도 반금련이 머리를 풀어 헤친 채 아직 빗지도 않고 동쪽 쪽문 앞에 서서는 서문경을 불렀다.

"나리, 어디 가세요? 이제야 나오다니, 참새가 눈에 부딪히겠어요!"

"내 급한 볼일이 있어 가는 길이야."

"괴상한 양반이군요! 무얼 그리 서두르세요? 저도 드릴 말씀이 있는데."

서문경은 반금련이 재촉해 어쩔 수 없이 되돌아섰다. 금련에게 이끌려 방으로 들어가니, 부인은 의자에 앉아 서문경의 두 손을 잡아끌면서 말했다.

"어이가 없어 욕도 나오지 않는군요! 누가 당신을 잡아먹기라도 한답니까? 왜 그리 황급히 밖으로 나가려는 거예요. 이리 좀 와보세요, 물어볼 말이 있으니."

"됐어! 이 못된 것! 뭘 물어본다고 그래! 내 볼일이 있으니 돌아와서 다시 하도록 해."

서문경은 이렇게 말하고 밖으로 나가려 했다. 부인이 서문경의 소맷자락을 더듬어보니 뭔가 매우 묵직하게 느껴졌다.

"이게 뭐지요? 꺼내서 좀 보여주세요!"

"내 돈주머니야."

하지만 금련은 믿지 않았다. 손을 소매 안으로 집어넣어 꺼내보니 금실로 짠 덧머리가 나왔다.

"이것은 이병아의 덧머리인데, 어디로 갖고 가는 거지요?"

"부탁을 받았어. 당신들 모두 이런 덧머리를 갖고 있지 않으니, 은세공집에 가지고 가서 녹여 머리 장식 두어 개를 만들어 갖다달라는 게야."

"이 덧머리는 무게가 얼마나 되지요? 이것을 녹여 무엇을 만들어 달라고 했어요?"

"무게는 아홉 냥이 나가는데, 이것을 녹여 봉황 아홉 마리가 달린 머리핀과 안채 그 사람이 앞에 꽂고 있는 옥관음에 연못 모양을 곁들인 장신구를 만들어달라는 거야."

"아홉 마리 봉황 머리핀은 석 냥 여섯 돈이면 충분해요. 그리고 큰형님이 하고 계신 장신구는 제가 전에 무게를 달아본 적이 있는데, 한 냥 여섯 돈 정도였어요. 그러니 남는 것으로 제게도 여섯째와 똑같이 봉황 아홉 마리가 있는 머리핀을 만들어주세요."

"연못 쪽에 있는 가지는 순금으로 만들어달라고 했어."

"설사 가지를 순금으로 해도 금 석 냥이면 충분하고, 어찌됐든 두세 냥의 금은 남을 테니 충분히 만들 수 있어요."

서문경이 웃으며 욕을 했다.

"이런 음탕한 것! 남의 것을 공짜로 얻기만 좋아하고, 모든 일에 참견이나 하다니."

"아가야, 엄마가 한 말을 잘 기억해둬. 나 대신 만들어오지 않으면 혼날 줄 알아라!"

서문경은 덧머리를 소매 안에 넣고는 웃으며 문을 나섰다. 이에 다시 금련이 놀리며 말했다.

"일은 잘 치르셨어요?"

"내가 무슨 일을 치렀다고 그래?"

"잘 치렀을 거예요. 어제는 날벼락을 치고 큰비를 내릴 듯 매를 휘두르고 목을 매달라고 야단을 치셨잖아요. 그래놓고 오늘은 이 덧머리 같은 걸 가지고 나와 당신같이 능글맞은 사람을 이리저리 끌면서 일을 시키고 있잖아요!"

서문경이 웃으며,

"이 음탕한 것이 되는대로 지껄이고 있네!"

하고 말하면서 밖으로 나갔다.

오월랑이 맹옥루와 이교아 등과 방에 앉아 얘기를 하고 있는데, 갑자기 밖에서 하인이 내왕을 찾는 소리가 들리며 평안이 발[簾]을 들어올렸다. 오월랑이 물어보았다.

"내왕을 왜 찾느냐?"

"나리께서 기다리고 계십니다."

오월랑이 조금 있다가 말했다.

"내가 심부름 보냈어."

오월랑은 아침 일찍 내왕에게 분부하여 왕[王]씨 비구니가 있는 암자에 기름과 쌀을 갖다 주라고 했다.

"제가 돌아가 나리께 마님께서 심부름을 보냈다고 말씀드릴게요."

이에 오월랑이 욕을 했다.

"이 고얀 놈의 자식, 네 맘대로 하려무나!"

평안은 놀라 아무 말도 못하고 밖으로 나갔다. 오월랑은 맹옥루 등 여러 부인들에게 말했다.

"내가 말을 하면 쓸데없이 참견을 한다 하고, 말을 하지 않고 있자니 답답하고! 사람을 데리고 들어왔으면 그 집을 팔아버리면 될 것을, 쓸데없이 방울을 흔들고 북을 치며 무엇을 지키겠다는 건지 모르겠어. 풍노파가 그 집에 있으니 마누라 없는 하인 하나만 보내 밤에 그곳에서 자게 하면 되잖아. 그 집이 도망갈 것도 아닌데, 어미가 애를 안아 키우듯, 일부러 내왕 부부를 그곳으로 내보내려 하고 있어! 내왕의 처는 병치레도 자주 하는데 거기 가서 갑자기 병이라도 난다면 누가 돌봐주겠어?"

옥루가 답했다.

"형님이 계시니 제가 드릴 말씀은 아니지만 형님은 이 집안의 주인이세요. 그런데 형님께서 나리와 말씀을 안 하고 계시니, 저희들이 말을 하기도 곤란하고, 또한 아랫것들도 어찌할 줄을 모르고 있어요. 나리께서도 요즘은 혼자 떨어져 계시니 별로 재미가 없을 거예요. 그러니 형님께선 저희 말을 들으시고 나리와 화해하도록 하세요."

"셋째, 그런 생각은 말아요. 나는 그 양반과 크게 다툰 적도 없는데, 나리가 평소 성격대로 공연히 얼굴을 찌푸리고 다니는 거예요. 난 정말로 그 양반 얼굴을 바로 쳐다보기도 싫어요! 나리는 뒤에서 사람들에게 나를 정숙하지 못한 음탕한 계집이라고 욕을 하는데, 내가 어째 정숙하지 못하단 말이야? 이제 집안에 마누라가 여섯이나 있으니, 비로소 내가 정숙하지 않은 것을 알았단 말이야?

예부터 정리[情理]를 따라서 말을 해야지 입바른 소리를 하면 사람들의 미움을 산다는 말이 있잖아요. 내가 당초 이병아를 반대한 것은 다 그 양반을 위해서 한 거예요. 이병아가 재물을 많이 가져오고 또 집을 사고, 게다가 화자허의 부인까지 취한다면 관가에서 수상쩍게 생각할 거예요. 더구나 아직 남편의 탈상도 끝나지 않은 사람을 어떻게 맞아들일 수 있겠어요. 그렇지만 누가 알았겠어, 뒤에서 몰래 머리를 굴려 날마다 재미를 보며 나를 속이더니 결국에 가서는 나를 나쁜 년으로 만들었단 말이야. 오늘도 기생집에서 잔다, 내일도 기생집에서 잔다 하면서 남의 집에 가서 잘 줄을 생각이나 했겠어요? 집 치고는 좋은 기생집에서 잔 게지!

사람들이 눈앞에서 좋은 말로 속삭이고 요염을 떨면서 거짓말로 속이고 해를 끼쳐도 다 좋아 좋아 하면서, 나 같은 사람이 정직하게 거듭 충고해도 전혀 들으려고 하지 않아요. 그러니 이제 그 양반은 원수가 됐죠. 바로 앞 수레가 덜커덩 넘어지면 뒤 수레도 또 뒤집힌다고, 분명하게 이쪽이 평탄한 길이라고 가르쳐줘도 바른 말은 모두 그르고 나쁜 것으로 생각해요! 나리가 나를 상대하지 않는데, 내가 구차하게 무얼 구하겠어요! 나는 하루 세 끼만 먹으면 돼요. 남편이 없는 셈 치고 이 집에서 과부로 지내면서 나 하고 싶은 대로 하면서 살 테니, 여러분도 그 양반 일에 상관하지 말아요."

이 말을 듣고 옥루 등 여인네들은 난처해 어쩔 줄을 몰랐다.

잠시 뒤에 이병아가 화장을 곱게 하고, 붉은색 바탕에 금색으로 수를 놓은 비단 대금[對衿](웃옷의 두 섶이 겹치지 않고 단추로 채우게 되어 있는 옷) 저고리에 얇은 남색 비단으로 만든 긴 치마를 입고 나왔다. 영춘이 은으로 만든 찻주전자를 들고, 수춘이 찻잔을 들고 방으로 들어와 오월랑 등에게 차를 올리려고 했다. 오월랑은 소옥에게 자리를 마련해 이병아를 앉게 했다. 잠시 뒤에 손설아도 오니, 모두에게 차를 올리고 함께 자리에 앉았다. 입이 싼 반금련이 재빠르게 말했다.

"병아 동생, 이리 와서 큰형님께 인사를 올리세요. 솔직히 말하자면, 큰형님과 나리께서 요사이 서로 말씀을 나누지 않고 계세요. 다당신이 와서 그런 거예요. 우리가 아까부터 당신을 대신해 화해하시도록 권하고 있는 중이에요. 그러니 다음에 날을 잡아 술자리를 마련해 큰형님께 빌도록 하세요. 두 분이 서로 화해하시라고 말이에요."

"형님 말씀 잘 알겠어요."

이병아는 바로 오월랑 앞으로 가서 바람에 흔들리는 꽃가지처럼, 나풀거리는 수놓은 비단띠처럼, 족대에 꽂힌 하늘거리는 촛불처럼 네 번 공손하게 큰절을 올렸다. 오월랑이,

"병아 동생, 다섯째가 자네를 속이고 있는 게야!"

하고 다시 말하기를,

"다섯째, 공연히 종용하지 마! 난 이미 맹세하기를 백 년이 지나도 그 양반과는 같이 지내지 않기로 했어!"

하자 이에 여러 사람들은 감히 말을 하지 못했다. 반금련은 곁에서 작은 솔로 이병아의 머리를 곱게 매만져주고 있었다. 그러다가 금빛이 영롱한 풀벌레 모양의 머리 장식과 송죽매[松竹梅] 세한삼우[歲寒三友]를 얇은 금실로 상감한 머리빗을 꽂고 있는 것을 보고,

"병아 동생, 이런 조잡스러운 풀벌레 모양의 장식은 하지 않는 게 좋겠어요. 이런 것은 머리카락만 붙들어 매줄 뿐이에요. 큰형님이 꽂고 계신 금관음에 연못 모양의 것이 더 보기 좋아요. 가지는 순금이 좋고."

하자 이에 이병아는 정직하게 답했다.

"저도 은세공집에 저런 모양으로 만들어달라고 부탁하려고 해요!"

그러고 있는데 소옥과 옥소가 차를 내오면서 제멋대로 이병아를 놀렸다. 먼저 옥소가 묻는다.

"여섯째 마님, 시아버지께서는 당초 성내의 어느 아문[衙門] 관원들이 정무를 보는 곳에 계셨지요?"

"처음에는 땔감을 관장하는 석신사[惜薪司]의 창고를 관리하시다가 후에 어전[御前]에서 일하셨고, 나중에 광남진수[廣南鎭守]로 승진하셨지."

하자 옥소가 웃으면서,

"어쩐지! 그래서 어제 좋은 땔감을 장만하셨군요(잠자리했음을 풍자)."

하자 이번에는 소옥이 묻는다.

"작년에 성 밖의 시골에서 많은 이장들이 마님을 몹시 찾으면서 동경으로 가달라고 했다면서요?"

부인이 무슨 말인지 몰라,

"나를 찾아 뭐하게?"

하자 소옥이 웃으며 말했다.

"이장들이 마님께 동경에서는 몰래 놀아날 좋은 일이 있다고 알려드리려고 했대요(시아버지인 화태감과 사통한 것을 풍자)."

옥소가 다시,

"마님 고향의 할머니께선 일천 부처에게 합장 배례하고 수없이 절을 하셨다지요."

하자 소옥이 또 묻는다.

"조정에서 어제 정탐병 네 명을 보내 마님께 변방 외지로 가주십사 하고 청했다는데, 정말로 그런 일이 있었나요?"

이병아가,

"나는 모르는데."

하자 소옥이 웃으며 말했다.

"마님께선 가시겠다고 했다던데요!"

이 말을 듣고 옥루와 금련도 웃음을 참지 못했다. 이에 오월랑이 나서 꾸짖었다.

"이런 못된 계집들 같으니라구, 가서 너희 할 일들이나 할 것이지 쓸데없이 이 사람을 놀리고 있어?"

이병아는 부끄러워 얼굴이 붉으락푸르락하고 자리에 앉지도 서지도 못한 채 있다가 잠시 뒤에 자기 방으로 돌아갔다. 이윽고 서문경이 들어와 은세공장이에게 물건을 맡긴 일을 말해주었다. 그리고 이병아와 상의해 내일 초청장을 보내 스무닷샛날에 손님들을 초청해 친척들끼리 인사시키는 축하주를 내기로 하며, 그때 화자허의 형인 화대도 불러야 할지를 의논했다. 이병아가,

"화대의 부인이 제가 시집온 지 사흘째 되는 날 오겠다고 몇 번이나 말했어요. 좋아요, 당신이 초대하세요."

하고는 다시 말했다.

"저쪽 집은 풍노파가 지키고 있지만, 이쪽에서 한 사람을 보내 천복과 교대로 그곳에서 잠을 자도록 해주세요. 그럼 내왕은 보내지 않아도 될 것 같아요. 큰형님 말씀으론 내왕의 처가 병이 있어 갈 수 없다고 하시더군요."

서문경이,

"난 몰랐는걸."

하면서 바로 평안을 불러 분부했다.

"너는 천복과 교대로 하루씩 돌아가면서 사자가의 집에 가서 자도록 해라."

그러는 사이에 어느덧 스무닷샛날이 되어, 서문경의 집에서는 친척과 친구들을 불러 성대하게 자리를 준비하고 노래 부르는 기생 넷과 잡극단도 한 패 불렀다. 첫 번째 자리에는 화자허의 형인 화대구와 오월랑의 큰오빠인 오대구가 앉고, 두 번째 자리에는 오월랑의 둘째오빠 오이구와 오월랑 동생의 남편인 심서방이 앉고, 세 번째 자리에는 응백작과 사희대, 네 번째 자리에는 축일념과 손천화, 다섯 번째 자리에는 상시절과 오전은, 여섯째 자리에는 운리수와 백래창, 그리고 서문경은 주인석에 앉고 나머지 부자신과 분지전, 사위 진경제는 양편으로 갈라 앉았다.

부름을 받은 기생 중 먼저 이계저, 오은아, 동옥선, 한금천이 정오경에 가마를 타고 와서 오월랑의 방으로 들어갔다. 남자 손님들은 새로 지은 정자에서 차를 마신 후 모두 대청 객실로 자리를 옮겼다. 대청에는 이미 탁자가 준비되어 있어 손님들은 각기 정해진 자리에 앉았다. 우선 해파리 종류의 신선한 어류와 고기 요리인 소할해청권아[小割海靑捲兒]와 새우, 죽순, 강낭콩 등으로 만든 팔보찬탕[八寶攢湯]을 먹은 후에 구운 거위 고기를 잘라 먹었다. 악사들이 몇 곡을 연주하고 우스갯소리를 조금 한 후에 내려갔다. 이어서 노래 부르는 이명과 오혜 두 사람이 올라가 악기 반주에 맞춰 노래를 부르기 시작했다. 잠시 뒤에 기생 네 명이 나와서 시중을 들며 술을 따라주었다. 응백작이 먼저 말을 꺼냈다.

"오늘 형님의 잔치 자리에 제가 감히 나설 처지는 아닙니다만, 새로 맞으신 형수님을 나오시게 해 인사를 드려 제 축하의 마음을 전하고자 합니다. 저야 괜찮지만 화씨댁 형님과 오씨댁의 두 분, 그리고 제부인 심서방은 무엇 때문에 오늘 여기에 오셨겠어요?"

서문경이,

"생김새가 변변치 않아 보여드리기 무엇하니 그만두지요."

하자 사희대가 말한다.

"형님, 말씀드리기 죄송하지만, 당초 말씀드린 대로 형수님을 뵈러 온 것이 아니라면 저희가 무엇 때문에 왔겠어요? 더욱이 형수님께서는 여기 계신 화대 형 쪽에서 볼 것 같으면 처음에는 친구였다가 후에 친척이 되었으니, 다른 사람들과는 경우가 다르지요. 나오셔서 인사하면 되는데 무얼 겁내세요?"

서문경이 웃기만 하면서 움직이지 않자, 응백작이 말한다.

"형님, 웃지만 마세요. 저희는 이렇게 뵙는 값을 충분히 준비해왔어요. 결코 공짜로 뵙자는 것이 아닙니다."

"이 친구가 헛소리만 하고 있네!"

서문경은 그들이 하도 졸라대자 어쩌지 못하고 대안을 불러 안채에 들어가 말을 하라고 일렀다. 한참 뒤에 대안이 돌아와 말하기를,

"여섯째 마님께선 그만 용서해달라십니다."

하자 응백작이 호통쳤다.

"이 돼먹지 않은 놈이! 네가 언제 안채에 갔다 왔다고 나를 속이려고 하느냐? 맹세를 해라, 그렇지 않으면 내가 안채로 들어가 봐야겠다!"

"소인이 응씨 아저씨를 속일 리가 있겠어요? 나리께서 들어가서 물어보세요."

"네놈은 내가 못 들어갈 줄 아는 모양이지? 좌우 화원의 길은 잘 알고 있으니, 내가 안으로 들어가 다른 형수님들도 모두 모시고 나와야겠다."

"우리 집의 저 큰 개는 매우 사나워요! 아마 응씨 아저씨의 아랫도리 물건을 물어뜯어버릴지도 몰라요."

이 말을 듣고 응백작은 일부러 자리에서 일어나 대안을 두세 차례 발로 걷어차고는 웃으며 말했다.

"이런 개자식, 네놈이 나를 놀려대다니! 헛수작 부리지 말고 안으로 들어가 빨리 모시고 나오너라. 그렇지 않으면 스무 대쯤 갈겨줄 테다."

모든 사람들과 기생들까지 '와' 하고 웃었다. 대안은 아래쪽으로 가다가 멈춰 서서 주인을 쳐다보면서 가만히 서 있었다. 서문경도 더는 어찌지 못하고 대안을 가까이 불러,

"여섯째 마님께 가서 단장하고 나와 인사를 드리라고 전하거라!" 하고 분부했다. 대안이 안으로 들어갔다가 한참 있다 나와 서문경을 잠시 들어오도록 청했다. 그런 연후에 하인들은 밖으로 나가게 하고 문을 닫았다. 기생 네 명도 모두 악기를 들고 안으로 들어가 부인을 둘러싸고 인사를 올렸다. 맹옥루와 반금련은 주위에서 이리저리 독촉하며 머리를 손질하고 비녀를 꽂아주고는 이병아를 내보냈다. 대청에는 수놓은 양탄자가 깔리고 사향 향기가 은은히 풍겼다. 이윽고 악기 소리가 나면서 기생들이 이병아를 인도하며 나왔다.

부인은 붉은색 바탕에 오색 무늬가 수놓인 소매가 긴 얇은 비단

저고리에 아래에는 녹색 바탕에 금박으로 가지와 수많은 꽃을 수놓은 비단 치마를 입고 있었다. 허리에는 푸른 옥을 박은 허리띠를 두르고, 팔에는 소매가 흘러내리지 않도록 금팔찌를 끼고 있었다. 가슴에는 구슬 목걸이가 찰랑이고, 허리 부근에서는 패옥이 딸랑딸랑 소리를 내고, 머리에는 구슬과 비취로 가득 장식하고, 살쩍에도 비녀를 살짝 꽂았다. 자수정을 박은 귀고리가 귓가에 매달려 있고, 구슬을 입에 문 봉황 모양의 비녀 두 개를 덧머리에 꽂고 있다. 하얀 얼굴에 붙인 붉은 곤지와 치맛자락 밑으로 붉은 원앙이 보일 듯, 마치 하늘의 항아[姮娥]가 월궁을 걸어 나오는 듯, 신녀가 잔치 자리에 이르는 듯, 기생 넷이 비파와 쟁, 거문고를 타며 부인을 에워싸자, 부인은 꽃가지가 바람에 흔들리듯, 수놓은 허리띠가 나풀거리듯 위의 좌중을 향해 절을 올렸다. 모든 사람들도 황급히 일어나 답례를 했다.

한편 맹옥루, 반금련, 이교아는 오월랑을 에워싸고 대청 안 칸막이 벽 뒤에서 이러한 광경을 엿보고 있었다.

그러자 「기쁘게도 시험에 붙었네[喜得功名完]」라는 노랫소리가 들리고 곧이어 「하늘이 짝을 이루어주네[天之配合]」라는 노래 중 '한 쌍이 마치 난새와 봉황이 어우러지듯 부부가 되었구나'라는 노래가 시작되어 '웃고 떠들며 축하를 하네. 축하의 잔을 높이 들고 온갖 악기를 연주하세. 모든 잔을 들어 온 사람이 모인 오늘의 이 잔치를 축하하세'라는 가사를 지나 '끝까지 화목하게, 영원한 부부'에까지 이르자 반금련이 오월랑에게 말했다.

"큰형님, 노래 좀 들어보세요. 첩을 위해 오늘 같은 날 이런 노래를 부르면 안 되는데. 저 사람이 끝까지 화목하게 영원한 부부가 되면 큰형님께서는 어떻게 되시겠어요?"

오월랑은 마음씨가 좋은 사람이지만 이 말을 듣자 다소 마음이 흔들려 기분이 좋지 않았다. 또한 응백작과 사희대 등 무리들이 이병아가 인사하러 나오는 것을 보고 입이 몇 개라도 부족한 듯 서로 칭찬해대는 것을 보았기에 더욱 그랬다. 응씨 무리들이 말하기를,

"이런 형수님은 정말로 세상에 드물 거야. 세상에 둘도 없을 거야! 성품이 착하고 온순하심은 말할 것도 없고 행동거지도 침착하시잖아. 이런 인물은 하늘 아래 어디에도 찾아보기 힘들 거야. 그런데 우리 형님은 어디에 그런 큰 복이 있으실까? 우리는 오늘 이렇게 형수님의 얼굴을 한 번 뵈었으니 내일 죽어도 여한이 없겠군!"

하면서 대안을 불러,

"빨리 마님을 안으로 모시고 들어가거라. 너무 무리해 병이라도 생기면 큰일이니."

했다. 이 말을 들은 오월랑을 비롯한 부인네들은 입을 삐쭉거리며 그들에게 욕을 해댔다.

잠시 뒤에 이병아는 안으로 들어갔다. 기생 네 명은 이병아가 돈이 많다는 것을 알고 앞을 다투어 비위를 맞추면서 마님, 마님 해가며 비녀를 챙기고 옷을 개어주는 등 하지 않는 일이 없었다.

오월랑도 방으로 돌아왔으나 마음이 심히 불쾌했다. 그때 대안과 평안이 많은 축의금과 옷감, 옷 등 축하 물품을 한아름 들고서 오월랑의 방으로 들어왔다. 오월랑은 제대로 쳐다보지도 않고 욕을 해댔다.

"이 불한당 놈들이! 이런 건 바깥채로 내갈 것이지, 공연히 내 방으로 가지고 와서 뭘 어쩌자는 거야?"

대안이,

"나리께서 마님방으로 갖고 가라고 하셨어요."

하자 이에 오월랑은 옥소에게 받아서 되는대로 내려놓게 했다.

이윽고 오대구가 두 번째 요리인 국과 밥을 다 먹고는 월랑을 만나러 안채로 들어왔다. 오월랑은 자기 오빠가 방으로 들어오는 것을 보고 황급히 바람에 흔들리는 꽃가지 모양 인사를 올린 후에 자리에 앉았다. 오대구가 말했다.

"어제는 네 올케가 대접을 잘 받고, 오늘은 매부가 나를 초대해 이렇게 환대해주어 정말 고맙다. 안사람이 돌아와 내게 말하기를, 최근에 너와 매부가 말도 하지 않고 지낸다고 하더라. 그렇지 않아도 너를 만나 이야기 좀 해보려고 했는데, 뜻밖에도 매부가 나를 오늘 초청했더구나. 누이가 이렇게 한다면 지금까지 한 고생이 아무런 소용이 없는 거야. 자고로 못난 사내는 여편네를 두려워하고, 현명한 부인은 남편을 두려워한다잖아. 삼종사덕[三從四德]이야말로 부녀자의 도리야. 이후에 누이는 매부가 하는 일을 가로막아선 안 돼. 그럼 매부도 크게 잘못된 일은 하지 않을 게야. 그러니 잘 참으면서 고분고분 대해준다면 누이의 현명한 덕이 더욱 드러날 게야."

"어진 덕으로 해결할 것 같으면 사람에게 이렇게 미움은 받지 않을 거예요. 남편에게 돈 많은 여인이 생겼으니, 저 같은 가난한 관리의 딸은 이미 죽어 없어진 셈 치고 있는 거예요. 그러니 오라버니께서도 상관하지 마시고, 저야 어떻게 되든 내버려두세요! 날도둑 같으니라구! 언제부터 그렇게 마음이 변했는지!"

말을 마치고 오월랑은 울음을 터뜨렸다. 오대구가,

"누이, 그건 잘못된 생각이야. 나와 누이는 재물을 가지고 사람을 평가하는 그런 사람들이 아니잖아. 그런 생각은 빨리 버리도록 해. 너희 부부가 사이가 좋아야 우리도 세상에 얼굴을 들고 행세할 수 있잖아!"

하고 월랑을 달래고 있는데, 소옥이 차를 내왔다. 차를 마시고 난 후에 탁자를 준비시켜 오대구에게 술대접을 하려고 했다. 이에 오대구가 말하기를,

"누이, 그만둬. 방금 저쪽 술좌석에서 술과 밥을 잔뜩 먹고 잠시 누이를 보려고 건너온 거야."

이렇게 얘기를 나누면서 잠시 앉아 있는데, 바깥에서 하인이 모시러 왔기에 오대구는 오월랑에게 작별을 고하고 밖으로 나갔다.

그곳에 모인 사람들은 저녁 등불을 켤 무렵에야 돌아갔다. 그날 기생들은 이병아에게서 각자 금무늬가 있는 손수건과 은자 닷 전씩을 받고 모두 기뻐하며 집으로 돌아갔다.

그로부터 며칠 서문경은 이병아의 방에서 지냈다. 그러나 다른 사람은 몰라도 반금련만은 심히 배알이 뒤틀려서 오월랑을 부추겨 이병아와 사이가 틀어지게 만들었다. 그리고 이병아에게 가서는 오월랑을 험담만 하거나, 월랑이 속이 좁다고 말했다. 이병아는 반금련의 술책에 빠진 줄도 모르고 금련을 형님, 형님 하고 부르며 아주 친밀한 관계를 맺었다. 하지만 '사람을 만나 하는 말은 삼 할만 하고, 마음을 죄다 드러내지 말라.' 하지 않았던가.

서문경은 이병아를 부인으로 맞이한 이후에도 두세 차례 횡재를 하여 살림이 풍족해지니, 안팎의 집안을 모두 새롭게 단장했다. 곡식이 창고에 가득하고, 말과 나귀도 무리를 이루었으며, 노비들도 떼를 이룰 지경이었다. 이병아가 데리고 온 하인 천복은 이름을 금동[琴童]으로 고치고, 다시 하인 둘을 사서 한 명은 내안[來安], 다른 한 명

은 기동[棋童]으로 이름을 지어주었다. 그러고는 반금련 방의 춘매, 안채의 옥소, 이병아 방의 영춘, 맹옥루 방의 난향에게는 옷과 머리 장식을 주어 아름답게 꾸미고 바깥채의 서쪽 방에서, 이교아의 동생인 악공[樂工] 이명을 집으로 불러 그 밑에서 노래를 부르고 악기를 다루는 법을 배우게 했다. 춘매는 비파를, 옥소는 쟁을, 영춘은 거문고를, 난향은 호금[胡琴]을 배웠다. 매일 세 차례 차와 식사를 대접하면서 악공을 대우하고, 한 달에 은자 닷 냥을 주었다.

또한 두 칸짜리 가게를 열고 은자 이천 냥을 내어 부[傅]지배인과 분지전에게 위임해 전당포를 열게 했다. 사위인 진경제는 열쇠를 맡아 물품 출입을 맡고, 약재는 취급하지 않도록 했다. 분지전은 오직 장부를 적거나 물건의 무게를 다는 일을 도맡았다. 부지배인이 생약 가게를 감독하고 전당포 쪽도 관리하며 은을 감정하고 사고파는 일을 했다. 반금련이 거처하는 곳 이층에 생약을 쌓아놓고, 이병아가 거처하는 곳 이층에는 선반을 만들어 전당포에서 잡은 옷가지, 머리 장식, 골동품, 서화 등을 쌓아놓았다. 매일 상당한 양의 돈이 나갔다.

진경제는 날마다 아침 일찍 일어나고 밤늦게 자면서 열쇠를 가지고 지배인과 함께 돈이 나가고 들어오는 것을 점검했는데, 출납하고 장부를 정리하는 것이 모두 능통했다. 서문경이 이를 보고 매우 기뻐했음은 두말할 나위도 없다.

어느 날 바깥채 대청에서 사위와 함께 식사하면서 말했다.

"이봐, 자네가 우리 집에서 이렇게 장사를 잘해주고 있는데, 자네 부친께서 동경에서 이 같은 사실을 아신다면 안심하실 테고, 나도 여간 든든하지 않네. 옛말에도 아들자식이 있으면 아들자식에게 의지하고, 아들자식이 없으면 사위에게 의지하라고 하지 않던가? 자네는 누구고, 또 내 딸아이는 누구인가? 뒷날에도 내게 아들이 없다면 이 집 재산은 모두 자네들 부부 것이라네."

그러자 진경제가 공손히 답했다.

"저는 불행하게도 집안에 재난이 있어 부모와 멀리 떨어져 장인어른 댁에 머물고 있습니다. 아버님과 어머님께서 보살펴주시는 크나큰 은혜는 죽었다 다시 살아난다 해도 다 갚을 수 없을 것입니다! 다만 제가 나이가 어려서 세상 물정을 잘 알지 못하니 부디 아버님과 어머님께서 너그러이 봐주시기를 바랄 뿐, 어찌 다른 것을 바라겠습니까!"

서문경은 사위가 말도 잘하고 총명하고 영리한 것을 보고 더욱더 기특하게 여겼다. 그리하여 집안의 크고 작은 일과 편지를 쓰거나 예물 목록을 작성하는 일을 모두 시켰다. 또한 손님이 오면 반드시 진경제도 불러 배석하도록 했으며, 차를 마시거나 밥을 먹을 때에도 항시 함께했다. 그렇지만 누가 알겠는가? 이 애송이야말로 솜 속의 바늘이고 고기 속의 가시로, 언제나 비단 주렴 안의 여인과 아름다운 누각 안의 여인을 몰래 훔쳐보고 있었음을.

동쪽의 사위님 정말로 가련하네.
하물며 젊은 나이에 미소년일세.
손님을 접대할 때 함께 자리를 하지만
평소에는 옆문을 지나갈 뿐
뒤편에서는 희롱하고 즐기며,
겉보기에 멍청한 것은 다 간교라네.
쓸데없이 사람들 앞에서는 사위라 부르지만

본래 골육지간이라면 서로 끌며 유혹하지 않을 터.

東牀嬌婿實堪憐 況遇靑春美少年

待客每令席側坐 尋常只在便門穿

家前院後明嘲戱 呆裡撒乖暗做奸

空在人前稱半子 從來骨肉不牽連

세월은 나는 화살과 같이 흘렀다. 또다시 중추가절[中秋佳節]이
되어 동쪽 담장에 국화가 피기 시작했다. 하늘에는 외로운 기러기가
남쪽으로 날아가고, 어느덧 눈꽃이 땅에 가득하게 되었다. 동짓달 하
순 어느 날 서문경은 친구인 상시절의 집에서 열린 차 모임에 참석했
다. 모임이 일찍 끝나 등불을 켤 무렵도 되기 전에 자리에서 일어나
응백작, 사희대, 축일념과 말을 나란히 하고 길을 나섰다. 상시절의
집 문을 막 나설 때 갑자기 하늘 가득히 검은 구름이 짙게 깔리면서
눈이 펄펄 내리기 시작했다. 응백작이,

"형님, 우리가 이렇게 일찍 집에 돌아가 뭐 하겠어요? 제가 알기에
형님께서는 오랫동안 계저를 보러 가지 않으셨는데, 오늘 이렇게 하
늘에서 눈도 내리고 하니 옛날에 맹호연(당나라의 시인)이 눈을 밟으
며 매화를 찾아 나섰듯이, 우리도 한번 계저를 보러 갑시다."
하자 축일념이 맞장구쳤다.

"응형님 말이 맞아요. 형님께서는 바람이 부나 비가 오나 달마다
스무 냥씩 주어 계저를 먹여 살리고 있잖아요. 그런데 형님이 가시지
않으면 분명히 제멋대로 할 거예요."

서문경은 세 사람이 이같이 말을 하자 말머리를 돌려 이계저가 있
는 동쪽으로 향해 갔다. 이계저의 집에 도달했을 때는 이미 어두워질

무렵이었다. 객실에는 촛불이 켜 있었고, 하녀가 청소를 하고 있었다. 노파와 이계경이 밖으로 나와 인사를 하고 나서 접는 의자 네 개를 내와 손님들을 앉게 했다. 포주 노파가 말했다.

"전에 계저가 댁에서 늦게까지 폐를 많이 끼쳤어요. 게다가 여섯째 마님께서 손수건과 비녀까지 주셨으니 정말로 감사를 드려요."

"그날은 그냥 보냈다오. 너무 늦을까 걱정도 되고 해서 손님들이 돌아가자 바로 돌려보냈지."

이렇게 말하고 있노라니 노파가 차를 내오고, 하녀가 탁자를 놓고 술과 안주를 준비했다. 서문경이,

"어째 계저가 보이지 않지?"

하고 물으니, 노파가,

"계저는 날마다 나리께서 오시기를 기다리고 있었는데, 오시질 않았잖아요. 그런데 오늘은 그 애 숙모 생일이라 가마를 불러 타고 생일을 축하해주러 갔어요."

하고 대답했다.

세상 사람들아, 내 말 좀 들어보소. 원래 세상에서 오직 중과 도사, 기생 이 세 부류 사람들은 돈을 보지 않으면 눈을 뜨지 않는다네. 가난한 자를 싫어하고 부자만 좋아하며, 거짓말을 하고 농간을 부리지 않고는 참지 못한다네.

본래 이계저는 숙모의 생일을 축하하러 간 것이 아니었다. 최근에 서문경이 오지 않자 항주에서 비단 장사를 하는 정상공의 둘째아들인 정이관, 일명 정쌍교와 놀아나고 있었던 것이다. 정이관은 은자 천 냥어치의 비단을 팔러 와서 객점에 눌러앉아 있었다. 그러면서 아버지의 눈을 속여 사창가를 출입하면서 처음에는 은자 열 냥과 항주

비단옷 두 벌을 가져와 이계저를 불러, 연달아 이틀 밤낮으로 데리고 놀고 있었다. 좀 전에도 계저와 함께 방에서 술을 마시고 있었는데, 뜻하지 않게 서문경이 온 것이다. 그래 노파는 다급히 계저를 정이관과 함께 세 번째 건물의 조용한 방으로 건너가 있도록 한 것이다.

서문경은 노파의 말을 듣고 말하기를,

"기왕에 계저가 없다면 할멈은 빨리 술이나 내오도록 해요. 마시며 천천히 기다리지 뭐."

하자 노파는 황급히 주방에 재촉해 술과 안주를 준비해 순식간에 술자리를 마련했다. 이계경이 서둘러 쟁의 기러기발을 늘어놓고 새로운 노래를 불렀다. 무리가 술자리에서 손에 든 것 알아맞히는 놀이나 술 권하는 놀이를 하며 시끄럽게 술을 마시고 있을 때, 서문경은 안채로 들어가 소변을 보려고 했다. 그런데 동쪽 곁방에서 웃음소리가 들려오는 것이었다. 서문경이 소변을 보고 창가로 다가가 몰래 엿보니, 이계저가 방에서 머리에 두건을 두른 남쪽에서 온 자와 술을 마시며 히히덕거리고 있었다.

화가 머리끝까지 오른 서문경은 다짜고짜 안채로 나와 상을 뒤집어엎고, 접시와 술잔을 모조리 깨부수었다. 그러고는 평안, 대안, 화동, 금동 등 하인 넷을 불러들여 불문곡직하고 이씨 집안의 창, 문, 침대, 휘장 등 모든 물건을 다 때려부수게 했다. 응백작과 사희대, 축일념이 달려들어 말렸으나 소용이 없었다. 서문경은 소리를 고래고래 지르며 사내놈을 끌어내 계집과 함께 밧줄로 꽁꽁 묶어 문간방에 가두어버리라고 했다. 원래 이 정이관이라는 자는 소심한 인물로 밖에서 시끄러운 소리가 나자 놀라 침대 밑에 몸을 감추고는,

"계저! 나를 살려줘!"

하고 외칠 뿐이었다. 이에 계저는 담담히 말했다.

"괜찮아요. 어머니가 있으니 별일 없을 거예요! 멋대로 성질을 부리게 내버려두고, 당신은 절대로 나가면 안 돼요!"

노파는 서문경이 때려부수는 것을 보고는 아무 일도 아니라는 듯 천연덕스럽게 지팡이를 짚고 나와 넉살좋게 쓸데없는 말을 했다. 이에 서문경이 더욱 화가 나서 삿대질을 하면서 욕을 하니,「뜰은 향기로 가득하네[滿庭芳]」라는 노래가 이를 알리고 있다.

할멈 당신은 양심도 없이
새 손님 맞고 옛 손님은 내팽개치며
색에 의지해 살아가는 창부라네.
교묘한 말로 속이고 헛된 말을 늘어놓아
이러쿵저러쿵 지껄여댄다네.
내가 당신 집에 쏟아 넣은 돈은 황금으로 천 냥은 되건만
어찌 양 머리를 걸어놓고 파렴치하게 개고기를 판단 말인가.
당신의 그 알량한 말솜씨와
사람을 호리는 여우같음을 욕하며
그 거짓된 창자 한 조각을 끄집어내리라.
虔婆你不良 迎新送舊 靠色爲娼
巧言詞 將咱誆 說短論長
我在你家使勾 有黃金千兩 怎禁賣狗懸羊
我罵你句眞伎倆 媚人狐黨 衡一片假心腸

노파도 이에 응대했으니,

나리! 내 말 좀 들어보소.
나리가 오시지 않으면
나는 다른 손님을 받을 수밖에.
한 가정이 손님에 의지해 살아가며
먹는 것, 입는 것,
모든 것을 손님이 주는 땔감과 쌀에 의지하네.
까닭도 없이 벼락을 치듯 야단을 치지만
우리는 다른 뜻은 전혀 없어요.
자기를 잘 생각해보시지 않다니,
그 애는 매파를 넣어 정식으로 맞이한 부인도 아니잖아요!
你若不來 我接下別的 一家兒指望他爲活計
吃飯穿衣 全憑他供柴糶米
沒來由暴口叫如雷 你怪俺全無意
不思量自己 不是你憑媒娶的妻

서문경은 이 말을 듣고서는 더욱 화가 치솟아 하마터면 이 노파를
후려갈길 뻔했다. 다행히 응백작, 사희대, 축일념이 죽자 하고 말려
겨우 손을 내리게 했다. 서문경은 한바탕 소란을 피우고, 두 번 다시
이 집에 오지 않겠노라고 맹세하고는 큰눈을 맞으며 말을 타고 집으
로 돌아갔다.

기생들이 많고 많건만
집에 돌아가 부인을 안고 자느니만 못하네.
비록 베갯머리에서 정취는 없다 해도

아침까지 자도 돈이 필요 없네.
宿盡閑花萬萬千 不如歸去伴妻眠
雖然枕上無情趣 睡到天明不要錢

또 이르기를,

여자는 길쌈을 하지 않고 남자는 밭갈이도 하지 않으며
오로지 몸을 팔아 살아간다네.
설사 그대가 돈을 말[斗]로 달아 수레를 채운다 해도
포주 할멈의 밑 빠진 항아리를 채우기는 힘들 걸세.
女不織兮男不耕 全憑賣俏做營生
任君斗量幷車載 難滿虔婆無底坑

또 이르기를 이러했으니,

거짓말이 마치 정말 같아서
교묘한 말로 정신을 홀려놓으면
영리한 사람도 그 함정에 빠지니
죽은 후에 마땅히 혀가 뽑힘을 알지어다.
假意虛脾恰似眞 花言巧語弄精神
幾多伶俐遭他陷 死後應知拔舌根

제21화 아름다운 날, 다시 만나네

오월랑은 눈을 쓸어 담아 차를 끓이고,
응백작은 기생 대신 손님을 부르다

가슴속에 상심한 마음은 단지 스스로 되새기며
좋은 인연이 나쁜 인연으로 변하네.
머리를 돌려 장대[章臺]의 버드나무*를 욕하고 나서
옥정[玉井]의 연꽃** 보기가 부끄럽구나.
남녀 간의 사랑이 가볍고 쉽게 누설되어
부부 사이가 서먹서먹해졌네.
그 누가 하늘의 물을 길어와
단번에 전날의 과오를 씻을 것인지.

脈脈傷心只自言 好姻緣化惡姻緣
回頭恨罵章臺柳 赧而羞看玉井蓮
只爲吞光輕易泄 遂敎鸞鳳等閑遷
誰人爲挽天河水 一洗前非共往愆

　　서문경이 기생집에서 돌아왔을 때는 이미 일경(저녁 일곱 시부터
아홉 시 사이)이 지나 있었다. 문 앞에 이르러 하인이 소리를 질러 문

---

* 당대[唐代] 허요좌[許堯佐]의 『유씨전[柳氏傳]』에서 나오는 말로, 장대는 기생들이 밀집해 있던 거리 이름. 후대에 인생 경험이 많은 여자를 일컬어 장대류[章臺柳]라 함. 여기서는 기생 이계저를 가리킴
** 전설상 화산[華山] 산봉우리 연못에 연꽃이 자란다고 하는데 이를 옥정련[玉井蓮]이라 함. 장대류와 반대 의미로 현숙하고 고결한 부인을 일컫는 말. 여기서는 정실인 오월랑을 가리킴

을 열게 하고 말에서 내려 어지러이 쌓인 눈을 밟고 안채의 중문까지 갔다. 중문은 반쯤 열려 있는데 뜰 안에는 사람 소리가 들리지 않았다. 서문경이 속으로 생각했다.

'뭔가 좀 이상한데.'

그래서 중문의 안쪽 벽에 몸을 숨기고 가만히 안의 동정을 살펴보았다. 잠시 뒤 소옥이 나와 복도에 탁자를 내다놓았다. 오월랑이 서문경과 사이가 틀어져 말을 하지 않은 이후로 매달 세 번씩 칠[七]자가 드는 날에 별을 보고 향을 사르면서 하늘에 기도를 올렸는데 오늘이 그날이었다. 부디 남편을 도와 하루빨리 마음을 잡고 집안일을 돌보고, 일찍 아들을 낳아 후사를 이을 수 있게 해달라고 기원했다. 서문경은 이 사실을 모르고 있었던 것이다.

소옥이 향탁[香卓]을 갖다놓자, 잠시 후 오월랑이 옷을 단정히 입고 방에서 나와 향로에 향을 가득 피우고 하늘을 향해 깊숙이 몸을 굽혀 절을 한 후 기원한다.

"저는 오씨의 몸으로 서문가에 시집을 왔습니다. 그러나 남편은 다른 여자들에게 눈이 팔려 아직까지 자식이 없습니다. 저와 첩 등 여섯 명이 있으나 모두 자식이 없어 죽어도 무덤을 돌봐줄 사람이 없습니다. 저도 아침저녁으로 근심 걱정을 하나 어디 하소연할 데가 없습니다. 이에 남편 몰래 날마다 밤이면 해님과 별님, 달님께 소원을 빌기로 했습니다. 부디 남편을 도와 마음을 돌려 일찌감치 허황된 것을 버리고 집안일에 전념케 해주십사 비옵니다. 저희 여섯 명 중 그 누구라도 좋으니 하루빨리 후사를 이어 여생을 편히 지낼 수 있게 해주신다면, 이는 진실로 소첩이 평소에 바라는 바입니다!"

방문을 열고 나가니 밤공기가 맑고
뜰에 향기로운 안개가 가득하고 달이 희미하게 빛나네.
하늘에 가슴속 애틋한 사연을 고하나
뜰 넘어 다른 이가 엿듣는 줄을 모르누나.
私出房攏夜氣清 滿庭香霧月微明
拜天盡訴衷腸事 那怕旁人隔院聽

서문경이 듣지 않았으면 몰라도, 오월랑의 기도를 듣고 속으로,

'여태껏 내가 저 사람을 잘못 알고 괴롭혔구나. 저 사람은 나를 위한 마음으로 가득 차 있으니, 이야말로 진정한 부부가 아닌가!'

이렇게 생각하면서 몸을 숨긴 벽 뒤에서 성큼성큼 걸어나와 오월랑을 껴안으려 했다. 이때 월랑은 향을 거의 다 사르고 있는데, 뜻밖에도 남편이 눈 속에서 걸어나오는 것을 보고 놀라서 곧 방으로 들어가려고 했다. 그러나 서문경이 오월랑을 두 손으로 꽉 껴안았다.

"여보! 이 서문경은 당신을 전혀 모르고 있었어. 당신은 일편단심으로 나를 위해 모든 것을 했는데, 그것도 모르고 여태껏 당신을 냉정하게 대했구려. 지금 와서 후회해도 이미 늦은 게지!"

"큰눈이 내려 문을 잘못 들어오신 게지요. 아마도 이 방이 아닐 텐데요? 저는 현숙하지 못한 음탕한 계집인데 당신과 무슨 정분 관계가 있겠어요? 그런 제가 어찌 나리를 위한다고 그러세요! 공연히 오셔서 뭘 어쩌려고 그러세요? 우리 둘은 영원히 얼굴을 대할 필요가 없잖아요!"

서문경은 오월랑의 말에 개의치 않고 오월랑을 끌어안고 방으로 들어갔다. 등불 앞에서 바라보니 월랑은 평소처럼 노주[潞州]산 붉

은 비단 대금[對衿] 저고리에 엷은 노란 비단치마를 입고 있었다. 머리는 담비털 가죽과 금으로 만든 연못 모양의 머리 장식을 하고 있었는데 복스러운 얼굴이 더욱 드러났다. 거기다 하얀 피부에 윤이 나는 검은 머리카락을 높이 틀어올리고 있었다. 서문경이 그 모습을 보고 있노라니 어찌 사랑스러운 마음이 생기지 않겠는가? 서문경은 급히 오월랑 앞으로 다가가 깊숙이 허리를 숙여 절을 하면서 말했다.

"이 서문경이 잠시 혼미하여 당신의 좋은 말도 듣지 않고 당신의 호의도 저버렸소. 눈이 있어도 형산의 좋은 옥을 보고서야 옥을 알아보는 눈이 생기고, 군자를 안 후에야 비로소 좋은 사람을 알아볼 수 있다는 옛말이 있지 않소. 그러니 제발 나를 용서해주시구려!"

"저는 당신이 마음에 두고 있는 사람도 아니고, 그럴 기회도 없었는데 무슨 좋은 말로 당신께 충고를 하겠어요? 그러니 저를 이 집에서 자유롭게 살도록 내버려두세요. 그리고 당신을 이 방에 머물게 할 수 없으니 빨리 나가주세요. 그렇지 않으면 하녀를 불러 당신을 모셔 나가게 하겠어요!"

"오늘 몹시 화나는 일이 있었어. 큰눈을 맞으며 곧장 집으로 돌아와 당신에게 얘기해주려 한 거야."

"화나는 일이 무엇이든 간에 저한테 말하지 마세요! 전 당신 일에 상관치 않겠으니 당신 말을 들어줄 사람한테 가서 얘기하세요."

서문경은 오월랑이 눈길 한 번 주지 않자 무릎을 꿇고 난쟁이처럼 바닥에 꿇어앉아서 닭 잡을 때 목이 비틀어지면서 나는 애절한 목소리로 '여보 여보' 하면서 부른다. 오월랑은 쳐다보지도 않으면서,

"당신은 정말로 얼굴이 두껍군요! 하녀를 부르겠어요."

하고 소리치며 소옥을 불렀다. 서문경은 소옥이 들어오는 걸 보고 급

히 일어섰다. 소옥을 쫓아낼 방법이 없자 괜스레 말을 걸었다.

"밖에 눈이 내리고 있는데, 향탁은 아직 거두어들이지 않았지?"

"벌써 거두어들였어요."

이를 보고 오월랑이 웃음을 참지 못해 웃으며 말한다.

"부끄러움도 모르는 양반 같으니라구! 하녀 앞에서 무슨 쓸데없는 말씀을 하시는 거예요?"

소옥이 나가니 서문경은 다시 월랑 앞에 무릎을 꿇고 애걸하며 용서를 빌었다.

"다른 사람들이 보지 않는다면 백 년이 지나도 아는 체하지 않을 텐데!"

월랑은 비로소 서문경을 자리에 앉게 하고 소옥을 불러 차를 내오게 했다. 서문경은 오늘 상시절의 집에서 차 모임이 끝난 후 응백작 등과 함께 이계저의 집에 갔다가 이러저러해서 한바탕 소동을 피운 일을 자세히 들려주었다.

"하인들을 불러 그 집안의 물건들을 다 때려부수려고 했는데 사람들이 참으라며 말리지 않겠어. 그래서 맹세를 했지, 다시는 기생집에 출입하지 않기로 말이야."

"당신이 가든 말든 제가 알 바 아니에요. 전 당신같이 멍청한 사람은 상관하지 않을 거예요. 당신이 온갖 금은보화를 쏟아부어 그 계집을 당신 여자로 만들어놨잖아요. 그런 당신이 가지 않으면 그 계집이 다른 남자를 끌어들이리라는 것은 쉽게 알 수 있잖아요? 그게 바로 기생들이 살아가는 방법이에요. 당신이 계저의 몸은 붙잡아 맬 수 있어도 마음은 붙잡을 수 없는 거예요. 그런데 영원토록 계저를 어떻게 가둬놓을 수 있겠어요?"

"당신 말이 맞군."

서문경은 옷을 벗으며 하녀를 내보내고는 오월랑과 함께 침상에 올라 오랜만에 회포를 풀려고 했다. 이에 오월랑이,

"침상에 올라 피곤이나 푸세요. 오늘은 침상에 오르는 것만 허용할 테니, 쓸데없이 다른 생각은 하지 마세요."

하자, 이에 서문경은 자기의 물건을 꺼내 보이면서 오월랑을 향해 장난을 친다.

"당신이 너무 화를 내니 이놈이 중풍이 들어 말을 못하네."

"어째서 당신 물건이 중풍이 들어 말을 하지 못하죠?"

"중풍이 든 것이 아니라면 어째서 눈만 크게 뜨고 아무 말도 못하고 있겠어?"

오월랑이 욕을 하며,

"이런 엉큼한 양반! 내가 눈이 삐었다고 당신 같은 사람을 좋아하겠어요?"

하고 말했으나, 서문경은 아랑곳하지 않고 오월랑의 하얀 다리를 어깨 위로 들어올리고 자기 물건을 월랑의 은밀한 곳에 밀어 넣으니, 마치 꾀꼬리의 모습에 나비가 탐색하듯 비와 구름이 서로 어우러지는 모습으로 좀처럼 쉬지를 않았다.

많은 해당화 가지 위에 꾀꼬리가 급히 모여들고, 비취로 만든 대들보 위에서는 제비가 지저귀는 모습이었으니. 어느덧 두 사람 사이에 감응이 통해 사랑의 극치에 다다르니 사향 냄새와 난꽃 향기가 반쯤 품어져 나오고 연지 향내가 입술에 가득했다. 서문경은 정취가 오르니 낮은 목소리로 월랑에게 '도사님'이라고 부를 것을 요구했다. 오월랑도 목소리를 낮추고 휘장을 바라보는데 좀 전에 광분하여 뒹

굴며 놀던 침대의 흐트러진 모습은 그대로 있으매 어여쁜 입으로 '사
랑하는 당신'이라고 부르기를 그치지 않았다. 이렇게 이날 밤 두 사
람은 격렬한 운우지정을 나누고 머리를 나란히 한 채 휘장 안에서 잠
이 들었다.

　의기가 투합하니 수놓은 허리띠가 풀어지는 것도 알지 못하고, 미
치도록 흥분하니 금비녀가 떨어져도 상관치 않네. 시가 있어 이를 알
리나니,

　　머리는 흐트러지고 비녀는 기울어져 흥에 겨운데
　　정이 깊어지니 밤을 지새워도 좋구나.
　　느지막이 홀로 화장대를 보니
　　담담한 두 눈가는 말할 필요가 없어라.
　　鬢亂釵橫與已饒 情濃尤復厭通宵
　　晚來獨向妝臺立 淡淡春山不用描

　다음 날 아침 일찍 맹옥루가 반금련의 방에 찾아가 문에 들어서기
도 전에 먼저 소리쳐서 부른다.
　"금련, 아직 일어나지 않았어?"
　춘매가 대답했다.
　"우리 마님께서는 좀 전에 일어나 머리를 빗고 계세요. 들어오셔
서 잠시만 앉아 계세요."
　맹옥루가 안으로 들어가 보니 반금련이 화장대 앞에서 긴 머리를
매만지고 있었다.
　"일이 있어 동생에게 알려주려고 하는데, 알고 있는지 모르겠네?"

"저는 이렇게 구석진 곳에 처박혀 있는데, 뭘 알겠어요? 도대체 무슨 일인데 그러세요?"

"나리께서 어제 이경쯤 돌아오셨는데, 바로 안채로 들어가 오[吳]씨 마누라와 화해를 하고 그 방에서 밤을 보냈대."

"우리들이 나리와 그렇게 화해하기를 권해도 '백 년이 가도, 이백 년이 지나도 절대로 그런 일은 없을 것'이라고 하더니, 도대체 어떻게 된 일이죠? 얼마나 음탕하게 꼬리를 쳐댔기에 화해를 했을까? 권한 사람도 없었는데!"

"나도 오늘 아침에서야 알았어. 내 큰 계집종인 난향이 주방에서 하인들이 말하는 걸 들었는데, 어제 나리와 응씨가 이계저의 집에서 술을 마시려고 하다가 그 음탕한 계집의 무슨 나쁜 수작을 발견하시고는 그년 집안의 살림살이며 창문 등 온 집안을 다 때려부쉈다는 거야. 그러고는 잔뜩 화를 내며 큰눈을 맞고 집으로 돌아와 중간 문에 들어서다가 안방 큰양반이 야밤에 향을 피우며 기도를 하는 것을 보았다는 거예요. 생각건대 필히 무슨 말을 들었는지, 둘은 바로 하나가 되더라는 거예요. 하인들 말로는 둘이 밤새 얘기를 하는데, 나리께서는 안방마님 앞에 무릎을 꿇고 '어머니'라고 부르고, 안방마님은 위세 좋게 얘기를 하더라는 거예요. 더러워 죽을 지경이에요! 그 사람이나 하니 다른 말이 없지, 만약 다른 사람이었다면 또 무슨 당치도 않은 날벼락이 떨어졌을지 모르겠어요!"

"이미 큰마누라가 되었으면서, 어째서 아직도 점잖지 못한지 모르겠어? 한밤중에 향을 피워 기도를 하려면 잠자코 축원이나 올릴 일이지, 누구 집이나 할 것 없이 큰소리로 떠벌려 남편이 알게 하다니, 그런 법이 어디 있어요? 게다가 사람들이 권하지도 않았는데 자기

쪽에서 남들도 모르게 몰래 남편과 화해를 하다니. 끝까지 강하게 가야지, 완전히 속임을 당한 거예요!"

"오월랑도 속이려고 한 게 아니라, 나리와 화해를 하고 싶은 마음이 있었는데, 말을 못하고 있었던 거예요. 오월랑 생각에 자기는 큰마누라인데 자기가 화를 가라앉히지 못하고 우리 도움을 받는다면 체면도 있고 또 후에 우리들이 도왔다며 뒤에서 무슨 말을 할지 두려웠던 게야. 게다가 둘이 싸움을 벌였으니, 우리가 화해를 시켰다고도 말을 하기가 어렵고, 이러한 상황에서 기생집에서 잔뜩 화가 나서 집으로 돌아오다가, 마침 향을 피우며 기원을 하던 장면을 본 게야. 바로 '부부 사이는 중매자나 증인이 필요 없고, 몰래 마음이 통하고 있네'라는 거예요. 지금 나와 자네가 쓸데없이 이런 말을 하면서 큰형님 혼자서 나리를 독차지하게 해서는 안 돼. 그러니 자네는 빨리 머리를 빗고 이병아에게 건너가 말을 하게. 우리 둘은 각기 은자 닷 전씩 내고, 이병아에게는 은자 한 냥을 내도록 하게. 이 모든 일이 여섯째 때문에 생긴 일이니 말일세. 그래서 술자리를 준비해 첫째로는 화해한 두 사람을 위해 한 잔을 마시고, 둘째로는 집안에서 사람들과 함께 눈 구경을 하면서 하루를 재미있게 노는 게 어떻겠어?"

"좋아요. 하지만 나리께서 오늘 볼일이 있을지 모르겠군요?"

"이렇게 큰눈이 내리는데 무슨 볼일이 있겠어요? 내가 오면서 살펴보니 둘은 아무런 동정도 없고, 단지 안방 문이 조금 열리고 소옥이 물을 가지고 안으로 들어가던데."

이에 금련은 급히 머리를 빗고 옥루와 함께 이병아가 있는 곳으로 건너갔다. 이때까지 이병아는 잠자리에서 일어나지 않고 있었는데, 영춘이 옥루와 금련이 오는 것을 보고,

"셋째 마님과 다섯째 마님이 오셨어요!"

라고 안에다 전했다. 옥루와 금련은 안으로 들어가 말한다.

"여섯째는 잘도 지내는군! 지금까지 늘어지게 잠자리에 허리를 대고 있다니!"

그러면서 금련이 이병아가 누워 있는 잠자리 안으로 손을 넣어 더듬어보니 따스한 은향구[銀香球](자리를 따스하게 데워주는 자그마한 손화로)가 만져졌다. 이를 보고 금련이,

"동생이 알을 낳았군!"

하면서 이불을 들춰보니 병아의 하얀 피부가 드러나자, 이병아는 급히 옷으로 몸을 가렸다.

옆에서 맹옥루가 말한다.

"금련, 너무 놀려대지 말아요. 여섯째, 빨리 일어나보게. 들려줄 얘기가 있어. 사실은 여차여차해서 나리와 큰마님께서 화해를 하셨다네. 그러니 우리들이 각기 은자 닷 전씩 내고, 자네는 좀 더 내도록 하세. 어찌됐건 이번 일이 자네 때문에 일어났으니 말일세. 그래서 큰눈도 내리고 하니 눈 구경도 할 겸 우리들이 술자리를 마련해서 나리와 큰마님을 초대해 한잔 내는 것이 어떻겠는가?"

"형님들이 얼마를 내라고 말씀만 하시면, 저는 얼마든지 내겠어요."

금련이 말했다.

"그럼 동생은 은 한 냥을 내도록 해. 동생이 돈을 내오는 동안 우리는 뒤채로 가서 이교아와 손설아에게도 돈을 받아올 테니."

이에 이병아는 한편으로 옷을 입고 전족한 발을 감싸면서 영춘을 불러 상자를 열게 하고 은덩이를 하나 꺼내 금련이 이를 달아보니 한

냥 두 전 다섯 푼이었다. 옥루는 반금련으로 하여금 이병아의 머리 손질을 도와주게 하고,

"내 뒤채에 가서 손설아과 이교아한테서 돈을 받아올 테니 기다리고들 있게나."

라며 나갔다. 이에 반금련은 이병아가 세수하고 머리 빗는 걸 보고 있었다. 얼마가 지나 옥루가 뒤채에서 나와 말했다.

"내 진작 알았더라면 이런 일을 하지 않았을 텐데! 모두의 일인데 마치 자기한테만 받으러 간 것처럼 하니! 그 음탕한 년이 말하기를, '나는 재수가 없는 사람인지라 나리께서 내 방 근처에는 얼씬도 하지 않으시는데, 내가 어디에서 돈이 생기겠어요?'라고 하면서 전혀 돈을 내려고 하지 않는 거야! 그래서 겨우 반나절이나 애걸해서 겨우 이 은비녀 한 자루를 가져왔는데 도대체 얼마나 나가는지 달아나 봐요."

금련이 저울을 들고 그것을 달아보니 석 돈 일곱 푼밖에 나가지 않았다. 그러고 나서 물었다.

"이교아, 그쪽은 어떻고?"

"이교아도 처음에는 '저는 없어요. 비록 내 손으로 많은 돈을 출납하고 있지만 모두가 일정한 항목에 맞춰 쓰고 있는 거예요. 얼마가 필요하다고 하면 그 얼마만큼만 돈을 내주고 있는데, 어디에 여윳돈이 있겠어요?'라고 하지 않겠어. 그래서 내가 한참이나 '당신같이 돈을 다루는 사람이 없다고 한다면 우리들 중에 누가 돈이 있겠어요? 유월의 따스한 태양이 당신 집 앞을 지나지 않다니 어떻게 된 일이죠? 모든 사람이 각기 몫이 있다고, 이 집에 살고 있는 모든 사람의 일인데 당신만 내지 않으려고 하세요?'라고 설득하고 화를 내면서 밖으로 나오자 그때서야 당황해서 하인계집을 시켜 나를 다시 안으

로 들어오게 하더니 비로소 이 은을 내와 나한테 주는 거예요. 이유도 없이 나를 이렇게 화나게 만들다니!"

금련이 이교아에게서 가져온 은을 달아보니, 겨우 넉 돈 여덟 푼밖에 되지 않았다. 그래서 욕을 하며,

"간사하고 음탕한 계집 같으니라구! 무엇을 요구하건 간에 사람들에게 제대로 해주는 법이 없이 항상 부족하게 준단 말이야."
하자 옥루가,

"이교아가 돈에 어찌나 인색하게 구는지 사람들이 얼마나 욕을 하는지도 몰라요!"
라면서 옥루와 금련도 함께 은자 석 냥 한 푼을 보태어 한편으로 수춘을 시켜 대안을 불렀다. 금련이 먼저 대안에게 물었다.

"너는 어제 나리를 모시고 나갔는데, 이씨네 집에서 무엇 때문에 그리 화가 나 돌아오신 게냐?"

"상시절 아저씨 집에서 차 모임이 일찍 끝나서 응씨 아저씨가 나리를 청해 함께 이계저의 집에 갔지요. 그런데 이씨의 포주할멈이 이계저가 집에 없고, 친척 생일에 잠시 다니러 갔다고 했어요. 그런데 뜻하지 않게도 나리께서 뒤채로 소변을 보러 가셨다가 그만 그 계집이 남쪽에서 온 장사치와 술을 마시며 놀고 있어서 나오지 못하고 있는 것을 보시고는, 화가 머리끝까지 나신 거예요. 그래서 밖으로 나오셔서는 아무 말씀도 하지 않으시고 저희들을 불러 그 음탕한 계집의 문이며 창, 벽 등을 모두 때려부수게 하고는 그 남쪽에서 온 장사치와 그 음탕한 계집을 함께 문에 묶어두게 하셨지요. 다행히도 나리께서는 응씨 아저씨 등 여러 사람들이 몇 번이나 말린 끝에 겨우 화를 참으시고 집으로 돌아오셨어요. 오는 도중에도 분을 참지 못하시

고 조만간 다시 가셔서 그 음탕한 계집의 버릇을 고쳐주시겠다고 하셨고요!"

반금련이,

"음탕한 계집하구는! 그년이 꿀단지를 오랫동안 잘도 간수하고 있다고 여겼는데, 어째서 제 발로 복을 깨버렸는지 모르겠군."

그러면서 다시 대안에게 묻는다.

"나리께서 정말로 그렇게 말씀하셨니?"

"제가 감히 마님께 거짓말을 하겠어요?"

"요놈이 주둥이만 살아가지고는! 나리께서 이계저를 거들떠보지 않는다고 해도 이계저는 어디까지나 나리의 계집이야. 그런데 네놈이 감히 이계저를 욕하고 있다니! 처음에 우리가 네게 무슨 일을 시켰을 때를 생각해봐. 그때 너는 시간이 없다는 평계를 대면서, '나리께서 제게 계저 아씨의 집에 은자를 갖다 주라고 시키셨어요' 하면서 얼마나 친근하게 부르곤 했니! 그런데 지금 와서 이계저가 어려운 처지에 처하고 나리께서도 화가 나서 이계저를 거들떠보지 않겠다고 하니 네놈까지도 음탕한 계집이라고 부르고 있구나! 내 조만간 이러한 사실을 나리께 말씀을 드릴까 말까?"

"어이구, 이번에는 정말로 해가 서쪽에서 뜨겠네요. 이렇게 이계저의 편을 들고 나오시다니! 나리께서 돌아오는 도중에 욕을 하지 않으셨다면, 제가 어찌 감히 욕할 수 있겠어요?"

"나리께서 욕을 하신다고, 네놈까지도 욕을 한단 말이냐?"

"다섯째 마님께서 저를 그렇게 밉게 보고 계시다니, 저는 이제부터 아무 말도 하지 않겠어요."

맹옥루가 나섰다.

"버르장머리 없는 놈아, 허튼 수작 좀 작작해라. 여기 은자 석 냥 한 푼이 있으니 빨리 내흥과 함께 가서 물건 좀 사오너라. 실은 이러 저러해서 오늘 나리와 큰마님을 모셔 눈을 감상하면서 술을 마시려 고 한단다. 그러니 이 돈에서 적당히 떼어먹도록 해라. 내 다섯째 마 님께 잘 말해서 네가 방금 한 얘기를 나리께 말씀드리지 않도록 해줄 테니 말이다."

"마님께서 시키시는데 제가 감히 중간에서 돈을 떼어먹겠어요?"

대안은 은자를 받아 가지고 내흥과 물건을 사러 나갔다.

한편 서문경은 자리에서 일어나 안방에서 머리를 빗고 있었다. 밖 을 내다보니 큰눈이 내리는데 내흥이 닭과 오리 그리고 먹을 것을 사 와 부엌으로 가지고 가고 뒤를 이어 대안도 금화주[金華酒] 한 동이 를 사서 들어오는 것을 보았다. 그래서 옥소에게 물었다.

"하인애들이 물건을 가지고 오는데, 어디에서 난 거냐?"

"듣자 하니 여러 마님들께서 오늘 술자리를 마련해 나리와 마님을 청해 눈을 감상하려 하신답니다."

서문경이 다시,

"그럼 금화주는 어디서 난 거지?"

하고 물으니 대안이 답했다.

"셋째 마님께서 은자를 주시어 산 것입니다."

"이런! 집안에 술이 있는데 또 술을 샀단 말이냐!"

그러면서 대안에게 일렀다.

"이 열쇠를 가지고 앞채의 광에 가서 말리주[茉莉酒] 두 동이를 가 지고 와서 금화주와 섞어 마시게 해라."

잠시 뒤에 안채 대청에 비단 휘장이 쳐지고 병풍을 펼쳐놓고, 매화 무늬가 있는 발을 치고 화로를 따스하게 피우고 술자리를 준비했다. 또한 부엌에서의 음식 준비도 다 되니 이교아, 맹옥루, 반금련, 이병아가 들어와서는 서문경과 오월랑을 밖으로 청했다. 이교아가 잔을 받쳐들고, 맹옥루가 술병을 들고, 반금련이 안주를 받쳐들고, 이병아는 무릎을 꿇었다. 첫번째 잔은 먼저 서문경에게 권하니 서문경은 술을 받아들고 웃으며,

"아이고, 나의 귀여운 것들 같으니라구, 내게 어른 대우를 해줄 양이면 그냥 큰절이면 돼!"

하니 입빠른 반금련이 재빨리 말참견을 하고 나서면서,

"주책맞은 양반 어르신네하구는! 누가 여기서 당신께 머리를 숙여 절을 한다고 그래요? 우리가 절을 올린다고 해도 당신은 그대로서 계시잖아요. 남쪽 담장에 있는 파가 갈수록 매워지는 것과 같아요. 그래서 아직 무릎은 꿇고 있지 않잖아요! 그러다간 오래 가지도 못할 거예요. 만약 큰마님이 모시고 오지 않았다면 오늘 우리들이 나리께 머리를 숙여 인사인들 제대로 올리겠어요?"

하며 서문경에게 잔을 권했다. 그런 후에 다시 술잔에 술을 가득 채워서는 오월랑에게 건네주었다. 이에 오월랑이 말한다.

"아무 말도 해주지 않아서, 자네들이 평소에 이렇게 신경을 쓰는지 누가 알았겠어?"

옥루가 웃으며 답했다.

"별거 아니에요. 되는대로 약간의 술과 안주를 마련해서 나리와 큰아씨를 모시고 눈 내리는 것을 감상하려는 거예요. 큰마님, 어서 앉으셔서 저희들의 큰절을 받으세요."

월랑은 그녀들의 큰절을 받는 것을 사양하고, 같이 서서 여인네들

과 인사를 주고받으려고 했다. 이에 옥루가,

"아씨께서 앉지 않으시면, 저희들은 일어나지 않겠어요."

라고 서로 한참동안 우기다가 오월랑이 겨우 반절을 받는 것으로 인사를 마쳤다. 반금련이 웃으며,

"오늘 저희들 얼굴을 보시어 나리를 용서해주세요. 만약 다음에 다시 무례를 범하거나 형님을 화나게 만든다면 그때는 저희도 상관을 않겠어요!"

라면서, 서문경을 보며 말했다.

"나리께서는 아직도 뭘 그렇게 잘하셨다고 상석에 떡 버티고 앉아 계시는 거예요? 어서 내려와 형님께 술을 따라드리고 용서를 구하지 않고 뭐하세요!"

이에 서문경은 웃기만 할 뿐 몸은 전혀 움직이지 않았다. 잠시 뒤에 오월랑이 내려와 옥소로 하여금 술병을 들게 하고 여러 자매들에게 답례의 술을 따라주었다. 이때 오직 손설아만이 무릎을 꿇고 잔을 받았고 나머지는 모두 서서 잔을 받았다. 그리고 나서 서문경과 오월랑은 상석에 앉고 나머지 이교아, 맹옥루, 반금련, 이병아, 손설아와 서문경의 큰딸은 양편으로 나누어 앉았다. 반금련이 다시 말한다.

"여섯째, 빨리 큰형님께 잔을 권하지 않고 뭘 하고 있어요? 당초 이 모든 일이 모두 당신 때문에 일어난 건데, 당신은 말뚝처럼 그대로 있기만 하는 거예요!"

이병아는 이 말을 듣고 정말로 자리 아래로 내려와 술을 따라 올리려고 했다. 이를 서문경이 가로막으면서 말한다.

"주둥이만 살아 있는 이년의 말을 듣지 마. 당신을 골려대면서 다

시 술잔을 올리라고 하는데 몇 번이나 더 올릴 거야?"

이병아는 이 말을 듣고 비로소 가만히 있었다. 이때 춘매, 영춘, 옥소, 난향 등 집안에서 익히고 배운 악사들이 비파, 쟁, 현, 거문고를 연주하면서 노래를 부르기 시작했다. 노래는 「남석유화[南石榴花]」 중 「아름다운 날, 다시 만나네[佳期重會]」라는 곡이었다. 서문경이 이를 듣고 바로,

"누가 너희들에게 이런 노래를 부르라고 했지?"

라고 물으니 옥소가,

"다섯째 마님께서 분부하셨어요."

라고 대답했다. 이에 서문경이 바로 반금련을 바라보면서,

"요 못된 계집 같으니라구! 되지 못하게 함부로 주둥이만 놀리고 있다니."

하니, 반금련은 이에 질세라,

"누가 그런 노래를 부르게 했다고 그러세요? 공연히 덮어씌우지 마세요."

하니 곁에 있던 오월랑이,

"그런데 왜 큰사위는 부르지 않았지요?"

라면서 한편으로 하인을 시켜 진경제를 데려오게 했다. 잠시 뒤 진경제가 도착해 자리에 앉아 있는 모두에게 인사를 올리고 부인인 서문경의 큰딸 곁에 앉았다. 이에 오월랑이 소옥을 시켜 술잔과 젓가락을 가져다놓게 하고 온 가족이 화로 주위에 둘러앉아 짐승의 뼈로 만든 숯으로 불을 돋우면서 향기가 그득한 술잔을 끊임없이 주고받았다. 이렇게 한참 술을 주거니 받거니 하면서 마시고 있을 때 서문경이 눈을 들어 주렴 밖을 내다보니 눈이 마치 솜을 뜯어 날리듯이, 버들개

지를 따서 날리듯이, 배꽃이 어지러이 날리듯이 아주 많이 내리고 있
는 것이 정말로 보기에도 좋았다.

처음에는 버드나무꽃 같던 것이, 점차 거위의 털처럼
사각사각 떨어지는 것이 마치 게 여러 마리가 모래 위를 기어가듯
분분히 떨어지는 것이 흡사 물가에 쌓이는 영롱한 구슬 같네.
움직이면 눈송이가 옷을 적시지만
털어도 바로 눈이 소복하게 쌓이네.
날다가는 멈추는 것이 용이 시험삼아 손을 들어 춤을 추는 듯
새로운 힘을 가진 옥녀가 바람을 일으키는 듯하네.
요대[瑤臺] 가까이 이르면 마치 용이 비늘을 말고 하늘로 치솟고
땅 위에서 휘몰아침이 마치 백학이 깃털을 땅바닥에 떨구는 듯
이것이야말로 바로,
두 어깨가 얼고 추위에 전율을 하고
눈 내린 사방을 빛이 흔드니 살아 있는 모든 꽃들도 얼어붙누나.
初如柳絮 漸似鵝毛
刷刷似數蟹行沙上 紛紛如亂瓊堆砌間
但行動衣沾六出 頃刻拂滿峰鬚
似飛還止 龍公試手於起舞之間
新陽力 玉女尙喜於團風之際
襯瑤台 似玉龍鱗甲遠空飛
飄粉額 如白鶴羽毛接地洛
正是 凍合樓寒起粟 光搖銀海燭生花

오월랑은 흰 벽 앞에 있는 태호석(강소태호에서 나는 일종의 정원 장식돌)에 눈이 두껍게 쌓이는 것을 보고는 의자에서 일어나 소옥에게 찻주전자를 들고 오게 해 친히 쌓인 눈을 쓸어 담고 강남 작설차를 끓여 사람들에게 권했다.

백옥 같은 찻주전자 속에서는 푸른 파도가 출렁이고, 자색의 찻잔에서는 푸른 향기가 품어져 나누나.

이렇게 차들을 마시고 있을 때 대안이 들어와 아뢰었다.

"이명이 와서 밖에서 기다리고 있습니다."

"들어오게 해라."

오래지 않아서 이명이 들어와 사람들을 향해 머리를 조아려 깊숙이 인사를 올리면서, 다시 손을 내리고 한쪽 무릎을 꿇으며 공손하게 인사를 올린 후에 한옆으로 물러서 두 발을 가지런히 하고 섰다. 서문경이 물어보았다.

"마침 잘 왔다. 어디 갔다 오는 길이냐?"

"별로 특별한 데가 아니고 북쪽 주착문에 있는 유씨 환관댁에 아이들을 가르치는 일이 있어 좀 봐주러 갔어요. 그런데 나리댁 아씨들이 아직 제대로 노래와 박자를 맞추지 못하고 있어 마음에 걸렸거든요. 그래서 좀 봐드리려고 왔어요."

이 말을 듣고 서문경은 손에 든 목서금등차[木犀金燈茶](계피나무와 귤을 보태 만든 차)를 주고 마시게 하면서 말했다.

"마시고 가지 말고, 내게 노래 한 곡조 불러주렴."

"잘 알겠습니다."

이명은 차를 다 마시고 위로 올라와 쟁의 줄을 고르고 목소리를 다듬은 후에 발을 위로 향해 가지런히 모으고 「동강도춘[冬絳都春]」

이라는 곡 중 「차가운 바람 들녘에 가득하니[寒風布野]」를 부르기 시작했다. 노래를 마치자 서문경은 이명에게 앞으로 오게 해 술을 주며 마시게 했다. 또한 소옥을 시켜 닭 벼슬 모양의 술병에 술을 가득 따르게 하고, 복숭아 모양의 은 법랑술잔에 술을 따르게 했다. 이에 이명은 땅에 무릎을 꿇고서 석 잔을 연거푸 받아 마셨다. 서문경은 다시 상 위에 있는 흰 떡 한 접시와 부추와 새콤한 죽순에 조개를 넣고 끓인 국 한 대접, 통통하게 살이 오른 거위 한 접시, 향기가 솟아나는 마른 고기 한 접시, 갓 쪄낸 생선 한 접시, 양젖에 담가 만든 비둘기요리 한 접시를 쟁반에 담아 이명에게 주었다. 이에 이명은 쟁반을 받아들고 아래로 가서 볼이 터져라 게걸스럽게 먹어 쟁반에 담긴 것은 하나도 남기지 않고 게 눈 감추듯이 깨끗하게 먹어치우고는 비단 손수건으로 입 주위를 닦고 위로 올라와 몸을 바로 세우고는 문 곁에 섰다. 서문경이 지난번 이계저의 집에서 있던 일을 한 번 더 말했다. 이를 듣고 이명이 답한다.

"소인은 전혀 몰랐어요. 최근에는 그쪽에 가지 않았거든요. 사실 그 일은 계저와는 상관없고 모두가 그 포주 할멈이 꾸민 일일 거예요. 그러니 나리께서는 계저를 너무 탓하지 마세요. 나중에 제가 계저를 만나면 잘 말할 테니까요."

그날 서문경과 부인들은 일경(저녁 일곱 시에서 아홉 시 사이)까지 마시고 놀면서 본처와 첩들이 모두 어울려 즐겁게 놀았다. 그러다가 진경제와 서문의 딸이 먼저 일어나 바깥채로 나갔다. 술이 적당히 올랐고 기분도 한참 들떠 있어서 서문경은 다시 이명에게 술을 상으로 내리고 이명이 나가려고 할 때 분부했다.

"거기 가거든 절대로 여기 왔었다는 말을 해서는 안 된다."

"잘 알겠습니다."

서문경은 하인들을 시켜 이명을 전송하고 문을 닫게 했다. 이에 다른 여인들도 모두 흩어져 자기 거처로 돌아가고 서문경은 여전히 오월랑의 방에서 잠을 잤다.

붉은 끈으로 묶인 부부의 인연은 의심할 수 없어라.
어려움을 함께 겪은 부부가 이곳에서 껴안고 있네.
물고기가 물을 만나는 것이 이로부터 시작되니
둘의 애정이 백 년이 넘도록 영원하기를.
赤繩緣分莫疑猜 屢屢夫妻共此懷
魚水相逢從此始 兩情願保百年諧

이튿날은 눈이 그치고 날씨가 쾌청했다. 응백작과 사희대는 이계저의 집에서 구운 오리고기와 술을 대접받았는데, 이는 이씨 집에서 서문경이 화를 내 자기들 집을 박살낼 것이 두려워 미리 선수를 쳐서 서문경을 청해 용서를 빌려는 것이었다. 오월랑은 일찍 일어나 머리를 빗고 화장을 마치고 때마침 서문경과 함께 방에서 떡을 먹던 참이었다. 이때 대안이 들어와 말한다.

"응씨 아저씨와 사씨 아저씨가 오셔서 지금 대청에서 기다리고 계십니다."

서문경은 이 말을 듣고 먹던 떡을 내려놓고 바로 밖으로 나가려고 했다. 이에 오월랑이,

"물귀신 둘이 또 무슨 일 때문에 왔는지 모르겠네요? 드시던 거나 잡숫고 나가도록 하세요. 잠시 기다리게 하시면 되지, 뭐가 그리 급

해 허겁지겁 밖으로 나가려고 하세요? 이렇게 큰눈이 내렸는데 또 어디로 꼬여 갈려고 그러는지 모르겠네요!"

했으나, 서문경은 못 들은 체하고 말한다.

"당신은 하인들을 시켜 이 떡을 밖으로 내가도록 이르구려. 내 밖에서 두 사람과 함께 먹을 테니."

말을 마치고는 몸을 일으켜 밖으로 나가려고 했다. 이에 오월랑이 다시 말하기를,

"응씨랑 사씨와 함께 먹는 건 좋은데, 둘의 말을 믿고 함부로 따라 나서면 절대 안 돼요. 이렇게 큰눈이 내렸으니 집안에 계시도록 하세요. 게다가 오늘 저녁에는 맹아우의 생일 축하연을 열 테니까요."

하자 이 말을 듣고 서문경은,

"잘 알겠소."

하고는 밖으로 나가 응씨와 사씨를 만나 인사를 나누었다. 서로 인사를 나눈 후에 응백작이 말한다.

"형님께서 그렇게 화를 내고 돌아가시고 저희도 매우 엄하게 잘못을 다그쳤어요. 즉 '전에도 그랬고 앞으로 그러하겠지만 형님께서 너희 집에서 돈을 쓰고 물건을 대주시는 분인데 잠시 안 오신다고 약속을 어기면 되겠느냐. 계저가 몰래 외간남자와 내통을 하게 하다니 이 얼마나 화가 나는 일이냐? 원수는 외나무다리에서 만난다고 나리께 들켜버렸으니 어찌 화를 내지 않겠느냐! 형님만이 공연히 화를 내는 것이 아니라 우리들도 화가 나서 그냥 넘길 수가 없단다!'라고 하면서 할멈을 마구 혼냈죠. 그랬더니 할멈이 정말로 그럴 생각이 없었다면서 매우 죄송스럽다고 하더군요. 그러더니 오늘 아침 저희 둘을 자기 집으로 초대해 땅에 무릎을 꿇고 애걸복걸하면서 나리께서 매우

화가 나서 가셨으니 제발 말씀을 잘 드려 한번 모시고 와서 사죄의 술을 대접할 수 있게 해달라고 부탁하더군요."

"내가 화를 내기는. 여하튼 두 번 다시 가지 않을 테니까."

이에 백작이 말하기를,

"형님이 화를 내시는 것도 당연히 일리가 있어요. 그렇지만 이번 일은 계저와는 상관이 없는 거예요. 본래 정이관이란 놈은 계저의 누이인 계경의 기둥서방으로 계저를 부른 게 아니었어요. 단지 그놈의 부친이 짐을 실은 배가 그놈과 한 고향 사람인 진남생의 배와 함께 들어온 모양이에요. 이 진남생의 호는 양회[兩淮]라는 자로서 바로 비산성[秘山省] 진삼정[陳參政](삼정은 지금의 부지사급 행정관리)의 아들이지요. 정이관이 은자 열 냥을 가지고 계저의 집에 와서 술상을 차려놓고 진남생을 청할 생각이었지요. 그래서 돈을 가지고 오다가 뜻밖에도 우리와 마주친 것이라 당황은 되고 마땅히 몸을 숨길 곳은 없자 그 남쪽의 장사꾼을 안채로 숨긴 것인데 공교롭게도 형님 눈에 띄게 된 게지요. 정말이지 계저와 함께 잠자리를 한 적은 없다고 하더군요. 오늘 그 할멈이 몸을 걸고 하늘에 맹세하고, 머리를 수십 번 조아리며 저희들에게 제발 이 같은 사정을 나리께 잘 말씀드려서 한 번 들르시게 해서 그간 쌓인 오해와 화를 반만이라도 풀어드릴 수 있게 해달라고 통사정을 하더군요."

"나는 이미 안사람에게 두 번 다시 그곳에는 가지 않겠다고 맹세했어. 그러니 뭐 때문에 화를 내겠느냐? 자네들이 거기 가거든 공연히 헛수고하지 말라고 전해주게. 나는 오늘 집안에 일이 좀 있어 갈 수가 없네."

이 말을 듣고 둘이 황급히 무릎을 꿇으면서,

"형님께서는 무슨 말씀을 그렇게 하십니까? 만약 형님께서 가지 않으신다면 그 노파가 우리를 붙들고 그렇게 부탁했는데, 저희들이 제대로 말씀드리지 못한 게 되니 제발 저희 얼굴을 봐서라도 가셔서 잠시 앉기만 했다가 와주세요."

하면서 애걸복걸하니, 서문경도 할 수 없이 승낙했다. 그러고 나서 탁자를 내려놓고 떡을 준비해 두 사람에게 먹도록 했다. 다 먹고 나서 대안에게 안채로 들어가서 옷을 가져오라고 시켰다. 오월랑은 이때 맹옥루와 함께 앉아 있다가 대안에게 물었다.

"나리께서 어디를 가시려고 하느냐?"

"잘 모르겠어요. 아무 말씀도 안 하시고 단지 옷을 내오라고만 하셨어요."

이에 오월랑은 욕을 해댔다.

"요 버르장머리 없는 놈이! 아직도 나를 속이고 바른 말을 하지 않다니. 만약 나리께서 저녁에 늦게 들어오시면, 모든 책임이 너한테 있는 줄 알고 있거라. 그땐 내 너에게 적절한 대가를 지불해줄 테니 기다리고 있거라! 여하튼 오늘은 여기 있는 셋째 마님의 생일잔치가 있으니 빨리 모시고 돌아오도록 해라. 날이 어두워지기 전에 모시고 돌아와야 한다. 그렇지 않았다가는 내 네놈을 가만두지 않을 테다. 잘 알겠느냐?"

"마님이 저를 때리신다고 해도, 제가 어떻게 그 일을 할 수 있겠어요?"

"도대체 무슨 일인지 모르겠지만, 그들 귀신들이 왔다는 소리만 들으면 죽자 사자 하고 만사를 제치고, 밥을 먹다가도 밥을 내팽개치고 밖으로 나간단 말이야. 그러다가 한번 끌려 나가면 언제 돌아올지도 모르게 밖에서 쏘다니고 다니니!"

때는 바야흐로 동짓달 스무엿샛날, 바로 맹옥루의 생일날로 집안에서는 술과 음식 등을 준비했다.

한편 서문경은 응과 사씨 등에게 이끌려 이계저의 집에 도착해보니 이씨의 집에서도 이미 집안에 술과 안주를 한 상 잘 차려놓고 기녀 두 명을 불러 악기도 타고 노래도 부르게 했다. 이계저와 이계경 둘은 곱게 치장을 하고 서문경 일행을 맞이하고, 노파가 급히 나와 무릎을 꿇고 사죄의 인사를 한 후에 둘을 시켜 술을 따라 올리게 했다. 응백작과 사희대는 곁에서 이를 보고 농담을 하거나 비아냥거리면서 계저를 향해 말했다.

"내가 일껏 입술이 닳도록 반나절이나 애걸하여 겨우 사랑하는 님을 모시고 왔는데, 이제 와서는 나를 거들떠보지도 않고 술 한 잔조차 권하지 않는단 말이냐! 네 눈에는 네가 사랑하는 님만 보인단 말이냐? 만약 방금 나리께서 고집을 부려 오지 않았다면, 너는 울어서 눈이 퉁퉁 부었을 테고, 그렇게 되면 결국은 눈이 멀어 남의 집 앞에서 노래나 부르며 살아갈 것이고, 그때 가서는 아무도 너를 원하지 않게 될 것이다. 단지 나만이 네게 몇 마디 좋은 말을 해줄 게다."

이 말을 듣고 계저가 욕을 했다.

"이 거지발싸개 같은 응영감이! 누가 당신 같은 사람 거들떠보기나 한대요! 내 하도 어이가 없어 욕도 안 나오네. 내가 왜 남의 집 앞에서 동냥질을 한다고 그래요?"

"요 음탕한 계집 보게나! 경을 읽고 나서는 중을 때린다고, 울며불며 나리를 모셔와달라고 애걸복걸할 때는 언제고, 이제는 나를 이렇게 무시하다니! 만약 나리가 오지 않았으면 아무 일도 못했을 것이,

이제 나리께서 오셨다고 나리를 믿고 큰소리치기는. 자, 그러지 말고 이리 와서 내 차가운 입술을 너의 따스한 입술로 좀 데워주렴!"

그러고는 다짜고짜로 목을 빼 계저의 입을 맞추려고 했다. 계저가 웃으면서,

"이 돼지같이 더러운 양반이! 밀려서 나리의 옷에 술을 쏟았잖아요!"

하니, 백작이 다시 웃으면서 말했다.

"요 음탕한 계집아! 공연히 허튼 수작 부리면서 나리께 아양 떨지 마라. '밀려서 나리의 옷에 술을 쏟았잖아요'라고 하고 '나리, 나리' 하면서 온갖 애교를 부리면서 지랄을 떨고 있는데, 그럼 나는 계모 밑에서 자랐단 말이냐? 왜 나는 그렇게 친근하게 부르지 않는단 말이냐?"

"그럼 저는 나리를 '나의 귀여운 아이야' 하고 부르겠어요!"

백작이 다시 너스레를 떤다.

"너 이리 와봐라. 내 너에게 재미있는 얘기를 해줄 테니. 옛날에 게와 개구리가 의형제를 맺고서는 개울을 뛰어넘는 쪽이 형이 되기로 했지. 개구리가 몇 번을 뛰어넘었고, 게가 뛰어넘으려고 할 때 여자 두 명이 물가로 물을 길러 왔다가 게를 보고는 새끼줄로 게를 묶어놓고 물을 길어 돌아갈 적에 가져가려고 했지. 그런데 갈 때 깜박 잊고서는 가지고 가지 않았어. 개구리는 건너편 게를 보고 '어째서 건너오지 않고 있니?' 하니 게가 '나는 건너가려고 했는데 음탕한 두 년이 나를 이렇게 묶어놓는 바람에 건너지 못하고 있단다'라고 했단다."

이에 두 자매는 일제히 달려들어 응백작을 때렸다. 이를 보고 서문경은 참지 못해 웃음을 터트렸다. 서문경과 응씨, 사씨가 미녀들에

파묻혀 질펀하게 논 이야기는 이쯤 해두자.

한편 집에서는 오월랑이 첫째로는 어제 손아래 동생들이 준비해준 술좌석에 답례를 하기 위함이고, 둘째로는 셋째인 맹옥루의 생일을 축하하기 위해 잔칫상을 준비했는데, 친정 큰올케(오대구의 부인)와 양씨 고모 그리고 비구니 둘이 안방에 자리를 잡고 앉아 있었다. 해가 질 무렵이 되어서도 서문경이 집에 돌아오는 기미가 보이지 않자 오월랑은 속으로 안달이 나서 어찌할 바를 모르고 있었다. 이때 반금련이 이병아를 이끌고 들어오면서 오월랑을 향해 생글거리며 말한다.

"큰형님, 나리께서 아직까지 돌아오시지 않고 있으니 저희가 문밖까지 나가서 나리께서 오시는지 보고 오겠어요."

"귀찮게 뭘 나가보겠다고 그래?"

이에 반금련은 다시 맹옥루를 잡아끌면서,

"우리 셋이 다 함께 나가봐요."

하니 옥루가,

"나는 여기에서 스님께서 해주는 우스운 얘기나 듣고 있겠어요. 듣고 나서 같이 나가요."

하자 반금련도 발걸음을 돌려 잠시 비구니가 들려주는 얘기를 듣기로 했는데 비구니 가까이로 다가가면서 말한다.

"우리들은 좀 야한 이야기를 좋아해요. 그러니 민숭민숭한 것은 하지 마세요."

이 말을 듣고 오월랑이 말한다.

"스님이 하는 대로 내버려둬요. 공연히 억지 얘기를 해달라고 하지 말고."

이에 다시 반금련은,

"큰형님! 형님은 이런 스님들이 그런 얘기를 얼마나 잘하는지 모르시는군요! 전에 왔을 적에 안채로 모셔다놓고 재미있는 얘기를 많이 들었어요."

라면서 재촉했다.

"스님, 빨리 이야기를 시작하세요."

비구니는 조금도 서두르지 않고 온돌 위에 앉아서 이야기를 시작했다.

"어떤 사람이 길을 가다가 호랑이를 만나 잡아먹히게 되었지요. 이때 이 사람이 말하기를 '제발 목숨을 살려주십시오. 집에 여든 먹은 어머니가 계신데 돌봐드릴 사람이 아무도 없습니다. 대신 집에 돼지가 한 마리 있으니 그것을 드리겠습니다!' 하자 호랑이는 이 말을 듣고 사내를 살려주고는 사내를 따라 집으로 왔어요. 어머니께 사실을 말씀드렸는데, 마침 어머니는 두부를 만들던 참이고 차마 돼지를 주기는 아까워서 아들을 보고 '이 두부 몇 덩이를 호랑이에게 주려무나!' 하니 아들이 '어머니, 호랑이는 이런 담백한 것을 별로 좋아하지 않는다는 걸 잘 모르고 계시군요'라고 하더랍니다."

이를 듣고 반금련이,

"이건 너무 시시해요. 이런 점잖은 것 말고 좀 재미있는 걸로 해주세요."

하자 왕씨 성을 쓰는 비구니가 이에 다시 얘기했다.

"한 집에 며느리가 셋이 있었는데, 셋이 시아버지의 생일잔치를 차렸지요. 맨 처음에 큰며느리가 잔을 따라 올리면서 말하기를 '아버님께서는 마치 벼슬을 하시는 분 같아요' 하니 시아버지가 '어째서 내가 벼슬아치 같다는 말이냐?' 하자 며느리가 다시 '윗자리에 앉아 계셔서 집안사람들 모두 무서워하고 있으니 그래서 벼슬아치 같다는 거예요' 했어요. 다음으로 둘째며느리가 잔을 올리면서 '아버님은 마치 무서운 포졸 같으세요' 하니 시아버지가 묻기를 '내가 어째서 무서운 포졸 같다는 말이냐?' 하니 며느리가 이르기를 '아버님께서 한번 크게 소리를 지르시면 집안의 온 사람들이 모두 놀라니, 어찌 무서운 포졸 같지 않겠어요' 하자 시아버지는 '네 말이 맞구나' 하셨지요.

셋째며느리 차례가 되어 잔을 올리면서 이르기를 '아버님은 관리 같지도 않고, 포졸 같지도 않습니다'라고 하자 이에 시아버지는 묻기를 '그럼 내가 무엇 같단 말이냐?' 하자 며느리는 '아버님께서는 외랑[外郎](송대 이후 아문[衙門] 중에서 일을 보던 서리[書吏]) 같아요' 했어요. 이에 다시 그 이유를 물으니 '만약 외랑 같지 않으시면 어떻게 육방[六房](본래는 이[吏], 호[戶], 예[禮], 병[兵], 형[刑], 공[工]을 가리키나 이 말은 시아버지가 며느리의 방마다 모두 들어감을 빗대고, 다른 한편으로는 서문경이 처첩 여섯 명을 거느리고 있음을 빗대어 말하는 것임)에 모두 드나들 수 있겠어요'라고 했답니다."

이 말을 듣고 모든 사람들이 웃음을 터트렸다. 반금련이,

"이런 까까중이 우리를 모두 놀리고 있다니! 어느 외랑이 그리 대담하단 말이지? 또한 외랑이 각 방에 들어오도록 누가 허락한단 말인가? 만약 함부로 들어온다면 그놈의 물건을 싹뚝 잘라버릴 테야!" 하고는 맹옥루와 반금련, 이병아는 함께 대문 있는 데로 가서 서문경이 오는 것을 기다려보았지만 오지 않았다. 옥루가 묻기를,

"오늘같이 눈이 많이 내리는 날에 나리께서는 집에 계시지 않고

어디를 나가신 게지?"

하자 반금련이,

"내 추측하건대 틀림없이 계저 그 음탕한 계집의 집에 가셨을 거예요."

하니 옥루가 다시 말했다.

"그렇게 한바탕 난리를 치르고, 다시는 가지 않겠다고 맹세하고 또다시 거기 간단 말이에요? 우리 내기해요. 분명히 거기는 가지 않았을 거예요."

"그럼 병아 동생이 증인이 돼줘요. 나랑 내기를 하겠다고요? 나는 오늘 계저의 집에 갔을 거라고 생각해요. 며칠 전에는 그년의 집에서 대판 큰 소동을 벌였고, 어제는 이명 그 못된 놈이 와서 여기 동태를 살펴보고 돌아갔잖아요. 오늘은 다시 응가와 사가 두 귀신이 아침 일찍부터 와서 나리를 꼬여내 끌고 갔잖아요. 내 추측건대 고 앙큼한 계집과 늙은 할망구가 잔꾀를 써서 일을 꾸민 거예요. 온갖 방법을 써서 잘못을 빌어놓고는 일을 다시 원점으로 돌려 온갖 단물을 빼먹으려고 하는 거예요. 그러니 언제까지 들러붙어 있을지 그 누가 알겠어요. 갈 때는 맘대로 갔지만 올 때는 마음대로 올 수 없을 걸요? 큰형님께서는 계속 나리께서 돌아오기만을 기다리고 계시지만 말이에요!"

옥루가,

"그렇지만 못 올 것 같으면, 하인을 시켜 알려주시면 좋을 텐데."

이렇게 말하고 있을 때 수박씨를 파는 장수가 지나가기에 수박씨를 사서 까먹고 있었다. 그러고 있노라니 갑자기 동쪽에서 서문경이 나타나기에 셋은 바로 따라서 안으로 들어갔다. 서문경이 말 위에서 대안을 시켜 먼저 안으로 들어가라고 이르면서 말했다.

"가서 문 앞에 누가 서 있는지 보아라."

대안이 두세 걸음을 가보고는,

"셋째, 다섯째, 여섯째 마님께서 문 앞에서 수박씨를 사고 계세요."
라고 하자 이 말을 듣고 서문경은 바로 말에서 내려 중문을 통해 안
으로 들어갔다. 옥루와 이병아는 먼저 부엌에 들렀다가, 오월랑에게
서문경이 돌아왔다는 사실을 알리러 갔다. 반금련은 혼자 몰래 벽 뒤
의 어둠 속에 몸을 숨기고 있었다. 서문경이 금련과 마주치고는 깜짝
놀라며 말한다.

"요 앙큼한 년이! 놀랐잖아! 그래 문 앞에서 무슨 짓들을 하다가
오는 거야?"

"아직도 무슨 할말이 있다고 그러세요! 그곳에 가서 잘 놀다가 이
제 오시면서. 그래서 저희들이 문 앞에서 얼마나 기다렸는지 아시기
나 하세요?"

이렇게 말을 하자 서문경도 머쓱해 아무 말도 하지 못했다. 서문
경이 방에 들어가니 오월랑은 이미 술과 안주를 잘 마련해 탁자 위에
차려놓고 있었다. 옥소로 하여금 술병을 들게 하고는 우선 먼저 서문
경에게 잔을 올리게 하고, 그런 다음에 다른 마님들에게 차례로 잔을
올리게 한 후에 자리를 잡고 앉았다. 춘매, 영춘이 아래쪽에서 연주
를 하며 노래를 불렀다. 한 잔씩 마신 다음에 모든 것을 거두어가고
새롭게 옥루의 생일 잔칫상을 차렸는데 과일과 안주가 마흔 가지나
올라왔다. 술병에는 맛난 술이 가득하고, 술잔에는 향기 그윽한 술이
넘쳤다. 그러다가 오월랑의 올케는 술을 잘 못한다면서 안으로 들어
갔다. 단지 오월랑과 다른 여인들만이 남아서 서문경과 같이 항아리

에 주사위를 던져 넣는 놀이나, 서로 돌아가면서 『서상기』의 한 구절을 따다가 시를 짓는 놀이를 하며 재미있게 놀았다. 시를 짓는 놀이에서 오월랑의 차례가 되자 오월랑이 말하기를,

"육낭자[六娘子](곡패명)로군. 술에 취한 양귀비는 팔주환을 떨어뜨리고, 아지랑이는 겨우살이풀 시렁에 걸렸다(여러 처첩의 관계가 복잡함을 암시)."

라며 다시 골패를 흔들었으나 맞지 않아 다음은 서문경의 차례가 되었다. 서문경은,

"우미인[虞美人](곡패명)이로군. 초한의 싸움을 보니 정마군이 상하고, 오직 귓가에는 북소리만 천지를 진동하네(서문경을 에워싼 처첩 간의 다투는 소리가 끊이지 않음을 암시)."

하면서 골패를 고르니 정말로 정마군이 나와 모두들 술을 한 잔씩 마셨다. 다음은 이교아의 차례다.

"수선자[水仙子]로군요. 두 선비(반금련과 이병아가 처첩의 일원으로 들어옴을 암시)가 도원에 들어와 처음에는 꽃 피고 나비가 가득함에 놀랐지만, 꽃이 떨어져 땅에 가득하고 연지도 차가워지네(이교아 자신의 냉대받는 처지를 한탄)."

이것은 낙방이었다. 다음은 반금련이 던질 차례다.

"포노아[鮑老兒]로군요. 나이 들어 꽃이 우거진 곳으로 들어가 삼강오륜을 망쳐놓았구나. 묻노니 간부가 아니면 도적이 아닌가 하고(반금련과 진경제의 비정상적인 관계를 암시)."

과연 삼강오륜을 골라서 다시 술을 한 잔 마셨다. 다음은 이병아 차례다.

"단정호[端正好]로군요. 사다리를 밟고 올라 달을 바라보며 봄날

의 낮과 밤이 정지하기를 기다리네. 그때는 울타리를 사이에 두고 있어 망부산[望夫山]으로 변할 뻔했네(이병아가 오랫동안 서문경의 사랑을 갈구하고 있음을 암시).”

이것도 맞지를 않았다. 다음은 손설아의 차례다.

“마랑아[麻郞兒]로군요. 까마귀 떼가 봉황을 때리고, 또다시 다리 부러진 기러기에 대드는 것을 보나 내가 둘을 다 구할 수는 없구나(손설아 자신의 처지를 암시).”

이것도 틀렸고, 다음은 마지막으로 맹옥루의 차례다.

“염노교[念奴嬌]로군요. 취해 사홍침에 기대서 비단 치맛자락을 질질 끈다. 아마도 춘풍을 얻어 금박 뿌린 휘장을 얻으리라(자신이 서문경과 이날 밤에 함께 잠자리를 할 수 있음을 암시).”

라고 말하면서 사홍침[四紅沈]을 골랐다. 이렇게 노래 짓는 것을 마치자 오월랑은 소옥에게,

“셋째 마님께 술을 따라드려라.”

그러고는 맹옥루에게 말하기를,

“자네는 큰 잔으로 석 잔을 마셔야 하네. 오늘 밤에는 새신랑과 함께 잠자리를 할 테니 말일세.”

그러면서 이교아와 반금련에게 이르기를,

“술을 다 마시면 자네들이 둘을 방으로 잘 모셔다드리게.”

하자 이에 반금련이 웃으면서,

“큰형님의 명령이신데 저희들이 감히 어길 수가 있겠습니까!”

하니, 이를 듣고 맹옥루는 부끄러워 어찌할 줄 몰라 했다. 잠시 그렇게 술들을 마시며 놀다가 술이 어느 정도 오르자 오월랑 등은 서문경을 옥루의 방까지 바래다주고는 돌아갔다. 옥루가 잠시 앉았다 가라

고 붙잡았으나 모두들 그냥 돌아갔다. 단지 반금련만이 옥루를 놀리면서 말했다.

"나의 귀여운 아기야. 둘이 잘 자거라. 내일 이 어미가 보러 올 테니 너무 장난들 하지 말고."

그러면서 오월랑을 향해,

"어머니, 아이들이 아직 나이가 어려 철없이 놀더라도 너그러이 봐주세요."

하자 옥루가 말한다.

"다섯째 형님, 너무 시샘하시는 것 아니에요? 제가 내일 아침에 오늘 이렇게 노시는 것에 대한 답례를 해드릴게요."

"나는 이미 이런 일에 이골이 나서, 자네가 무슨 수로 복수를 한다고 해도 겁나지 않아!"

"귀여운 나의 아이야! 좀 더 놀다 가지 않으련?"

"우리들은 모두 다 같은 편이잖아요."

금련은 이렇게 말하면서 이병아와 서문경의 딸과 함께 나갔다. 그러다 중문쯤에 이르러 이병아가 미끄러져 넘어졌다. 이에 반금련이 놀라 소리를 지르며,

"아이고! 병아 동생은 장님 같다니깐! 몸이 뒤뚱거리다 넘어지다니. 자네를 붙들려고 하다가 내 발도 눈에 빠지고, 그래서 내 신까지도 진흙투성이가 돼버리지 않았나!"

하자 이를 오월랑이 듣고서는,

"중문 앞에 눈이 쌓여 있어서 그랬군. 내 두 차례나 하인들에게 눈을 치우라고 일렀건만, 요놈의 자식들이 말을 듣지 않고 내버려두더니 결국은 미끄러지고 말았군."

하면서 소옥을 불러,

"등불을 들고 다섯째와 여섯째 마님을 모셔다드리도록 해라."

하고 분부했다.

서문경은 방에서 옥루에게 말했다.

"저 못된 년 좀 봐라! 제가 밀어서 눈에 빠지게 해놓고는 여섯째를 붙잡아주려다가 자기도 눈에 빠졌다고 하다니. 아마도 이렇게 말재주가 좋은 계집은 없을 거야. 어제 시녀들로 하여금 「아름다운 날, 다시 만나네[佳期重會]」를 부르게 한 것도 틀림없이 저년이 한 짓일 거야."

이에 옥루는,

"「아름다운 날, 다시 만나네」라는 게 무엇이지요?"

하고 묻자, 서문경이 답했다.

"오가(오월랑)가 나와 버젓이 만나지 않고 몰래 만났다는 거야. 일부러 밤에 향을 피워놓고 나를 기다렸다는 거지!"

"다섯째 누이는 어찌나 노래를 많이 아는지, 우리들이 모르는 것이 많아요."

서문경은 이 말을 듣고서 대꾸했다.

"너는 아직도 이 음탕한 계집이 얼마나 맹랑한지 잘 모르는군."

한편 반금련과 이병아 둘은 걸으며 얘기를 하면서 '병아 동생' '화동생' 하고 친밀하게 부르며 중문으로 왔다. 이때 서문경의 딸은 바깥채의 방으로 돌아가고, 소옥은 다시 등불을 들고 두 사람을 뜰 안까지 전송했다. 반금련은 이미 반쯤은 취해서 이병아를 잡아 붙들면서,

"둘째, 오늘 내가 취했으니, 내 방까지 좀 바래다줘."

하니, 이병아는,

"형님은 취하지 않았어요."

하면서 금련을 방까지 바래다주었다. 반금련은 소옥을 안채로 돌아가게 한 후에 이병아를 남게 해 차를 내와 마시게 했다. 그러면서 반금련은 한탄했다.

"그때 자네도 오지 못할 줄 알았다고 하지 않았나. 그런데 누가 자네를 위해 그렇게 힘을 써주었겠는가? 오늘 이렇게 같은 자매가 되어 같이 생활을 할 줄 누가 생각이나 했겠는가? 그런데 그 덕택에 공연한 누명을 쓰고 사람들이 얼마나 등뒤에서 나를 헐뜯고 있는 줄 모를 거야! 이렇게 좋은 일을 한 것은 아마도 하늘만이 알고 계실걸!"

"제가 어떻게 형님께서 그토록 고생하신 것을 잊을 수 있겠어요. 꼭 은혜에 보답하고 절대로 잊지 않겠어요!"

"알고만 있고, 말로만 해서 뭐해!"

잠시 뒤에 춘매가 차를 내와 차를 마시고 이병아는 인사를 하고 자기 방으로 돌아가니 반금련은 혼자 외로이 잠자리에 들었다.

만약 처음도 끝도 후회가 없으려면
처음부터 그런 일은 만들지 말기를.
若得始終無悔吝 纔生枝節便多端

(3권에서 계속)